BAR DEL INFIERNO

ALEJANDRO DOLINA

BAR DEL INFIERNO

Planeta

Dolina, Alejandro
    Bar del infierno.- 1ª ed. – Buenos Aires : Planeta, 2005.
    352 p. ; 23x15 cm.

    ISBN 950-49-1350-4

    1. Narrativa Argentina I. Título
    CDD A863

Diseño de cubierta: Mario Blanco
Diseño de interior: Orestes Pantelides

© 2005, Alejandro Dolina

Derechos exclusivos de edición en castellano
reservados para todo el mundo
© 2005, Grupo Editorial Planeta S.A.I.C.
Independencia 1668, C 1100 ABQ, Buenos Aires, Argentina
www.editorialplaneta.com.ar

1ª edición: abril de 2005

ISBN 950-49-1350-4

Impreso en Grafinor S. A.,
Lamadrid 1576, Villa Ballester,
en el mes de marzo de 2005.

Hecho el depósito que prevé la ley 11.723
Impreso en la Argentina

PRÓLOGO

Profesores de la cátedra de alquimia me han contado la enorme dificultad que supone enseñar una normativa cuyo precepto central es el secreto absoluto. El maestro debe ejercer al mismo tiempo la divulgación y el ocultamiento. Para completar exitosamente ambas actividades no tendrá más remedio que dictar clases que tengan —por lo menos— dos significados. Uno de apariencias y otro secreto, que el alumno deberá ir descifrando trabajosamente.

Tras largos siglos de penosas lecciones, se ha ido construyendo un lenguaje en donde lo que se dice no es lo que se quiere decir, en donde cada palabra no es sino una imprecisa alegoría de otra que no ha sido dicha: el sol es el oro, pero también es el Padre y es Apolo y el calor del cuerpo y el centro del Zodíaco. Los siete metales son también las siete heridas de Cristo, las siete virtudes, los siete colores, los días de la semana, las horas y la suma de la trinidad con los cuatro elementos, que vienen a ser —de paso— los cuatro evangelistas.

Desde luego, el aprendiz jamás tendrá la certeza de haber descubierto las verdades escondidas, pues nunca se realiza la traducción definitiva. Maestros y discípulos se hablan a través de los tiempos en interminables diálogos y textos que son símbolos y emblemas de otros símbolos y emblemas, cuyo comienzo o cuyo final es imposible hallar.

7

Manuel Mandeb, el pensador de Flores, afirma que toda conversación es una lección de alquimia. Nadie dice lo que dice, nadie oye lo que oye, nadie escribe lo que escribe. Mandeb aclara que este último juicio oculta en verdad otro, que es secreto.

¿Qué libro esconderá este libro? ¿Qué tristezas desconocidas se ocultarán tras nuestras viejas y familiares penas?

AGRADECIMIENTOS:

Ianina Trigo
Nicolás Tolcachier
Silvina Díaz
Maica Iglesias

EL BAR DEL INFIERNO

*E*l bar es incesante. Es imposible alcanzar sus confines. Del modo más caprichoso se suceden salones, mostradores, pasillos y reservados.

Nadie ha podido establecer nunca cuál es la puerta del bar. La opinión mayoritaria es que no hay forma de salir de él. Sin embargo, muchos buscan la salida. Es el sueño romántico más frecuente de este tugurio. Hombres jóvenes, inconformes, beligerantes, eligen una dirección cualquiera y avanzan desaforadamente buscando la puerta, o el centro, o la explicación del bar.

Generalmente, nadie vuelve a verlos. Algunos regresan mucho tiempo después, casi siempre por el lado contrario al que eligieron para irse.

El cafetín es un laberinto. Nuestro destino es extraviarnos en sus encrucijadas. Pero algunos presienten una verdad aún más terrible: no se puede salir del bar no por la falta de puertas, ni por la disposición caprichosa de sus instalaciones, sino porque no hay otra cosa que el bar. El afuera no existe.

Si es verdad que los parroquianos están condenados a vagar perpetuamente por los mismos lugares, también es cierto que sus conductas se repiten del mismo modo inevitable. Pero ellos no lo saben. Se mueven con soberbia, como si decidieran sus propias acciones. Y no es así. Sólo cumplen con ajenas voluntades. Los mozos, los músicos, los borrachos, las prostitutas y los jugadores están aquí desde el co-

mienzo de los tiempos y aquí permanecerán, recorriendo trayectos ancestrales con aires de inauguración.

Cada tanto, un viento de loca esperanza entra en el bar. Misteriosamente los parroquianos empiezan a creer que todo tiene un propósito, que cada uno de sus patéticos esfuerzos está destinado a un logro final y que fuera del bar hay cielos límpidos y amores venturosos que darán sentido hasta al último de los versos oscuros.

El hombre a quien llaman el Narrador de Historias está obligado a contar un cuento cada noche, cuando el reloj da las doce.

Nadie le presta atención. Anda siempre con unos libros grasientos. En ellos hay —según se dice— infinitos relatos.

Los libros son siete, o acaso cinco. Existe la sensación de que cada uno sigue preceptos diferentes.

Ada, la bruja, ha dicho que el Libro Rojo contiene un solo relato y que ese relato revela los secretos de la libertad. Pero el Narrador jamás abre el Libro Rojo.

El Libro Blanco contiene falsos secretos; el Libro Verde Clarito es igual al Libro Amarillo.

A veces, los ladrones roban los libros del Narrador. Algunos parroquianos pagan por ellos unas monedas y tratan de leerlos. El desengaño es inevitable. Las páginas están escritas con una tinta sutil que se borra al tomar contacto con el aire. Una y otra vez, el Narrador recupera los libros y los ladrones vuelven a robarlos.

Con el tiempo se han hecho torpes duplicados y ya no se sabe si los textos que lee son los verdaderos, o copias fieles, o relatos falsos.*

---

* Esta humilde edición proviene de la copia de Dimas Santángelo, un anciano envidioso que tuvo en su poder los libros del Narrador y que los corrigió cruelmente, sólo para menoscabarlos. Se molestó, eso sí, en anotar las improvisadas canciones con que retrucaban cada historia los belicosos cantores del Coro del Bar.

EL REGRESO

Li regresó a su casa después de largos años de ausencia. En la China, las guerras son prolongadas y complejas. Los ejércitos avanzan interminablemente, a veces sin encontrar enemigos, pues el Imperio es inmenso y la política es oscilante.

Las noticias viajan con extrema lentitud. Un correo puede tardar tres años, o diez, en recorrer el país de punta a punta. De este modo, los príncipes ignoran la suerte corrida por sus tropas y, por lo general, los ejércitos no regresan nunca o regresan cuando el príncipe que los mandó se ha pasado a otro bando, a otro parecer o a otro mundo.

El pueblo de Li era apenas una aldea sin nombre. Casi todos los hombres habían marchado a la guerra treinta años antes. Casi ninguno regresó.

Li podía considerarse afortunado. El solo hecho de no haberse perdido para siempre en el impiadoso desierto de la China central, o en el laberinto de ríos y canales en cuyas riberas se hablan cien dialectos diferentes, podía ser visto como un favor infrecuente del destino. Pero tal vez Li no tenía por costumbre filosofar acerca de la alternancia de sucesos fastos y nefastos. Para él, la vida era oscura, nebulosa, incomprensible, pero también fatal, incuestionable.

Cuando llegó al pueblo, estuvo a punto de pasar de largo. No es que hubiera cambiado mucho, pero después de treinta años de ausencia y de peregrinación por infinitas poblaciones, Li tenía ideas más bien confusas sobre su lugar de origen.

Por cierto, no reconoció a ninguna persona. Buscó su casa penosamente, en calles parecidas que morían en el río. En una de ellas reconoció un farol que en realidad había sido colgado mucho después de su partida. Llamó a la puerta y lo recibió una mujer fatigada por la pobreza. No hubo gestos de alegría ni de amor. Aquellos seres desdichados acataban las novedades con resignación, como sabiendo que cada una de ellas era el umbral de nuevos padecimientos.

Aunque el mecanismo de recordación de sus hijos estaba ligado al número tres, fueron cinco los que Li encontró en el regreso. Todos ellos eran hombres grandes que trabajaban la tierra, pero el menor ocupaba una ínfima función de limpieza en la administración provincial.

Li no trabajó. Se sentaba largas horas junto a la puerta de su casa y al anochecer comía en silencio, junto a su familia. Se acostaba temprano y jamás tocaba a su mujer. Muy de vez en cuando iba a la taberna y se emborrachaba con alcohol barato. A veces peleaba con otros hombres, sin razón alguna. Alguien le preguntaba:

—¿Tú eres el que ha regresado de la guerra? —Y él le rompía una jarra en la cabeza.

Un día su mujer se atrevió a hablarle.

—Marido mío, ya no procedes como antes de tu partida.

Él dijo que no recordaba cómo procedía antes de su partida.

Hü era un mercader de la capital que pasaba cuatro o cinco veces al año por la aldea.

La mujer de Li, y algunas otras que esperaban a sus maridos, lo habían tomado como amante. Hü despachaba aquellos encuentros bajo la forma de efímeros temblores en la hierba nocturna. En verdad, no recordaba con entera precisión cuáles de aquellas mujeres eran sus amantes. Confiaba en que ellas se iban a cruzar en su camino y lo iban a arrastrar a la espesura, llegado el momento. Por eso se sorprendió cuando la mujer de Li corrió tras él en un callejón y le dijo agitadamente:

—Mi marido ha vuelto, ya no me tomes.

—¿Quién es tu marido? —preguntó Hü.

—Se llama Li.

—Todos en la aldea se llaman Li.

—Él fue a la guerra y es el hijo de Li, el campesino.

—Seré discreto —dijo Hü. Y se marchó cantando una canción obscena.

La mujer de Li sentía, algunas noches, una oscura tendencia a desear que el hombre que dormía con ella fuera un impostor. Tal vez esperaba la llegada de otro Li, bajo la forma de un hombre joven y ardoroso. Mientras tanto, el propio Li solía preguntarse cómo había elegido para engendrar hijos a una mujer tan sombría.

Una tarde, enfurecido por la falta de leña, Li le reprochó a su mujer la promesa incumplida de su suegro de entregarle seis gallinas a modo de comisión nupcial. Ella no dijo nada, aunque creía recordar el solemne traspaso de un cerdo.

Años después, pasó por el pueblo Li T'ieh-kuai, o sea Li, el de la muleta de hierro, uno de los ocho inmortales. Los lugareños le dieron limosna y él se detuvo junto a un cedro, donde curó a unos ancianos enfermos con drogas mágicas. Al anochecer, encendió un fuego azul e hizo hervir allí un caldo cuyos ingredientes secretos lanzaban vahos inspiradores. Los dioses hacían a Li T'ieh-kuai unas oportunas revelaciones cuando el inmortal miraba el fondo del caldero. Un joven le preguntó qué era la vida. Li T'ieh-kuai hizo beber un poco de caldo a un gato negro. El gato murió y Li T'ieh-kuai dijo al joven:

—La vida consiste en no saber qué es la vida.

Alentada por un entusiasmo creciente, la mujer de Li se fue acercando al maestro y finalmente se atrevió a preguntar.

—Un hombre regresó a mi casa. ¿Es el mismo que se fue?

Li T'ieh-kuai miró el caldero y vio entre los vapores a Li, el verdadero marido de aquella mujer, muerto en la guerra un mes después de haber partido. También vio al hombre que ahora dormía con ella, tal como era en su juventud, recién casado con otra muchacha, en una casa parecida, en una calle que iba muriendo hacia el río.

Comprendió entonces la equivocación del que había regresado. Comparó los destinos posibles, las penas intercambiadas y vio el final de todos los caminos. Entonces dio a otro gato un poco de caldo. El gato murió.

—Todos los hombres que regresan es porque se han ido.

La mujer volvió a su casa y vivió largos años junto a Li. Después, todos se fueron muriendo. Hoy nadie los recuerda en aquel pueblo. Y a decir verdad, nadie sabe cuál era aquel pueblo.

EL JUEGO DE PELOTA EN RAMTAPUR

*Informes del profesor Richard Bancroft, corresponsal
de la Enciclopedia Británica.*

INFORME 1

Más allá de los confines del Nepal, no lejos de Katmandú, la ciudad que fue un lago, fuera de los circuitos de las caravanas, al sur o quizás al este del río que se llama Arum, se alzan las pardas murallas de Ramtapur.

Allí, desde hace siglos, se practica un juego colectivo de pelota. Sus orígenes son imposibles de rastrear. Probablemente se trate de una costumbre muy anterior a los tiempos de Amshurvarma, el rey más célebre de la dinastía de los Takuris.

Los complicados reglamentos carecen de interés a los efectos de esta monografía. Basta decir que dos bandos de siete hombres cada uno se enfrentan para disputar la posesión de una pequeña bola de cuero o madera, la que finalmente debe ser depositada en un lugar predeterminado.

Los juegos se realizan en la S*hanga,* un antiguo estadio de piedra, cuyas amplias terrazas permiten la asistencia de casi todos los habitantes de la ciudad.

Los atletas que practican el juego de pelota son hombres admirados por su destreza y vigor. Se les rinden toda clase de homenajes y les está permitido permanecer sentados aún ante la presencia del Khan de Ramtapur.

Los equipos se distinguen por el color de su kaupina, un breve taparrabos que los cubre durante la contienda. Los principales son cuatro: el verde, el naranja, el azul y el azul oscuro.

Los habitantes de Ramtapur han venido desarrollando unas predilecciones personales que los conducen a asociar sensaciones de orgullo y plenitud con el triunfo de uno solo de los equipos y la derrota del resto. La orientación de estas preferencias no responde a razones previsibles, ni sus límites coinciden con los de las castas, las razas o los distritos.

Durante los primeros siglos de su práctica, el juego de pelota era solamente una diversión de los príncipes ociosos. Pero a partir de las Nuevas Reglas de la época de Prithvinarayan Shah, la población se fue interesando cada vez más en los resultados del juego hasta convertirlo en el punto central de la actividad de la región.

El viajero que llega a Ramtapur advierte inmediatamente que todas las personas se visten o se adornan con los colores de aquel equipo al que han hecho objeto de sus deseos de triunfo.

Las imágenes de los cultos de Narayana y Rudra son perturbadas muchas veces por pañuelos y banderas. Los hinduistas murmuran el nombre de sus atletas en interminables *japas*, cuyo propósito es, tal vez, lograr que los dioses influyan sobre el juego.

Los menos creyentes procuran ayudar ellos mismos al triunfo de su equipo concurriendo a la Shanga y adoptando una actitud de constante amenaza hacia quienes se les oponen. Para su mejor intelección, tales amenazas se profieren bajo la forma de cantos rítmicos cuyas normas de versificación todos conocen. Con gran dificultad he traducido algunos:

"Más fácil le será
al ínfimo intocable
ser dueño de un palacio
que a vosotros, atletas verdes,
salir hoy de la Shanga
vivos y triunfadores."

"Un deseo hallará su tumba
en estas piedras.
Es el deseo verde:
el viento llevará noticias
de su menoscabada virilidad
hasta las chozas indignas
en las que moran."

"Observen, observen, observen
esa muchedumbre de hombres ineptos
muy pronto, al egresar de este recinto,
invadiremos sus cuerpos
del modo más humillante."

"Verde, verde, verde
intolerancia, intolerancia, intolerancia."

Informe 2

Me permito recordar en esta página que en Bizancio las carreras de carros entusiasmaban a las multitudes con la misma desmesura. Los azules eran los carros de los partidarios del emperador. Los verdes pertenecían a la oposición. Se decía que eran, además, monofisitas, es decir que negaban la naturaleza humana del Cristo. El emperador Justiniano protegía a los azules, pero la emperatriz Teodora era verde. En enero del 532, después de grandes disturbios y saqueos, verdes y azules se unieron en una revuelta que hizo temblar al imperio.

En Ramtapur, los asuntos políticos no tienen suficiente dimensión como para vincularse con el juego.

La población consiente la injusticia y soporta la pobreza, siempre que no se perturben sus peculiares anhelos de gloria.

La idea del honor entre los habitantes de Ramtapur es absolutamente desaforada. Toda ofensa es irreparable y casi cualquier cosa es una ofensa. Podría decirse que las cuestiones de honor están relacionadas con la idea que un hombre tiene de sí mismo. En Ramtapur, todos son capaces de admitir su condición limitada, salvo cuando consideran su simpatía por uno de los equipos del Juego. En ese caso, sus personas son de un valor infinito y las agravios que se les infieren, mortales.

Tomar en vano el nombre de un atleta es arriesgarse a ser asesinado por sus partidarios. Los objetos relacionados con cada equipo son sagrados y su profanación se paga con la vida.

Estas cuestiones dividen a las familias y colocan muchas veces al hijo contra el padre, al hermano contra el hermano y al amigo contra el amigo.

Casi todas las noches aparecen cadáveres de personas que han ofendido la dignidad de algún color. Esta clase de muerte ocupa el segundo lugar entre las más frecuentes de Ramtapur, después del aplastamiento por aludes de nieve. Las autoridades locales casi nunca intervienen y las instancias superiores son imperceptibles a causa de las distancias y las dudas jurisdiccionales.

Los artistas han abandonado para siempre los temas tradicionales. Los talladores de maderas ya no se demoran en las arduas escenas de la lucha entre los Pandava y los Káurava. Los modeladores de arcilla dejaron de amasar las pintorescas estatuas del dios mono Hánumat. Todos ellos prefieren las figuras de los atletas, casi siempre como avatares heréticos de Visnu.

Los pintores budistas de la ciudad se complacen en representar a los jugadores de pelota con centenares de brazos y numerosas cabezas y ojos, a la manera de Avalokitésvara. Los narradores de historias desprecian a los demonios, las princesas y los dragones de las literaturas clásicas para referir las hazañas de Bahadur Mukerji o de El gran Birendra, aunque tengo para mí que el mejor de todos ha sido Narasimha, el mago de los azules.

Informe 3

He sabido que algunos mercaderes acostumbran a instalar su pira funeraria en el mismo estadio de la Shanga para que sus cenizas se desparramen en ese foro y transmitan a los atletas amados fuerza, coraje y determinación. Para evitar que estos despojos vengan a beneficiar a la facción equivocada, cada equipo reserva para sus ceremonias fúnebres un sector del terreno, que los atletas pisan descalzos antes de cada justa.

Los filósofos, los mandarines y los hombres santos, especialmente los verdes, los naranjas y los del azul oscuro, se han alejado de la *vidya* y de los senderos de salvación y se han esforzado en construir unas falsas noblezas, hijas de la sacralización de los gestos más vulgares de la plebe.

La comprensión del universo, la conquista de la sabiduría, el dominio de nuestros impulsos indignos, son vistos en todas partes como desórdenes mentales. El amor ha sido reemplazado por una modesta lujuria en los días de victoria. Toda energía debe ser consagrada al deseo. Y el único deseo es la victoria en el juego.

Adivino el estupor de los doctores al advertir en Ramtapur pasiones tan occidentales. En Oriente, uno no es su de-

22

seo y la idea agonal del triunfo desinteresado es siempre un despropósito. Conjeturo que el juego y sus tribulaciones fueron introducidos por alguna caravana de viajeros occidentales.

Azules: el triunfo es nuestro glorioso pasado, nuestro inevitable futuro y nuestro ilusorio presente.

INFORME 4

El maleficio de la civilización occidental llegó a estas remotas alturas de un modo tardío e imperfecto, pero también
inexorable. La radio y la televisión de Ramtapur son hospitalarias con las bagatelas internacionales. Sin embargo, casi
todas las trasmisiones están destinadas al juego de pelota y
sus asuntos anexos. A lo largo de los años, los nombres de los
ganadores, las fechas de sus victorias y aun las mínimas inci-
dencias del juego han ido formando un gigantesco y superfluo corpus de nociones en cuyo dominio se ejercitan todos
los gandules de Ramtapur.

Gentes piadosas que antaño memorizaban los interminables versos del Rig-Veda se afanan ahora en repetir el
nombre de los autores de las más remotas anotaciones. Alrededor de esta vana erudición cunde la controversia. El homicidio no es el argumento menos común.

Escribo estas líneas sentado en el café Thâkur. De pronto, irrumpe una pandilla con la divisa naranja. Llevan la barba recortada según la última moda, hacen sonar unas grandes matracas y se abren paso a empujones. Cuando ven mi
pañuelo azul, me escupen y tumban mi mesa.

Estos grupos salen a la calle a celebrar las victorias o lamentar las derrotas cometiendo robos, violaciones, saqueos y asesinatos. Todos los crímenes se cometen al son de unos instrumentos, mientras se cantan canciones como las que hemos glosado en el informe número uno.

Estos procedimientos dejan la ilusión de un rito, lo cual, para los habitantes de Ramtapur, es garantía de impunidad. Las fechorías rítmicas no son castigadas por la ley. Muchos sospechan que aprovechando este exotismo jurídico, las bandas de delincuentes se hacen pasar por fanáticos, pero yo no creo eso.

INFORME 5

Recién ahora comprendo la naturaleza de la fuerza principal que empuja a los adictos al juego de pelota. Es el odio. Un odio perfecto, no contaminado por los intereses, por el afán de lucro, por la lujuria negada o por la propiedad usurpada.

Este encono artificial, construido a lo largo de generaciones, es más intenso que cualquier otro. No necesita explicación. No admite reconciliaciones. Las gentes de Ramtapur, los ricos y los menesterosos, los brahamanes y los parias, van al estadio de la Shanga a odiar. Los pobres de espíritu, incapaces de cualquier energía pasional, sienten correr por su sangre una ira más grande que ellos mismos, un furor que los posee con majestad foránea.

Reducido a su simple apariencia, a su mera caligrafía burguesa, el juego es inocente y anodino. Sólo quienes lo comprenden de verdad pueden captar su magnitud heroica. Y para comprenderlo hay que odiar. Compadezco al mero inglés que se contenta con las emociones del crocket. El que ha oído el alarido sanguinario de la Shanga ya no puede regresar. Anoche, en el defectuoso lupanar de Ramtapur, un mercader, tal vez narcotizado con hierbas de las alturas, denigró a los azules con gritos de la mayor obscenidad. Abandoné unos brazos que me acariciaban en vano para constituirme ante el ofensor.

—El caballero puede arrastrarme por el cieno, si es su deseo, ya que no soy nadie. Pero la mínima afrenta a la divisa azul se lava sólo con sangre.

Lo maté con mis manos, lentamente.

Gloria al pabellón azul,
inmundicia de perro
sobre las otras banderas.

MÁSCARAS

Según cuentan algunos, el corso de la avenida La Plata, en Santos Lugares, era utilizado frecuentemente por ángeles y demonios cuando tenían que cumplir alguna misión terrestre.

Solía decirse también que entre todas las máscaras del corso, una era el diablo. Los hechiceros de Lourdes y Villa Lynch aprovechaban aquellas jornadas para suscribir convenios de toda clase con los poderes de las tinieblas. Tras las caretas espeluznantes se ocultaba el verdadero horror de las caras del mal.

Los hombres sensibles de Flores solían pasearse por allí tratando de reconocer el sello de las Legiones, o bien gritando frases ingeniosas en el oído de las muchachas. Cada vez que sospechaban el carácter sobrenatural de algún enmascarado, comenzaban a acosarlo tratando de provocar alguna reacción reveladora.

Nunca tuvieron suerte. Las mascaritas eran muy diestras en la ocultación de investiduras infernales o eran, lisa y llanamente, sifoneros o ferroviarios disfrazados de Mandinga.

Una noche, un mozo alto, vestido de Arlequín, les pareció el finado Antúnez, un pintor de la calle Morón que llevaba diez años muerto.

Indagada a fondo, aquella máscara negó terminantemente la identidad que se le atribuía. El ruso Salzman, a quien Antúnez le debía sesenta pesos, exigió al hombre la exhibición plena de su rostro y la devolución de la suma precitada. El finado Antúnez huyó a la carrera y se perdió entre los vagones de los talleres del ferrocarril.

En la última jornada de aquellos mismos carnavales, una figura cubierta con una capa negra se acercó a Manuel Mandeb, que había llegado solo hasta el extremo del corso.

—Soy la Muerte —dijo.

Mandeb señaló su mediocre indumentaria de pirata y declaró que era el Capitán Morgan. La figura insistió.

—Disculpe. No ha sido mi intención dar título a mi disfraz. Soy la Muerte, más allá de cualquier metáfora. Y si me permite la franqueza, vengo a llevármelo.

Manuel Mandeb entornó los ojos y levantó el índice, como quien se apresta a una refutación. Después dio media vuelta y salió corriendo por avenida La Plata en dirección a Rodríguez Peña. Al cabo de una cuadra y media de persecución, la figura lo alcanzó.

—Déjese de payasadas —dijo jadeando—, venga conmigo. Lo único que falta es que me haga un escándalo en plena calle.

—Me va a tener que arrastrar —gritó Mandeb, muerto de miedo— Además, me parece que usted no es más que un sifonero, o quizás un ferroviario disfrazado.

La Muerte alzó un brazo y Mandeb quedó helado. Quiso moverse, pero no pudo.

Tal como suele ocurrir en estos casos, pasaron por su mente los episodios principales de toda una vida. Mandeb advirtió, sin embargo, que esa vida no era la suya. Se atrevió a una objeción desesperada.

—Me parece que usted está buscando a otra persona.

—Yo busco al que encuentro. Nadie es otra persona.

—¿No podría ir a morirme a un lugar más discreto? Aquí

está lleno de gente y si hay algo que no soporto es estar muerto en medio del corso de avenida La Plata, frente a una muchedumbre de curiosos.

—¡Basta! No trate de ganar tiempo.

En ese momento apareció una muchacha deslumbrante vestida de ángel. Era Beatriz Velarde, el amor imposible de Mandeb, la novia ausente, la mujer que lo había amado sólo por un rato. Lucía unas alas de color celeste y un antifaz de plata ocultaba sus ojos. Mandeb la reconoció por las tetas.

—¿Qué es lo que pasa? —dijo el ángel.

—Soy la Muerte y vengo a llevarme a este caballero.

El ángel se acercó a Mandeb y lo besó en la boca.

—Muy bien. Ahora no te lo podrás llevar. Si un ángel besa a un moribundo, la Parca debe retroceder.

La Muerte miró largamente a Beatriz Velarde. Era difícil no confundirla con un ángel. Sin decir una palabra, dio media vuelta y desapareció detrás de una murga. Mandeb quiso tomar la mano de Beatriz, pero ella le tiró una serpentina y salió corriendo.

Durante el resto de la noche, el pensador de Flores buscó infructuosamente al ángel por todo el corso. Se asomó a la pizzería "Los ases", revisó los palcos, entró en la heladería "Pololo", preguntó a sus amigos. Ya era de día cuando llegó a su casa.

Después, durante toda su vida, siguió buscando a Beatriz. Pero ella no volvió a besarlo nunca más.

CONVERSIONES

En el siglo XIII, Danubio abajo, mucho más allá de Hungría, vivían unos gitanos cuyo caudillo se llamaba Anguil. Adoraban a Itoga y otras confusas divinidades de los Tártaros. Vivían en tiendas de cuero y basaban su economía en la caza, las ovejas o el saqueo de caravanas.

Un día llegó hasta allí Giovanni Di Pian Carpino, un franciscano que se dirigía a la China, por pedido expreso del Papa Inocencio IV.

Los hombres de Anguil lo tomaron preso y como Giovanni se negara a honrar aquellos dioses montaraces, resolvieron quemarlo vivo.

No sin cierta dificultad se completó una pira. La región era muy árida y la vegetación escasa. Giovanni fue amarrado a un poste y el propio Anguil puso fuego a las ramas secas que lo rodeaban. En ese momento, sin permitir siquiera que el misionero empezara a calentarse, un súbito aguacero apagó las llamas.

Hubo un gran estupor de los presentes, pues en aquella región no llovía casi nunca. Anguil juzgó aquel hecho como milagroso. Desató a Giovanni y le preguntó en qué consistía exactamente la religión que predicaba, para ordenar a todos sus hombres que se convirtieran a ella. Por fin, después de unas breves explicaciones de Giovanni Di Pian Carpino, todos se hicieron cristianos y prometieron construir una iglesia, no bien pudieran hacerse de los materiales indispensables.

Giovanni dio misa al pie del mismo poste al que lo habían atado, bautizó apresuradamente a los que pudo y partió hacia la China, llevando las alforjas llenas de obsequios y alimentos.

Diez años más tarde, pasó por allí Abdel El Salim, virtuoso embajador del Califa de Bagdad, que se dirigía a la China para unirse a un grupo de musulmanes que se proponían instalar allí el Islam.

Anguil y sus hombres lo recibieron amistosamente y lo invitaron a rezar en el modesto templo que habían construido. Como Abdel El Salim se negó terminantemente a hacerlo, lo condenaron a ser decapitado.

Muy pronto prepararon una piedra para que el embajador apoyara su cabeza y se designó a un veterano guerrero para que cumpliera el trámite con un hacha muy filosa. Pero en el instante mismo en que el golpe final iba a caer sobre el condenado, el verdugo quedó inmóvil, petrificado con los brazos en alto, como si fuera una estatua. Durante largos minutos trataron de moverlo, o de separar el hacha de sus manos, pero fue inútil. Finalmente, Anguil declaró que aquel milagro era muy superior al que había fundado su fe cristiana y resolvió que todos se convirtieran al islamismo. Recién entonces el verdugo recuperó el movimiento.

Pasaron diez años de fe musulmana. Al cabo de ese lapso, llegó a la aldea el rabí Esdrás Gaon que, expulsado reiteradamente, se dirigía a la China —o quizás a Sumatra— en busca de tolerancia y tranquilidad. Pensaba establecer allí un *yeshivot*, es decir, un lugar de estudio. Convidado por Anguil a reverenciar a Alá, se rehusó con firmeza. De inmediato resolvieron precipitarlo desde una roca cercana, que se abría ante el abismo.

El propio Anguil empujó al rabí que, después de caer unos metros, se detuvo en el aire y regresó volando a la roca. Rápidamente, todos se convirtieron al judaísmo.

Transcurridos otros diez años, vino a dar en aquellos andurriales el matemático y arquitecto Luiggi De Fosca, que marchaba hacia la China, creyendo que de allí provenían los conocimientos matemáticos que los árabes habían llevado a Venecia.

De Fosca era ateo y despreciaba por igual a todas las religiones. Los hombres de Anguil le propusieron cumplir con los rituales establecidos. El matemático se negó y, sin perder tiempo, lo condenaron a morir lapidado.

A tal fin, lo instalaron junto a una cantera a la salida del pueblo. Las piedras fueron cayendo sobre él y muy pronto un certero adoquín le destrozó la cabeza.

Luiggi De Fosca murió. Anguil se paró sobre el cadáver y declaró que aquella muerte era el más prodigioso de los milagros que habían presenciado.

Presa de una frenética inspiración, ordenó a todos que dejaran de creer y, desde entonces, ninguna divinidad es reverenciada en aquella aldea.

LOS ÁRBOLES DEL AZUL

A pesar de los exasperantes testimonios de los traficantes de yuyos y de los recitadores criollos, puede afirmarse enérgicamente que la gran mayoría de los árboles del pueblo de Azul no presenta ninguna singularidad.

El interés de los botánicos y de los supersticiosos proviene del comportamiento heterodoxo de unos pocos ejemplares.

Sería absurdo creer que todos los árboles del pueblo caminan de un lado para otro. A decir verdad, un árbol peregrino es un fenómeno excepcional y hasta algunos incrédulos se atreven a negar de plano su existencia. Yo mismo tengo en el fondo cuatro fieles naranjos, de lo más sedentarios, que permanecen en su puesto llueva o truene. Hay un dato central que dificulta la certeza: los árboles se mueven en secreto, cuando nadie los ve. Peor aún, se dice que los involuntarios testigos pierden la razón o la memoria.

Los primeros indicios fueron más bien confusos: plátanos que desaparecían de sus veredas; sauces llorones que cruzaban el arroyo; tilos inconstantes que emigraban hacia el norte. No había en realidad pruebas concluyentes de que los árboles caminaran. Nadie estaba seguro de que el nogal aparecido en un baldío fuera el mismo que faltaba en la plaza. Después de todo, la identificación de un árbol se realiza principalmente señalando el lugar donde está plantado y es raro que se puntualicen sus rasgos y particularidades morfológicas.

El primero en denunciar un traslado comprobable fue un enamorado. El farmacéutico Heraldo Barcalá dibujó su nombre y el de una clienta en un álamo del parque bajo el cual habían intercambiado las caricias más vulgares. Tiempo más tarde vino a encontrar el álamo y la inscripción en la calle Rivadavia, a casi seiscientos metros del emplazamiento original.

Debo admitir que el farmacéutico fue prolijo: tomó fotografías, convocó a un escribano y publicó un pequeño artículo en el diario *El Tiempo*.

Ya sabemos que la superstición es contagiosa. Algunos vecinos empezaron a contar historias de árboles inquietos que venían manteniendo en secreto por temor al ridículo.

El famoso automovilista Cacho Franco me juró que, durante una carrera, marchó casi cien kilómetros detrás de un pino que siempre estaba en el horizonte.

Los guardianes del parque registraron siete árboles sobrantes cuyo origen resultaba inexplicable.

La señora Esther Cristaldo, viuda de Montanari, denunció que la higuera que siempre había tenido en el fondo de su casa aparecía ahora, del modo más ilegal, en el terreno de su vecino, sin que se despertaran en éste intenciones resarcitorias de ninguna clase. La viuda de Montanari aprovechó para recordar que el citado vecino ya comía los frutos de aquella higuera en tiempos de su locación anterior.

Tengo para mí que estos relatos, sin ser enteramente falsos, pueden ser hijos del cansancio visual, de errores de recuento o de viejos resentimientos contiguos.

Poco después, el farmacéutico Barcalá y su clienta terminaron su romance. Quien conoce los procedimientos conjeturales de la ignorancia no se caerá de la silla al saber que muchos indoctos creyeron que la razón de aquella ruptura estaba en el influjo maléfico del álamo.

Los brujos de las sierras y las Organizaciones Supersticiosas de la región vieron en el caso la confirmación de un disparate que siempre habían sostenido: existen precisas conexiones entre los árboles y los destinos humanos. Es posible averiguar el diseño de esas regularidades descifrando las claves que la naturaleza esconde hasta en los más humildes sucesos cotidianos.

Según estos obtusos criterios, todo árbol que camina tiene un mensaje que dar o una misión que cumplir. Los astrólogos de la Municipalidad hablaban de la existencia de un árbol del amor, bajo el cual nadie se resistía a nadie. Al parecer, las fragancias o el polen de aquel vegetal operaban como un formidable afrodisíaco, de modo que los caminantes que pasaban bajo su sombra entraban en un estado de escandalosa lujuria. No decían los astrólogos cuál era ese árbol. Recomendaban, eso sí, no buscarlo, sino más bien esperarlo. Si uno era sincero en sus pasiones, el árbol se acercaría tarde o temprano. Debo decir que algunas parejas ansiosas se revolcaban a la sombra de frondas indiferentes y eludían de este modo la responsabilidad de sus excesos venéreos.

Muy pronto los charlatanes perdieron todo pudor. Instituyeron árboles del olvido y del recuerdo. El olmo del rechazo aseguraba una negativa a cualquier ruego formulado bajo su influencia. El menos interesante era quizás el árbol del aburrimiento: bastaba con recostarse contra su tronco durante cuatro o cinco horas para que el tedio se apoderara de uno.

Las viejas contaban que había en la plaza un caldén en cuyas hojas estaba escrito el porvenir. Cada habitante del pueblo tenía una hoja asignada y la escritura era sólo visible para él. Quien examinara hojas ajenas no vería más que nervaduras sin sentido.

Nadie pudo jamás encontrar la hoja que le correspondía pero, otoño tras otoño, las muchachas del pueblo pasaban las horas buscando una palabra reveladora. Algunos poetas incrédulos afirmaron que todas las hojas decían lo mismo.

El anciano Nereo Fuentes, que adivina la suerte por dos pesos, me dijo una tarde, a los gritos, que los árboles del Azul tenían un plan y que ese plan era malvado y fatal para los habitantes de la ciudad. Yo preferí no creerle, por pereza. Pero algunas noches más tarde, Inés, una criolla que a fuerza de trayectos repetidos llegué a considerar mi novia, me confesó que tenía miedo de los árboles y me pidió que en lo sucesivo camináramos siempre por el medio de la calle. De todos modos, ella empezó a tornarse distante. Cada vez nos veíamos menos, nuestra pasión iba amainando y he de reconocer que la mayoría de las veces yo prefería quedarme en casa.

Una mañana, demasiado temprano para mi gusto, recibí la visita del viejo Nereo.

—Váyase —me dijo—, váyase del Azul, usted que es empleado del ferrocarril. Los ómnibus ya no circulan. Se acerca la catástrofe y la gente ni siquiera tiene espíritu para huir.

—¿Por qué no me explica qué es lo que sucede? —alcancé a decir medio dormido.

—No me diga que usted no se ha dado cuenta. Son esos árboles. Ahora caminan sin pudor. Anoche, yo mismo me crucé con una tropilla de paraísos que andaban a paso redoblado por el balneario. Y nadie hace nada. Los vigilantes ya ni salen de la comisaría, los vecinos miran todo el día la televisión, los negocios están cerrados. Algo pasa, se lo juro. Yo me iría a pie, pero no tengo fuerzas. Vayamos a la estación y colémonos en el primer tren.

Lo despedí casi sin palabras. Y volví a la cocina, a la silla de paja que empecé a preferir en los últimos días. Por la radio me enteré que las clases estaban suspendidas. Después, tuve que escuchar emisoras de Buenos Aires, las de aquí estaban silenciosas. Ayer se cortó la luz.

A veces trato de extrañar a Inés, pero no puedo. Hace rato que no tengo noticias de ella, ni en verdad de nadie. Por suerte no tengo hambre ni sed. Ya casi no escribo. El viejo Nereo está loco… Yo no me muevo de Azul. Éste es mi pueblo, ésta es mi casa, ésta es mi silla. El lugar exacto en que ha de transcurrir mi vida. Mi cuerpo saluda al amanecer inclinándose hacia la ventana. Frente a ella pasan mis cuatro naranjos, soberbios, agitados, chúcaros, galopando rumbo al centro.

LA ESCUELA DE LA PIEDRA
DE LOYANG

No resulta sencillo indagar en el pasado de la Escuela de la Piedra de Loyang. Los libros apenas si la mencionan. Los sinoístas prefieren desconfiar de su existencia y suelen arrojarla hacia otra dinastía cada vez que se la llevan por delante.

Los actuales funcionarios de la institución suelen resistirse a mostrar los archivos y, vencida esa resistencia, casi siempre se encuentra uno con escritos contradictorios, escasos y más cercanos a la leyenda que al registro.

Por otra parte, es difícil conocer la verdadera jerarquía del empleado que atiende. Envolviendo a los maestros ilustres, hay un inextricable escalafón de autoridades secretas que deciden los complicados programas, las dificultosas pruebas, los implacables castigos, las recompensas lejanas y dudosas.

El vasto saber de los lectores de este informe me exime del penoso deber poético de fingir sorpresa ante cada nuevo dato.

Todos conocemos bien las enormes dificultades de los postulantes para ingresar a la escuela. Durante los diez primeros años después de su fundación, en los lejanos tiempos del emperador Han Ho-ti, nadie consiguió superar los exámenes.

Las pruebas eran secretas y los registros se guardaban bajo siete llaves. Sin embargo, algunos historiadores han conseguido reconstruir los ejercicios cumplidos por jóvenes aspirantes de nueve años de edad.

Se dice que en la primera noche, o tal vez en la segunda, cada postulante debía dibujar un mapa del cielo y dar nombre y colocación a tantas estrellas como pudiera. Para complicar la tarea, los maestros astrónomos lanzaban cohetes, fuegos de pólvora y globos luminosos, que engañaban a los alumnos con falsas y efímeras constelaciones.

Al tercer día, les leían los antiguos poemas y les pedían que suspiraran en los momentos de mayor intensidad. Los alumnos que se estremecían en el instante equivocado, o que dejaban sin suspiro los versos consagrados por la tradición, eran desaprobados.

Se ha hecho célebre la prueba de las cortesanas. En la novena y última noche, los aspirantes recibían la visita de un numeroso grupo de hetairas. El ejercicio consistía en percibir el deseo ajeno. Si un alumno suponía que alguna de las mujeres sentía impulsos de intimar con él, debía entregarle una rosa.

Dar una flor a una dama indiferente acarreaba la reprobación por petulancia.

Dejar sin rosa a una enamorada, causaba la expulsión por humildad desmedida.

Todos estos rigores son probablemente meros inventos destinados a sorprender a las nuevas generaciones. El verdadero interés de la Escuela de la Piedra de Loyang está en los sucesos que ocurrieron a partir del año 974, cuando el maestro disidente Wu Chang asumió la dirección. La severidad inicial había devenido en una especie de indiferencia, tal como cabe esperar bajo la influencia del Tao, que desprecia los ritos y propende a la inacción.

Wu Chang sostenía que ningún hombre es nadie, que el

sujeto es un hábito jurídico y que vivimos en un entrevero de predicados que pueden ser atribuidos a cualquiera. El maestro pensaba que la mayoría de los seres no tenían ninguna idea, ni opinión, ni convicción acerca de ningún asunto. Sólo los sabios alcanzaban, al cabo de arduas jornadas, a construir unos pensamientos dudosos y frágiles que solían desarmarse ante la menor brisa.

No importa lo que hagamos, nuestras acciones, en un sentido o en otro, son perfectamente fútiles.
Observando a las plurales hormigas es posible que reparemos en alguna que presente cierta heterodoxia en su rumbo o en su carga. Pero a los pocos segundos, ya no sabremos si la hormiga que estamos viendo es la misma en la que antes reparamos. Al cabo de los días, el destino de las hormigas será igualmente casual, desordenado y carente de toda importancia.

Wu Chang ocultó las reglas y prefirió que los alumnos no supieran lo que se esperaba de ellos. Fomentó la confusión, de suerte que resultara muy difícil diferenciar a un alumno de otro. Ni siquiera se sabía con exactitud quiénes eran los profesores. Hasta los límites físicos de la institución eran imprecisos. Muchos terrenos y construcciones pertenecían a la escuela de un modo secreto. El caminante jamás sabía si estaba dentro o fuera de la Escuela de Loyang.

El emperador T'ai-tsung juzgó peligrosas aquellas enseñanzas, porque las consideraba ciertas. Encargó a su ministro Li Kuan que investigara las actividades en Loyang.

La burocracia china, como la flecha eleática, siempre encuentra un paso previo a cada acción. Y como el imperio es tan vasto como la red de funcionarios, cuando Tsu-an, enviado del ministro, entró en la escuela por primera vez para cumplir las órdenes del emperador, T'ai-tsung ya había muerto y otro hombre ocupaba su lugar.

Sin revelar su verdadera condición de delegado ministerial, Tsu-an asistió clandestinamente a lo que él pensaba eran clases de jardinería o de teatro. Algún tiempo después comprobó que se trataba de reuniones de vecinos preocupados por los demasiados incendios.

Pasó largos meses sin poder formarse ni siquiera una mínima idea acerca de la marcha de la escuela. Los habitantes de Loyang eludían cualquier respuesta, evitaban cualquier decisión, suspendían cualquier juicio. Esta actitud convenció a Tsu-an de la existencia de una vasta conspiración, que era necesario neutralizar. Pero pasaba el tiempo y la Escuela de Loyang seguía siendo invisible para el funcionario. Bastante preocupado, envió un informe a la capital:

A los dignos secretarios de la corte de K'ai Feng: ya no es posible distinguir lo que es la Escuela de Loyang de lo que no lo es. No se puede decir si existe o si no existe.

Ante una situación administrativa tan extrema y ante la imposibilidad de percibir instancias superiores a las cuales remitirme, solicito nuevas instrucciones, como así también recursos abundantes en metálico, por si resultara necesario realizar incorporaciones mercenarias, transigir en adulaciones o pagar sobornos.

Un año después de su llegada, Tsu-an consiguió asistir a una de las clases del joven profesor K'iai. Lo que vio allí lo inquietó notablemente. K'iai se paseó en silencio por la sala durante casi media hora. Después dijo:

Que nadie nombre ni cuente, porque es inútil diferenciar las cosas por las palabras o los números.

Que nadie responda, porque responder es aceptar el poder de la pregunta.

Hablemos poco, porque el lenguaje sostiene las esclavitudes. Un tirano es un lenguaje persistente. Los crímenes y las injusticias parecen razonables cuando se verbalizan.

K'iai recordó finalmente que el Tao era incognoscible y que nada podía decirse acerca de él. Después, siguió paseándose por la sala durante otra media hora, hasta que desapareció.

En clases sucesivas, Tsu-an tuvo motivos para acrecentar su alarma. El astrónomo y poeta Yüé Ts'ing proponía nada menos que la abolición del horóscopo, una actividad que ocupaba a miles de funcionarios. El argumento era éste: "No es posible saber lo que le va a ocurrir a cada uno".

Yüé Ts'ing soñaba con una paz, que según él, podía alcanzarse simplemente evitando la lucha. No se trataba de negociar ni de conciliar, bastaba con eludir perpetuamente la confrontación. Su arte poética se complacía en los llamados versos sin conflicto, que evitaban todo choque y a menudo toda anécdota.

> *Aquella sombra es Mién Shï,*
> *el vendedor de máscaras.*
> *Pero también podría ser un pájaro,*
> *o un dragón o una torre distante.*

Tsu-an comprendió que todos estos pensamientos configuraban una grave traición al Emperador y que merecían un inmediato escarmiento. Envió nuevos correos a la capital.

Una tarde en que Tsu-an creía estar realizando abluciones en una casa de baños, comprobó que se encontraba asistiendo a una importante reunión política. Un grupo de geómetras e intelectuales opositores a Wu Chang manifestaba su indignación y su encono. La pasividad de la escuela era causa de numerosas calamidades. Ya no se publicaban calendarios y los agricultores equivocaban los tiempos de la siembra. Siguiendo la idea de que ninguna conducta es preferible, las muchedumbres habían abandonado las regularidades cotidianas que son indispensables para vivir en sociedad.

Los intelectuales rebeldes aprovecharon la presencia de Tsu-an y lo convidaron a formar parte del grupo. Le confesaron que su máxima aspiración era asesinar a Wu Chang y restaurar la antigua Escuela de Loyang.

Tsu-an se mostró de acuerdo con aquellos propósitos, pero les hizo notar que era imposible encontrar a Wu Chang, que se hallaba oculto en un bosque de secretarías, antesalas y jerarquías dilatorias. Nadie en Loyang había visto jamás al maestro. Un matemático llamado Pa Ïr-shï propuso asesinar a todos los ancianos de aspecto respetable que carecieran de instrumentos para demostrar que no eran Wu Chang.

Después, los conjurados gritaron que nada era casual en el mundo, ni siquiera los modestos caprichos de una hormiga. Había que volver a los tiempos dorados del fatalismo oficial. Pa Ïr-shï cerró los ojos y dijo con nostalgia:

—*Cuando ingresaba un alumno, los maestros ya sabíamos los resultados de sus pruebas futuras.*

Tsu-an, mientras se secaba, les dijo que todo ser era alguien, aunque la naturaleza de cada personalidad y aun los hechos propios de la vida, estuvieran enteramente fuera de la voluntad y de la decisión de cada uno. Agregó que el Estado Imperial debía hacerse cargo de la acuñación de destinos funcionales a los deseos del Hijo del Cielo que eran, por definición, aquellos que más convenían al mundo todo.

Tsu-an se unió a aquellos criminales y envió urgentes mensajes a los secretarios del emperador, que por entonces ya era Chen-tsung.

Inmediatamente, comenzaron los asesinatos de ancianos de apariencia respetable. Tal cosa resultó más difícil de lo que parecía. Nadie era enteramente un anciano respetable en Loyang, como nadie era del todo un alumno, ni un ordenanza, ni un cocinero. Para no permanecer en una inacción que reputaban cómplice, los conjurados de la sala de baños cometieron algunos crímenes sin preocuparse mucho de la identidad de sus víctimas.

En K'ai Feng, la administración imperial se enredaba en su propia complejidad.

El mundo obedecía las órdenes del emperador, pero los caminos que seguía la voluntad del Hijo del Cielo eran demasiado largos y propensos al extravío. Muchas veces, el castigo o la recompensa alcanzaban a personas y comarcas equivocadas.

Durante largos años, Tsu-an no recibió ninguna ayuda ni comunicación de la capital. En una ocasión, fue visitado por un grupo de oficiales que le pidieron instrucciones para deponer al gobernador. Tsu-an les explicó que él no había solicitado tal cosa y los hombres se marcharon hacia otras provincias.

Pasó el tiempo. El enviado imperial envejeció esperando señales. Mientras tanto, asistía a todas las clases de la Escuela de la Piedra de Loyang. Se convirtió en una de las personas más versadas en aquellas doctrinas. Las autoridades le ofrecieron una cátedra y le permitieron enseñar el pensamiento de Wu Chang, sin sospechar que aquel hombre planeaba la aniquilación de la Escuela.

Por las noches, Tsu-an se reunía secretamente con los criminales de la casa de baños y, cada tanto, asesinaban a un viejo.

Un día, vinieron a enterarse de que Wu Chang había muerto mucho tiempo atrás, aplastado por un alud.

Las épocas siguientes fueron desdichadas. Sequías e inundaciones empobrecieron la provincia. Loyang se llenó de mendigos. La Escuela casi desapareció. Los maestros emigraron y los jóvenes perdieron interés en cualquier tipo de educación.

Tsu-an enfermó. Tuvo que abandonar todas sus actividades. Sus antiguos discípulos solían visitarlo en su habitación y le obsequiaban modestas golosinas. Él los contemplaba en silencio y al fin de la visita los despedía con una sonrisa.

El día en que Tsu-an cumplía noventa años, sus alumnos se presentaron tumultuosamente ante él y le contaron que habían llegado tropas de K'ai Feng. Los soldados venían acompañados por funcionarios imperiales y maestros de la administración que tenían orden de destruir la Escuela de Loyang y reemplazarla por un nuevo establecimiento. En verdad, no encontraron mucho que destruir, apenas un pabellón ruinoso y unos ancianos profesores que vendían limones y contestaban adivinanzas.

Tsu-an recibió aquellas noticias con indiferencia. Unos días después, se presentó ante él el nuevo director de la Escuela de la Piedra de Loyang en persona.

—*El horóscopo y el calendario han sido restaurados* —informó— *La pasividad y la negación extrema serán castigadas con rigor. Volveremos a nombrar y a contar con la mayor precisión. Sostendremos violentamente que cada persona es distinta y que todos cumplen exactamente un destino, que es irrenunciable o imposible de modificar o intercambiar.*

Tsu-an hizo una reverencia y murmuró:

—*Alabado sea el Benefactor del Mundo, el ilustre emperador T'ai-tsung y su ministro Li Kuan.*

El nuevo director le explicó que T'ai-tsung ya no era el emperador y que tampoco Li Kuan era el ministro. En pocas palabras señaló los cambios que se habían producido en las más altas esferas del poder. Después le preguntó qué recompensa deseaba por su trabajo. Tsu-an le dijo que volviera al día siguiente, ya que en ese momento sus deseos eran más bien inciertos.

Cuando el director regresó, Tsu-an había muerto. Sin embargo, algunos historiadores señalan que Tsu-an vivió muchos años más y que fue director honorario de la nueva Escuela de Loyang.

Más recientemente, un grupo revisionista ha sostenido que la muerte de Tsu-an se produjo mucho antes de la llegada de las tropas de K'ai Feng.

Profesores franceses prefieren creer que Tsu-an no ha existido nunca y que es en realidad una comodidad destinada a hacer comprender pensamientos antagónicos.

ELISA BROWN

Pancho Drummond buscaba causas justas por las cuales batirse. Era escocés, pero luchaba en la marina inglesa. Peleó por la independencia de Brasil bajo las órdenes de Lord Cochrane, el enemigo de San Martín. Más tarde, quiso alistarse junto a las fuerzas argentinas que combatían a sus antiguos compañeros. Pero los brasileños lo metieron preso en Montevideo. Después de nueve meses, Drummond consiguió escapar e inmediatamente se incorporó a la escuadra argentina que comandaba el almirante Guillermo Brown. Se radicó en Buenos Aires y empezó a frecuentar la quinta del almirante en Barracas.

Allí conoció a Elisa, la hija mayor de Brown. Él tenía veinticuatro años y ella, diecisiete. Despacharon velozmente los penosos trámites que entonces imponía una seducción. Se comprometieron y planearon casarse cuando la guerra terminara. Ahorraremos al relato las elegantes conjeturas acerca de los encuentros y los sueños de los enamorados.

El 6 de abril de 1827, Drummond marchó a la guerra con la flota de Brown. Muy pronto sobrevinieron grandes dificultades. Las cuatro naves argentinas enfrentaron a dieciséis barcos brasileños. El *Independencia*, comandado por Drummond, quedó varado en un banco, con grandes averías y agotadas sus municiones. Siempre propenso al arrojo, Drummond, que ya estaba herido, tomó un bote y fue arrimándose al resto de los barcos en busca de municiones para continuar la lucha. En el momento de abordar la goleta *Sarandí*, lo alcanzó una bala enemiga.

Drummond comprende que va a morir y, con la mayor premura, cumple sus deberes heroicos. Pronuncia unas palabras que evitan cuidadosamente la queja; entrega a su amigo, el capitán Coe, el anillo nupcial para Elisa y alcanza a mantenerse vivo hasta la llegada del propio almirante, en cuyos brazos muere.

Lo velaron en la comandancia de marina y lo enterraron con honores en el cementerio protestante. Elisa recibió la noticia sin derramar una sola lágrima. Algunos dicen que la envolvió una silenciosa demencia.

Pasaron los meses. Una tardecita de diciembre, se puso un inexplicable traje de novia y se metió en el río, cuyos juncales llegaban hasta el fondo del parque. Ella se ahogó, por suicidio o por accidente.

El almirante Brown nunca pudo reponerse de aquella tragedia. Guillermo Enrique Hudson lo vio muchos años después, vestido de negro y parado en la puerta de su casa, mirando fijamente a la distancia. Le pareció un fantasma.

Cuando Hudson escribió sus líneas, la pena de Brown ante el recuerdo de su hija era ya otro recuerdo y otra pena. Hoy, el propio Hudson es un fantasma. La quinta de Brown, con sus sauces, sus álamos y los dos cañones de Garibaldi adornando la puerta, forma parte del más perfecto olvido.

En su lugar se alza la plazoleta *Elisa Brown*, pálido homenaje municipal a su memoria. Completan esta sustitución la fiambrería *Il Parmigiano*, el bar *El remanso* y *El emporio de la fruta y la verdura*. El río, ahuyentado por tanto progreso, ha retrocedido diez cuadras. La dicha de Francis Drummond y Elisa Brown duró tan poco que casi podríamos decir que fue una mera preparación de la pena, la pena incesante que fue de Brown y de Hudson y es ahora nuestra y será mañana de otros corazones sensibles, cuando adviertan que somos sombras y que nuestras vidas son tumultos sin sentido.

MAGOS

Hsu Tang y Chao Ping tenían el poder de obrar prodigios. Una mañana se encontraron a orillas de un arroyo, en la región de Mingchong.

En el primer recodo de la conversación, Hsu Tang enfatizó un pensamiento ordenando al arroyo que dejara de fluir. El agua se detuvo inmediatamente. Chao Ping le retrucó entonces disponiendo el inmediato florecimiento de un sauce. El árbol se apresuró a cumplir. Los dos magos se entusiasmaron con aquel contrapunto y entre risas y vino siguieron demostrando su poder durante todo el día.

Al llegar la noche, la región de Mingchong se había transformado enteramente. Los lugareños no reconocieron su propia tierra y pensaron que alguna fuerza mágica los había alejado de ella. Inmediatamente, emigraron en busca de su hogar. Sólo algunos, deseosos de experiencias nuevas, permanecieron allí.

El maestro Wu Chang contó esta historia a sus alumnos. Al terminar el relato, les preguntó si habían entendido algo.

Uno respondió que la vida era un sueño de cambios vertiginosos y que nadie era nadie.

Otro, mientras se alejaba al galope, gritó que sólo podía regresarse hacia adelante.

El más joven recitó:

—Quien quiera volver al primer amor deberá buscarlo en otras mujeres.

Wu Chang dijo entonces:

—Me voy para siempre. —Y se sentó en silencio.

EL BAR II

Puede decirse que los Hombres Sabios no son más que una vana multiplicación del Narrador. Recorren los salones del bar recitando máximas, pensamientos y nociones de toda índole para pedir a cambio una moneda.

Son insistentes y violentos, y no se marchan ni siquiera después de haber recibido limosna.

Casi todos llevan un loro en el hombro. La función de estas aves es repetir las palabras de su dueño, para enfatizarlas o para facilitar su comprensión. Algunos, sin embargo, opinan que no hay tal repetición y que los loros se limitan a pronunciar unas palabras confusas, que se parecen lejanamente a las que acaban de oír. Es el entendimiento turbio de los parroquianos, que no prestan atención ni a sabios ni a loros, el que da por idénticos a ambos discursos.

ORGÍAS

En la ciudad de Benares, que es el centro del mundo, hay una construcción subterránea en cuyas ocultas instalaciones se celebra una orgía incesante. No se sabe cuál fue el principio de esta saturnalia. Cuando llegaron los ingleses ya hacía más de mil años que había empezado. Los hombres sabios declaran que sólo finalizará en el último día de los tiempos.

El aspirante que logre ingresar a la sala de placeres encontrará —cualquiera sea la hora del día o la época del año— centenares y centenares de personas anhelantes, rugientes, enloquecidas y entregadas a los goces más asombrosos.

A lo largo de la historia, generaciones de adeptos se han ido sucediendo pero la fiesta no se ha interrumpido jamás.

No está claro cuál es el procedimiento para ingresar a la secta de la Eterna Orgía. Los que han conocido los salones están obligados a guardar secreto. La ubicación misma de estos salones es desconocida. Algunos afirman que están a la orilla del río, no lejos de la terraza escalonada de Bachraj, donde los fieles toman baños rituales. Otros prefieren creer que la orgía se desarrolla exactamente bajo el templo de Durga, una ubicación conveniente para diseñar una simetría de austeridades superiores y disipaciones inferiores.

El periodista francés Jules Garnier afirmó haber ingresado a las dependencias orgiásticas el 10 de junio de 1923. Garnier sostuvo que la entrada está a una cuadra de la estación del ferrocarril y que unos brahamanes venales le abrieron la puerta por unas monedas. Su informe es breve y decepcionante.

> *Los salones están muy deteriorados y sucios. Entré desnudo y me encontré con dos cincuentones obesos que empujaban a una mujer borracha. Pregunté en perfecto sánscrito dónde estaba la orgía y me contestaron que aquella era la orgía perpetua. Los cincuentones se alegraron de mi llegada, que les permitiría marcharse sin interrumpir la historia.*
> *Me quedé varias horas manoseando a la mujer borracha, hasta que unos estudiantes coreanos llegaron ruidosamente y me relevaron.*

El antropólogo inglés Hebert Chorley conjetura que Jules Garnier fue engañado por granujas cualesquiera, de esos que cunden en las proximidades de las estaciones del ferrocarril.

ORGÍAS II

La secta del Petardo de Bambú consideraba muy conveniente morir en el punto más intenso de la existencia. Sus maestros recomendaban adelantarse a la decadencia y a la enfermedad, pero también a la serenidad y al tedio. No se trataba tan sólo de morir en plenitud, sino también de hacerlo en el momento en que ésta se hacía más patente.

En la ciudad de K'ai Feng, una vez por año o quizá dos, se reunían centenares de adeptos en un rito orgiástico de increíble violencia. Por lo general, lo hacían en lujosos salones, ya que la secta del Petardo de Bambú estaba integrada por personas de las familias más pudientes.

Un maestro de ceremonias iba señalando los diferentes pasos de la reunión. Al principio, se conversaba y se bebía un vino suave. Más tarde, servían unos manjares estimulantes. Después empezaban las danzas y al rato todos probaban los afrodisíacos preparados por los maestros del Tao, unas sabias mezclas que dejaban al cuerpo en permanente disposición venérea y soltaban al espíritu a fin de que abandonara los territorios de la razón y el decoro que tanto perjudican las acciones lujuriosas.

Al comenzar las cópulas indiscriminadas, unos músicos hacían sonar intensamente unas melodías que, según sus doctos compositores, expulsaban hasta el último vestigio de discreción. Un coro, o quizá los mismos participantes, repetían a voz en cuello versos obscenos que se mezclaban con los gritos, los jadeos y las amplias solicitudes de los fornicadores.

Los salones estaban custodiados por implacables esbirros que evitaban la entrada de ajenos pero también la salida de propios. Estaba rigurosamente prohibido abandonar la orgía.

El poeta Li Wung, en 999, pudo escaparse de una de estas reuniones y dejó una descripción de lo que allí sucedía.

Egresado ya de mi conciencia, me encontraba en un nuevo estado en el que las sensaciones resultaban menos nítidas pero más intensas. Las personas iban perdiendo su identidad, o mejor dicho, la iban transformando. Invadida por mi virilidad o quizá por la de algún otro, la princesa Su Ling, sobrina del emperador Sung Chentsung y célebre por su castidad, acercó ferozmente su rostro y comenzó a escupirme mientras vociferaba unos insultos torpes. El maestro de ceremonias, con acento enloquecido, recitaba estos versos:

> *El último tramo en la montaña del placer*
> *es la maldad.*
> *Oh, daño.*
> *Oh, destrucción.*
> *Oh, envilecimiento.*

Unos eunucos nos flagelaban con látigos provistos de bolas de metal. De pronto, ingresaron en aquel escenario de depravación unas fieras, acaso leopardos o tigres. Todos gritábamos de dolor, de placer, de desesperación. Supe que íbamos a morir pero no me importaba. En los abismos más desmesurados del deseo el goce vale más que la vida.
Un error en la organización de la orgía vino a salvarme. La señora Yung, estúpida y presuntuosa, había sido invitada y fingía orgasmos ante los puntapiés de un joven guerrero. Mi tensión disminuyó y me lancé al río por una ventana.

Las reuniones de la secta del Petardo de Bambú terminaban con la muerte de todos los participantes. Algunos dicen que el maestro de ceremonias iba guiándolos hacia un éxtasis de placer colectivo, en el ápice del cual él mismo se suicidaba. Ante esa señal, los esbirros degollaban a la concurrencia con la mayor velocidad, tratando de hacer coincidir la muerte con el momento cumbre del goce.

Se discute si los participantes conocían de antemano su destino. El relato de Li Wung acredita su ignorancia pero es evidente que el poeta no pertenecía a la secta y que estaba allí en carácter de colado. Quienes morían en aquellas festividades ascendían directamente al cielo de los inmortales.

Como siempre sucede, estas creencias fueron empalideciendo hasta volverse alegóricas. En el siglo XIV la muerte general era reemplazada simbólicamente por la aniquilación de una oveja, aunque algunos maestros de ceremonias seguían matándose. Ya cerca de nuestros días, en el siglo XIX, la misma orgía era metafórica y todo se reducía a unas danzas en la calle con la asistencia de niños y vendedores de golosinas.

ORGÍAS III

El gran festival anual de Ashtarté en Hierápolis se celebraba a principios de la primavera.

Los sacerdotes eunucos de la diosa hacían ofrenda de sangre, cortaban su piel con navajas y salpicaban el altar. Pero luego, la excitación iba apoderándose de los oficiantes de categoría inferior y más tarde de la muchedumbre. La música infernal de flautas, címbalos, tambores y cuernos, junto a los licores y los hongos estimulantes, producía un estado de locura general. Muchos hombres jóvenes, enardecidos por la sangre derramada, se arrancaban la ropa y tomando una cualquiera de las muchas espadas que estaban a disposición del público, se castraban allí mismo. Sir James Frazer cuenta que estos sujetos corrían por toda la ciudad revoleando sus mutiladas partes, hasta que al fin las arrojaban dentro de una casa cualquiera. Ahora bien, el propietario de la casa debía agradecerle esa distinción obsequiándole trajes, atavíos y ornamentos de mujer que el flamante castrado llevaría desde entonces para siempre.

CORO

Hagamos algo definitivo,
no importa qué.

59

El acto drástico emborracha
y empuja nuestras conciencias
fuera del tedio prudente de la vida vulgar.
Hagamos algo definitivo,
repudiemos a nuestra amante,
ofendamos a quienes nos sostienen
o cercenemos nuestras partes viriles
con filos rituales.
Después vendrán los largos años del arrepentimiento
pero esta noche, por un instante,
nos sentiremos valientes.

ORGÍAS IV

Una orgía, hijo mío, separa el placer de sus consecuencias.

Allí no hay referencias a la vida pasada o a la posición social fuera de ese ámbito. Pero hay que decir que ciertos datos previos iluminan el placer de un modo delicadamente perverso: observar el desenfreno de alguien cuya castidad es pública multiplica la voluptuosidad.

De todos modos, es deseable la aniquilación de las identidades. La luz debe ser tenue; las palabras que se intercambien, impersonales. Los celos, el orgullo y la imposición de derechos adquiridos previamente están, desde luego, fuera de toda orgía. Los turnos, las simetrías, la disposición coreográfica deben limitarse. Es preferible, querido mío, una sensación de caos, aunque es sabio procurar que la lujuria de los concurrentes vaya creciendo de un modo homogéneo. Es decir, se reducirán al mínimo los estallidos precoces o tardíos.

En algunas civilizaciones de la antigüedad clásica existían ocasiones especiales en las que todo el pueblo participaba de una orgía. Sin embargo, en general, se exigía la pertenencia a un determinado grupo que perseguía idénticos fines y corría idénticos riesgos.

Los partos, según el testimonio de algunos viajeros, organizaban reuniones de desenfreno que sucedían en la más completa oscuridad para no comprometer identidades, linajes o jerarquías. Algunos pensadores consideran esto un grueso error. La orgía no es imaginación ni elipsis sino justamente la realización contante y sonante de disipaciones que alguna vez soñamos.

Debo decirte que, a lo largo de la historia, se ha discutido mucho acerca del momento en que debe finalizar una orgía. Desde un punto de vista clásico, el sueño y la relajación general, la desordenada quietud en los salones y los sucesivos despertares con retiradas furtivas son señales claras. Algunas veces, conforme a ciertas regulaciones rituales, la orgía finaliza en un instante más filoso, marcado por un suceso puntual como un sacrificio, el amanecer o un incendio.

Alejandro de Macedonia consideraba como conducta criminal la continuación de las pretensiones lascivas después del fin de la orgía. El emperador Calígula solía ensañarse con los cortesanos que llegaban tarde al desenfreno, pues sentía que contaminaban de cotidianidad un estado de conciencia que a veces resultaba trabajoso alcanzar.

Los años me han enseñado a despreciar el discurso amoroso de los burgueses: "Yo siempre creí que A, hasta que B. Me prometiste que X y sin embargo, Z. Pídeme si quieres que A, A', A" o A"', pero no me pidas que C". En la orgía no hace falta la explicación del deseo para legitimarlo. Y ése es el primero de los goces.

Los licores y los afrodisíacos, niño de mi corazón, son indispensables no sólo para asegurar el desenfreno sino para atribuir a las sustancias la responsabilidad de nuestras bajezas. Se entiende que estas preparaciones nos dominan, nos poseen y nos expulsan de nuestro ser.

Como ya te habrá dicho tu madre, es perfectamente inútil aspirar a lo orgiástico con la mera concreción de una cita colectiva de expectativas sexuales. Una verdadera orgía presupone un estado de conciencia diferente y superior que debe ser alcanzado por procedimientos que implican, casi siempre, una ética y una estética. Los mercaderes enriquecidos que fuman opio y se rodean de prostitutas en el barrio del Soho son solamente imbéciles y debe serles prohibido el ingreso a cualquier saturnalia.

Y ahora ve, hijo mío, y sé feliz.

ORGÍAS V

E n tiempos del imperio Tsing, allá por el siglo IV, existía
una colección de normas protocolares conocidas como
"El libro de las prescripciones mensuales". Allí se establecía que en los primeros días de la estación primaveral, el
emperador, junto con todas sus esposas y concubinas, debía
trasladarse al campo y copular repetidamente sobre la tierra
sembrada para contagiarle fertilidad.

Se trataba, por cierto, de verdaderas orgías silvestres en
las que el emperador estaba obligado a ejercer su virilidad
con el mayor ímpetu y frecuencia.

Los chinos creían que la conducta del emperador influía
sobre los fenómenos naturales. De este modo, cualquier desmayo en la masculinidad imperial devenía en sequías, heladas, plagas de langosta, terremotos, inundaciones o erupción
de volcanes.

Los ministros y funcionarios de la corte, preocupados por
el destino del Imperio, elegían concubinas hermosas, disponían almohadones de plumas en los almácigos rituales y pro-
curaban que el temor de producir una catástrofe no pertur-
bara el deseo del Hijo del Cielo.

ORGÍAS VI

F elipe de Orleáns, regente de Francia durante la niñez de Luis XV, era un hombre muy vicioso. Una de sus amantes, madame de Sabran, se mantenía en el ejercicio de sus prerrogativas de favorita consiguiéndole a Felipe muchachas bien dispuestas. Casi todas eran bailarinas de la Ópera. Tenían cuerpos hermosos y sabían aparentar el furor erótico, aunque —lamentablemente— casi todas llevaban consigo alguna enfermedad venérea.

Los libertinos suelen tener cada tanto el capricho de un amor duradero. Madame de Sabran captó esa inquietud en Felipe y empezó a buscar una amante más sólida. Un día descubrió a Ferrand D'Averne, una joven que reunía evidentes condiciones pero que estaba casada con un teniente de la guardia. Madame organizó una sesión de sombras chinescas en la que un especialista, lejos de los cisnes, leones y peces de uso común, animaba con sus manos proyecciones obscenas, entre las risotadas de la concurrencia.

Allí se conocieron Felipe de Orleáns y Ferrand D'Averne. El regente quedó muy enamorado y al día siguiente obsequió a la muchacha unas flores para ella y una capitanía de la guardia para el marido. Ferrand rechazó el presente y pocos días después, junto a su marido, se marchó de París. Felipe envió un mensajero al galope. Llevaba una oferta de cincuenta mil libras. Madame D'Averne no respondió nada.

Felipe ya calculaba una tercera propuesta cuando se presentó el señor D'Averne en persona. Con la mayor desvergüenza, ofreció el abandono de su mujer a cambio del nombramiento de gobernador en Bearn y una alta suma de dinero. Felipe aceptó.

Los nuevos amantes se encontraron por fin la noche del 12 de junio de 1721. A los pocos días, Felipe instaló a Ferrand en una habitación muy cercana a la suya y empezó a visitarla todos los días. Ella se entregó a todos los placeres que el regente le propuso. Se mostró especialmente interesada en unas reuniones orgiásticas que organizaba Felipe y que eran famosas en todo el reino. Madame D'Averne resolvió diseñar ella misma aquellas fiestas. Invitaba a centenares de personas y armaba escenografías en medio de las cuales tenían lugar los más salvajes entreveros sexuales. Casi siempre existía una consigna central que imponía una vestimenta, una actitud, una condición a los participantes. A veces, se presentaban todos como romanos, o como tártaros, o imitando el celo de determinados animales.

Las mentas de estas desmesuras llegaron a los lejanos oídos del señor D'Averne. El hombre se arrepintió de haberse sometido a la deshonra. Y empezó a pensar en redimirse.

Una noche, madame D'Averne invitó a sesenta personas. Recomendó a los hombres que se vistieran de mujer y a las mujeres que se vistieran de hombre.

Apenas comenzada la reunión, ordenó a todos que dieran salida a su instinto y que olvidaran —al menos por unas horas— que pertenecían al género humano. Las consignas fueron enteramente cumplidas y, al rato, había prosperado una violentísima orgía.

En cierto momento, mientras madame D'Averne —en calzoncillos— era estrujada por dos muchachos en traje de campesina, se abrió la puerta y entró monsieur D'Averne, espada en mano y acompañado por dos soldados. Tomó del brazo a madame y gritó a Felipe —aún sin saber dónde estaba a causa del tumulto— que se arrepentía de lo convenido. Rápidamente se fue del salón y dejó en la puerta el dinero, los obsequios y los nombramientos.

Los presentes continuaron con la orgía, pero sólo por educación.

UNA ISLA

Según Claudio Eliano, Anostus es una isla situada en la entrada del Mediterráneo, no lejos del estrecho de Gibraltar.

Allí no puede saberse si es de noche o de día. Una bruma luminosa produce el efecto de un ocaso perpetuo.

Hay también dos ríos en cuyas márgenes crecen árboles frutales. Los que se hallan junto al río del dolor dan frutos que producen pena: el viajero que los prueba pasa el resto de sus días en un hondo padecimiento. Los frutos de los árboles del río del placer dan al que los muerde un goce cierto pero que no dura casi nada.

El navegante portugués Lourenzo Gonçalves anduvo por allí muchas veces, y declaró que el dolor prolongado y el placer efímero no eran una propiedad de los árboles, sino de los hombres.

LA MUERTE

Entre los gitanos que al final de la Edad Media vivían en Bulgaria, la Muerte solía aparecer bajo formas amables, gratas y aún tentadoras.

En ocasiones, era una hermosa bailarina que extendía los brazos hacia su víctima en el momento más frenético de la danza.

Otras veces era un músico, que tocaba en su cítara unos aires melancólicos que convidaban a viajar al otro mundo.

En los meses de verano, la Muerte era visible, comía con las familias más poderosas y contaba historias de personajes ilustres. Todos le rendían homenaje o le hacían obsequios valiosos. Tan deseable aparecía el Ángel, que muchos entregaban gustosos la vida a cambio de un breve contacto.

Los gitanos y gitanas jóvenes empezaron a morir desmedidamente. Demasiado ocupada la muerte en aquellos decesos, no encontraba tiempo para llevarse a los viejos y a los enfermos.

El poder de aquel pueblo estaba seriamente resentido: escaseaban los guerreros, los trabajadores vigorosos y los vientres fértiles. Cada primavera, la Muerte se llevaba a los más jóvenes y a los más hermosos.

El héroe Lug, que era valiente, agudo y poseedor de una salvaje energía venérea, comprendió el funesto poder que tiene la belleza cuando sirve a las fuerzas de la destrucción.

Una noche, citó a la Muerte en un bosque sagrado que crecía en la ladera de una antigua loma. Ella acudió bajo la forma de la más hermosa de las mujeres. Lug comenzó a amarla ardorosamente pero, para sorpresa del Ángel, efectuó unas maniobras que había aprendido de unos taoístas chinos que había conocido en una caravana. Aquellos hombres le habían enseñado la destreza prodigiosa de prolongar la cópula indefinidamente, sin desembocar en las desaforadas culminaciones que los gitanos consideraban fatales y urgentes. Acostumbrada la Muerte a llevarse a los hombres a caballo de su último espasmo, trató de conducir a su compañero hasta el ápice del goce, pero no lo logró. Lug, hablando por entre sus dientes y tensando los músculos de sus glúteos, le dijo:

—Puedo estar en el penúltimo escalón durante toda la existencia, puedo dar todos los saltos menos el definitivo, puedo galopar a toda velocidad y detenerme exactamente al borde del abismo.

Después, recordando unas astutas manipulaciones que aconsejaban los sabios taoístas, Lug logró que la Muerte perdiera el equilibrio y cayera indefensa en territorios de placer. Entonces el ángel recuperó su aspecto verdadero y horripilante. El héroe la miró con ojos de fuego y le gritó:

—El amor y la pasión son más fuertes que la muerte. Ya no los uses como armas y vuelve a tus antiguos procederes de senectud, corrupción y enfermedad.

La Muerte se rió con dientes de calavera.

—El amor y la pasión son la muerte y tú, Lug, amas porque mueres y mueres porque amas.

Lug cayó fulminado, pero la muerte ya no volvió a ser hermosa en aquellas tribus y desde entonces volvieron a morirse sólo los viejos y los apestosos. Las personas jóvenes y fuertes siguieron siendo, como en todas partes, inmortales.

LOS JUSTICIEROS

Hace muchos años se fundó en Buenos Aires, no sin formalidades de estatuto y juramento, la Sociedad de los Reventadores, una patota de espectadores teatrales cuya finalidad era hostilizar al género chico español.

Los principios en nombre de los cuales procedían eran ciertamente dos: el primero, un disgusto artístico ante las obras precitadas; el segundo, un resentimiento de criollo desplazado.

Los Reventadores asistían a las salas teatrales a veces hasta en número de cien. Pagaban la entrada para que los eventuales gestos de rechazo formaran parte de la protesta permitida al espectador defraudado. Debe señalarse que la indignación no surgía de las torpezas artísticas que iban observando, sino que éstas eran la señal para hacer estallar unos enconos que ya traían de su casa. Los procedimientos eran los usuales para arruinar una función: silbidos, abucheos, frases de reprobación, rimas con la última palabra de cada parlamento y, en los casos más graves, estallido de petardos, invasión del escenario, desalojo de los actores y destrucción de las instalaciones.

Con los años, la Sociedad fue decayendo o, acaso, el género chico español fue mejorando. Y en 1910 eran un recuerdo.

Pero mucho después iba a surgir otra cofradía más rigurosa que la anterior y más secreta: hablo de Los Justicieros de las Tablas.

Se ha dicho repetidamente que este grupo fue una de las tantas consecuencias de una patología clásica de los espectadores teatrales: la confusión entre lo ficticio y lo real. Sin embargo, ha venido a saberse que el jefe secreto de aquellos conjurados era nada menos que Enrique Argenti, el enloquecido director de Barracas.

Los Justicieros se precipitaban al escenario cada vez que se producía un acto de maldad o de bajeza. Por regla general, trataban de impedir los crímenes y las traiciones. Muchas veces revelaban al personaje cuya muerte se tramaba lo que habían planeado los conspiradores en la escena anterior.

Cuando no podían impedir los actos viles, se conformaban con castigar a los responsables. Pero hay un detalle singularísimo: durante sus invasiones ejercían una impecable conducta teatral. Es decir, se conducían como actores, con impostaciones y movimientos de notable academicismo.

Para evitar ser reconocidos iban enmascarados o disfrazados. Algunos historiadores, desconociendo la participación de Enrique Argenti tenían, sin embargo, la vaga intuición de que la Hermandad estaba integrada por actores enfurecidos por la falta de reconocimiento. Otros han hablado de empresarios inescrupulosos que enviaban Justicieros para hacer fracasar las obras de la competencia.

Actores o no, la violencia era casi inevitable. Los fratricidas eran especialmente castigados. Críticos memoriosos han conservado este fragmento de *Hamlet*. El rey Claudio, asesino de su hermano, está planeando la muerte de su sobrino:

CLAUDIO: *Dale, Inglaterra, a Hamlet pronta muerte.*
   Mientras no sepa que está dado el golpe,
   por bien que me tratare la fortuna,
   no hallaré paz ni dicha en parte alguna.

ENRIQUE ARGENTI: *¡Qué dicha ni qué paz, juna gran siete!*
Ahora Hamlet rumbo a su fin se embarca;
detén a tus sicarios, vamos, vete
o a la primera patada en el juanete
vas a volar por toda Dinamarca.

A Otelo llegaron a conversarlo durante media hora para hacerle entender que Desdémona no lo engañaba. A Segismundo lo durmieron de una piña. Para aplacar a Antígona, Argenti representó el papel del finado Polinices regresando de la muerte. Por temor a estas invasiones muchos directores modificaban los diálogos y aun los argumentos, para evitar cualquier infracción a la más estricta moral.

Pero con el tiempo, los principios éticos del grupo se fueron resquebrajando. Se dice que, algunas veces, los Justicieros invadían el escenario sólo para sacar ventajas personales. En 1951, Enrique Argenti se coló en la cama de Julieta. En ese mismo año, atropellaron a las bailarinas de la revista *Estos churros son porteños*. También se robaron unos jarrones egipcios de la escenografía de *Antonio y Cleopatra*.

En el momento de su apogeo, el público festejaba las apariciones de los Justicieros con impresionantes ovaciones. Pero este éxito generó una verdadera calamidad artística: ciertos empresarios voraces prepararon falsos justicieros que, siguiendo un libreto, interrumpían las escenas. Estas intervenciones eran anunciadas en el programa para atraer a los espectadores. A partir de entonces, resultó difícil distinguir entre los Justicieros originales y sus mezquinos imitadores.

Allá por 1955, apareció un segundo grupo con fines opuestos. Se llamaron a sí mismos Los Guardaespaldas del Autor. Asistían a los teatros para garantizar el cumplimiento del plan original de cada obra y sólo se movilizaban ante la eventual aparición de los hombres de Argenti. En tales casos, subían también ellos al escenario y empezaban las controversias verbales, los empujones y los sillazos. Cada obra era entonces un campo de batalla entre la ortodoxia y la heterodoxia, entre los que querían que Edipo se acostara con su madre y los que querían impedirlo a toda costa.

Algunos se entusiasmaron con estos sucesos y declararon que nacía una nueva dramaturgia. Muy pronto se comprendió que ese nuevo teatro no era otra cosa que el teatro de siempre, ya que toda obra es un encontronazo entre seres que tratan de hacer prevalecer sus deseos.

Los Justicieros y los Guardaespaldas se aniquilaron en su propia redundancia. Su declive fue lento: las invasiones del escenario se volvieron esporádicas, el alto precio de las entradas redujo su número y un público mayoritariamente conformista los fue aplacando a fuerza de chistidos.

Hoy, ya domesticadas las muchedumbres burguesas por la vasta acción homogeneizante de la televisión, nadie se indigna ante las bajezas artísticas. Los Reventadores, Los Justicieros y aun los Guardaespaldas han desaparecido de los teatros.

De Enrique Argenti no se tenían noticias. Pero la otra noche, a la hora en que estaba a punto de terminar la telenovela más exitosa, mientras los vecinos obedientes de la ciudad aceptaban pasivamente un casamiento imperdonable, se oyó una voz que resonaba desde algún patio:

—¡Hijos de puta! ¡Despierten! El arte es grande y la vida es breve. Apaguen el televisor y salgan a la calle a vivir, a vivir que nos estamos muriendo...

INFORME SOBRE EL PAYADOR
JULIÁN MAIDANA

Buenos Aires, 1 de julio de 1984

Señor director de la revista *Tradiciones históricas,*
Dr. Mario P. Lozano

Todos hemos oído decir que el inolvidable payador Julián Maidana nació en Teodelina, provincia de Santa Fe. Lo garantizaba la más célebre de sus composiciones, una quintilla que solía entonar a manera de saludo.

> *Es paisaje en la neblina*
> *el canto que dejaré:*
> *soy una voz argentina*
> *he nacido en Teodelina,*
> *provincia de Santa Fe.*

Sin embargo, le aseguro que el historiador aficionado no tarda en llevarse por delante opiniones diferentes. Algunos juran que Maidana nació en Hurlingham, un pueblo cuya rima imposible lo indujo a falsificar su origen. No falta el que sostiene que el verdadero apellido no era Maidana, sino el itálico y prosaico Bolognini.

Unos talabarteros de San Pedro que organizaban domas

de potros y carreras de sortija me han dicho que el payador nació en ese pueblo y que se llamaba Nardelli. En cambio, unos periodistas rosarinos se pronunciaron, durante un asado, por Arroyo Seco y el apelativo Bejerman.

Ni siquiera es fácil encontrar coincidencias en la descripción de sus virtudes artísticas. El musicólogo Ángel Belahunde, en su obra *Repentinos de mi provincia - Buenos Aires 1920* ha escrito: "Julián Maidana es el más rápido de los payadores que he conocido. Sus décimas presentan desprolijidades pero son despachadas a través de una milonga firme, sin calderones ni *ritornellos*. Por momentos, parece que no pensara".

Como bien sabrá el señor director, la velocidad de Maidana ha sido siempre un tópico en las conversaciones entre payadores y aficionados. Pero existen testimonios en disidencia. *El día* de La Plata, comentando una presentación del año 1919, es terminante: "Julián Maidana estuvo muy bien en las canciones preparadas. A la hora de improvisar, sus versos, acaso interesantes, se vieron menoscabados por la exasperante lentitud del payador".

En 1954, el poeta Mario Alderete, que lo había conocido en su juventud, declaró a la revista *Mundo argentino* que Maidana era veloz porque era fraudulento. Explicó que el hombre manejaba una colección de diez o quince décimas con las cuales contestaba cualquier pregunta, sin que le preocupara mayormente la pertinencia de los versos que cantaba.

Como modesta contribución, he tenido la prolijidad de recopilar centenares de versiones taquigráficas que se tomaban en aquel entonces en los desafíos de contrapunto. Especialmente útiles han sido los cuadernos del taquígrafo de apellido Dubois, que siguió a Maidana a lo largo de veinte años. En sus registros pueden hallarse —tal como opinaba Alderete— algunas décimas que se repiten y contestan preguntas muy diferentes.

La siguiente, con pequeñísimas variantes, ha sido anotada por Dubois en noventa y siete ocasiones. Sucesivamente ha servido para responder enigmas tales como: ¿qué es el silencio?, ¿qué es la nada?, ¿quién apaga las estrellas?, ¿dónde se guardan los vientos?, ¿a qué hora pasa el Cuyano por Justo Daract?, ¿por qué no se da la uva en Tres Arroyos?

> *Compañero payador*
> *su espíritu indagatorio*
> *ante este vasto auditorio*
> *ha mostrado su esplendor.*
> *Pero este humilde cantor*
> *responde, en sentido inverso*
> *que los vientos* * *y los versos,*
> *la nieve, el fuego, el rosal*
> *siguen de un modo fatal*
> *órdenes del universo.*

Pero la taquigrafía, señor director, también muestra algunas veces versos cuyo carácter súbito resulta indiscutible. Algunos de ellos cumplen estrictamente las reglas métricas de la décima pero carecen de todo sentido.

> *En la tiniebla silente*
> *donde relincha el hornero*
> *hay una voz, compañero*
> *que me grita: ¡viene gente!*
> *La pava gime, caliente,*
> *toca el cura su campana,*
> *en la laguna las ranas*
> *construyen su alegre nido,*

* Esta palabra es reemplazada en cada ocasión, conforme a la circunstancia (trenes, uvas, astros, nada, calma, etc.).

> *hasta que se oye un chistido*
> *¿Sabe quién era?: su hermana.*

Enfatizo ante el señor director el carácter contradictorio de algunas afirmaciones sobre el arte de Maidana. *El Faro* de Azul lo ha presentado como un guitarrista habilidoso pero de voz pequeña. *El diario* de San Luis se atrevió a decir que era más cantor que guitarrista; el maestro Abel Zielinsky, que lo había escuchado en San Rafael, lo recordaba como un tenor de garganta; la *Crónica* de Banderaló lo describió como un barítono demasiado grave para el género. ¿A qué testimonios debemos atenernos? ¿Cómo cantaba Maidana? ¿Era lento o era rápido? ¿Era agudo o era profundo?

El señor director podrá decir que los juicios artísticos están teñidos de capricho y que varían considerablemente de una persona a otra. Muy bien. Pero, ¿qué me dice del aspecto físico? A pesar de la carencia de fotografías, siempre se ha creído que los versos de Maidana permitían conjeturar su apariencia.

> *Soy un paisano morocho,*
> *de mirada arisca y dura,*
> *¿quiere saber mi estatura?*
> *Un metro sesenta y ocho.*
> *Aunque salud no derrocho,*
> *ando bien alimentao,*
> *me estoy quedando pelao*
> *y en señas particulares*
> *anóteme dos lunares*
> *y mi poncho colorao.*

La descripción parece definitiva. Sin embargo, en la peña *El rodeo* de El Palomar se conserva registrado un contrapunto entre Maidana y un repentino de apellido Cabrera. Cerca del final, Cabrera describe a su antagonista.

Le dejo mi admiración,
por su valor y su arrojo,
arde en su cabello rojo
un fuego de inspiración…

Como si estas contradicciones no fueran suficientes, hace algún tiempo se presentó en mi estudio un tal Roberto Lamotta, que dijo ser sobrino nieto de Maidana. Me mostró unos modestos recortes y —por fin— una foto del payador. Era una imagen tan borrosa y había tanta gente amontonada que la mancha señalada como Maidana podía pasar por cualquiera.

Lamotta me dijo que los numerosos amores clandestinos de Maidana eran una leyenda en la familia y que probablemente hubieran dejado algún rastro en los pueblos visitados por el cantor.

Examinando los papeles de Dubois pude reconstruir un itinerario y hasta algunas fechas de 1923: Chivilcoy, Bragado, Pehuajó, 9 de Julio, Trenque Lauquen. Revisé los archivos de los diarios, hablé con historiadores, pregunté en los museos y busqué en los registros de los hoteles. Un día, recibí una comunicación del comisario de Carlos Casares quien, recordando mis investigaciones, dijo conocer a una anciana, la señora Rosa Fittipaldi que —según ella misma contaba— había tenido amores con Julián Maidana. Gracias a los datos del comisario me puse en contacto epistolar con esta dama y ella, con elegante prosa, me hizo algunas confidencias. Aprecie el señor director estas cinco líneas:

Conocí a Maidana en 1924. Yo entonces era linda. La verdad es que todavía no me acostumbro a ser una vieja. Perder la belleza y la atracción es como perder el nombre, es como dejar de ser una. Desde 1940 vivo algo así como un destino ajeno, en un cuerpo al que he venido a dar misteriosamente, después de vaya a saber qué catástrofes.

Doña Rosa me contó que estuvo dos noches con Maidana. La primera, en los galpones de la estación y la segunda en un hotel de 9 de Julio. Describió al payador como un hombre de unos cuarenta años, robusto, moreno y sorprendentemente parco. También me anotó unos dodecasílabos en forma de huella que, según dijo, tenía en su casa, escritos de puño y letra por el mismo Maidana.

A la huella, mi china, cuando me vaya
será inútil que digas lo que ahora callas.

A la huella, a la huella, cuando me quede
será inútil que digas que no se puede.

A la huella, a la huella, cuando regrese
has de decir al verme, ¿quién será ése?

Hay una sola huella: la del olvido.
Es inútil que sepas que te he querido.

Casualmente, reconocí esos versos por haberlos visto muchas veces en los papeles de Dubois. Pero mi sorpresa fue aún mayor cuando, a las pocas semanas, recibí carta de una señora de O'Brien que —conociendo mi interés— no vaciló en confesar unos entreveros con Maidana ocurridos en 1926. Voy calculando el asombro del señor director cuando sepa que esta mujer me describió al payador como más bien rubio y jovencito.

Para no ser redundante bastará con decir que junté hasta once novias del cantor. Ocho de ellas lo pintaban de tres maneras diferentes. Pude apreciar también una relación entre la geografía, el tiempo y las fisonomías. Al norte del ferrocarril Pacífico, Maidana era joven y pelirrojo. En la línea del Oeste, moreno y robusto. Al sur, y después de 1926, se convertía, redondamente, en un pelado de bigotes.

Sin ánimo de presumir, le informo que ordené la taquigrafía de los versos según los pueblos y los años. Y ahí también descubrí que ciertas coplas se repetían únicamente en algunas regiones.

La célebre décima "Soy hijo de Martín Fierro", con la que tropecé veinticuatro veces, nunca había sido cantada al norte del Río Salado. La que comienza con el verso "Si pública es la mujer" no aparece jamás después de 1920 y la quintilla "No me agacho por dos pesos" sólo aparece en los pueblos del ferrocarril Sur.

La muerte de Maidana siempre fue un misterio para los aficionados. Después de 1940, su rastro se fue perdiendo. La última noticia cierta que se tiene de él proviene de la ciudad de Mercedes, en la República Oriental, donde al parecer actuó en 1942. Jamás fue visto de nuevo y jamás nadie informó acerca de su muerte. ¿Acaso vive Maidana? La semana pasada, señor director, recibí el último y definitivo testimonio acerca de estos asuntos que hoy pongo a su consideración. Al llegar a mi estudio, me encontré con un anciano que me esperaba desde hacía horas. Vestía solemnemente de negro y llevaba un prolijo estuche de guitarra. Imagíneselo bien, señor director, era como un funebrero. Me puso la mano en el hombro y me dijo:

—Así que usted está interesado en Julián Maidana… Si es inteligente, ya se habrá dado cuenta de todo.

Entonces le dije lo que le estoy diciendo a usted ahora: que había más de un Maidana, que había usurpadores que se hacían pasar por él o que existía una sociedad de al menos tres payadores que se repartían el trabajo. El hombre sacó dos recortes cuya fotocopia adjunto al señor director. Como usted podrá apreciar, se trata de la reseña de dos actuaciones de Julián Maidana en la noche del 21 de junio de 1923. Una, en James Craig, provincia de Córdoba. La otra en González Chávez, provincia de Buenos Aires. Después, casi como quien declama, recordó:

—Todo empezó por casualidad. Una noche, Maidana tenía que cantar en Tapalqué y se sintió enfermo. A último momento, se le ocurrió mandar en su lugar a otro payador amigo. No está claro si se trataba del pardo Cingolani o de Anselmo Rufette. Nadie se dio cuenta de nada. Después, cuando creció su fama, Julián tomó la costumbre de arreglar presentaciones en todas partes, aunque no pudiera ir, y mandaba a cualquiera. En aquel entonces era fácil hacerlo, había pocas fotos y ninguna televisión. Como Homero, Maidana fue muchos cantores. Un hombre plural. Casi todos sus amigos payadores fueron Maidana alguna vez. Pero sucedió algo inesperado. Como usted sabrá, Maidana era un seudónimo. En realidad, nadie se llamaba así. Muy pronto, algunos de los artistas que tomaban ese nombre le disputaron al Maidana original el honor de haber creado aquel personaje. Y lo hicieron con tanto éxito que hoy ya no se sabe cuál de ellos fue el primero. Esta controversia fue aprovechada por nuevos Maidanas, muchas veces insolventes, que ocuparon aquella identidad vacante.

Quise reconstruir estas palabras en estilo directo para que el señor director pudiera conjeturar mi emoción y mi sorpresa al escucharlas. Pero ahora viene lo mejor. El hombre se me acercó hasta resultar indiscreto y me gritó en la cara:

—¡Maidana no ha muerto! Más aún… Maidana no morirá. Está en nosotros hacerlo vivir. Si muchos hombres han sido Julián Maidana, muchos otros pueden seguir siéndolo. ¿Por qué interrumpir la serie? Usted y yo podemos reanudar la vida del payador inmortal.

Le pregunté torpemente si él había sido alguna vez Maidana, o si pensaba serlo ahora.

—Cualquiera es Maidana, si es un buen payador.

Desenfundó la guitarra e improvisó —o repitió— para mí esta décima:

Me llamo Julián Maidana,
soy el que usté está escuchando,
o quizá el que anda cantando
por otras tierras lejanas.
Soy madre, novia y hermana,
soy recuerdo y soy olvido,
soy el retrato querido
de alguien que no volvió más,
soy el amigo que está
y soy el que ya se ha ido.

Hago mía esta décima, señor director, y lo invito a usted y a los periodistas de su destacada publicación al recital que ofrecerá el improvisador Julián Maidana en el Teatro Marconi de Saladillo, el 14 de julio a las 21 horas.

Saludo al señor director con mi mayor consideración.

Lauro Fedelli
REPRESENTANTE DE ARTISTAS

LERNA

La Reina de las diosas desea nuestra desgracia. Pero no es eso lo que debe preocuparnos, sobrino mío. Aunque los dioses todos se dispusieran a favorecernos, nuestro destino siempre sería desdichado.

Ve, incendia el bosque y prepara cien tizones que ardan profundamente. El dragón que enfrentaremos tiene muchas cabezas. Algunos dicen que siete, otros juran que nueve. Y los oscuros habitantes del pantano me prometieron cien. La verdad es que su número es infinito, porque tan pronto uno las corta vuelven a crecer.

Por eso debes preparar los tizones y estar muy atento. Cada vez que yo corte una cabeza, acercarás la brasa al muñón sangrante y quemarás la herida hasta cauterizarla. Si los sabios del pantano no mienten, este proceder evitará el crecimiento de nuevas cabezas. Pero no estoy seguro. Alguien me ha dicho que entre todas ellas hay una que es inmortal y que seguirá en beligerancia, aún arrancada del cuerpo del dragón. Por eso deberemos enterrar profundamente cada cabeza cortada.

Debes tener cuidado. El pantano está lleno de ciénagas hambrientas. Otro peligro es el aliento del monstruo. De sus bocas numerosas proviene un hedor, cuya percepción es mortal para los hombres y para las bestias.

Algunos creen que el destino me será propicio sólo por ser hijo de Jove. Has de saber que la paternidad no significa nada para un inmortal. Sólo los que van a morir se ocupan de sus sucesores.

Maldito sea el nombre de nuestro primo, ese hombre cobarde e incompleto que se esconde dentro de una jarra.

Ve, sobrino, incendia el bosque. Las selvas ardientes agradan a Jove.

Eso sí, mira donde pisas. La diosa ha provisto al dragón de una ayuda rastrera: la alimaña que llaman Cárcino. Yo afilaré el harpe y juro que su filo será inexorable. Pero debes saber algo, joven amigo: todo es inútil. Tal vez podamos matar a la serpiente. Tal vez pueda yo librarme del yugo de mi primo cumpliendo las diez penitencias que los dioses le han autorizado a imponerme. Pero las desgracias son como las cabezas del dragón. Superada una, es sustituida por otra. Matar a la Hidra o no matarla da lo mismo. La victoria o la derrota no cambian nada.

Nuestra sola respuesta es el furor. No hay justicia posible. No hay paz razonable. No hay felicidad que no sea engañosa. Sólo existe la ira, que hace a los hombres parecidos a los dioses. Incendia ya mismo el bosque entero y quema especialmente los árboles que no has de usar. Asegúrate de que la inocencia no sea discriminada. ¡Ay de nosotros, Yolao! Matemos y que nadie conjeture el método de nuestra ferocidad. Perdonemos cada tanto, sólo para ser incomprensibles.

Quiero morir, quiero morir, Yolao. ¿De qué sirve vivir si uno no es un dios?

TREN

El tren pasa solamente dos veces por año. Llega en la madrugada y se detiene apenas unos segundos. Es un tren enorme, más largo que la distancia entre las estaciones: cuando los primeros vagones llegan a un pueblo, los últimos aún están en el anterior. Nosotros no hemos visto nunca de cerca la locomotora. Apenas si la presentimos, resoplando a tres o cuatro kilómetros de la estación.

Las ventanillas de los vagones están cerradas y las cortinas siempre permanecen bajas. No es posible ver qué hay dentro del tren. Nadie se baja en nuestro pueblo. Tampoco es posible saber de dónde viene o adónde va. El ferrocarril ha dejado de imprimir horarios hace muchos años y sus empleados hablan otro idioma y son impenetrables.

Los vecinos tratan de alejarse de la estación cuando el tren se detiene. Las viejas se han encargado de establecer un complicado régimen de supersticiones alrededor del ferrocarril. Dicen que ver a un pasajero equivale a morir, cuentan que a veces bajan del tren unas sombras siniestras que raptan a los caminantes o si no, aseguran que el destino de aquellos trenes es el infierno.

Hace muchos años, los hermanos Stefan y Stavros Kodor subieron al tren y nadie volvió a verlos jamás. En verdad, se da por sentado que cualquiera que desaparece en el pueblo es porque se lo llevó el ferrocarril.

En 1958 se apeó en nuestra estación un hombre misterioso. Pidió alojamiento en la posada que hay frente a la estación y permaneció encerrado en su cuarto durante seis meses, hasta que pasó el siguiente tren. No se fue solo. La empleada de la posada, la pequeña Berta, se marchó con él sin dar ninguna explicación.

Los trenes pasan siempre en la misma dirección, de este a oeste. Jamás se vio ninguno circular en sentido contrario. Se discute si los vagones de la formación son siempre los mismos o si se renuevan. Sabemos que son azules. No llevan ningún número ni inscripción, salvo unos signos, a modo de logotipo, por encima de las ventanillas.

Algunas veces —muy pocas, en verdad— el tren pasa por nuestro pueblo sin detenerse. Este hecho es considerado de mal agüero y todos esperan con ansiedad la llegada y la detención del tren siguiente, para recobrar la calma y la fe en nuestro destino.

Anoche, el tren se detuvo. Al oír el silbato, sentí el impulso de acercarme al andén. Caminé por la plataforma desierta y hasta llegué a tocar con mi mano los brillosos coches. De pronto, la cortina de una de las herméticas ventanillas se abrió y apareció en ella la cara de una mujer hermosa. Yo ya la conocía, había soñado con ella muchas veces. La chica me miró profundamente y pegó sus manos al vidrio. Yo me acerqué cuanto pude y durante unos instantes tratamos de comunicarnos. Ella movió su boca y me dijo algo que no entendí pero que agradecí tiernamente. Tal vez yo le grité palabras urgentes que no alcanzaron a traspasar el cristal. El tren se puso en movimiento, yo corrí a la par, hasta el final del andén. Después, los vagones se perdieron en la oscuridad.

Los vecinos del pueblo no saben por qué razón pasa el

tren. Pero yo sí. Ahora no haré otra cosa que esperar trenes, aunque sepa que jamás volveré a encontrarme con la mujer de anoche. Aunque sepa que ya no habrá otra ventanilla abierta para mí.

TU TSIAN

Tu Tsian tenía muchas amantes. Las complacía, de modo sucesivo o simultáneo, en un elegante jardín que poseía fuera de las murallas de la ciudad de Lo, que algunos llaman Loyang.

Tu Tsian era muy entendido en poesía, música y caligrafía. Sin embargo, no había ingresado en la administración imperial. Utilizaba aquellos conocimientos para agradar a las mujeres. También era discreto y reservado, virtudes indispensables para el adulterio y el amor clandestino.

Casi siempre lo acompañaba una cohorte de aprovechados que disfrutaban de su generosidad y a menudo participaban de fiestas y banquetes en el jardín de Lo. Tu Tsian les servía manjares, les ofrecía vinos antiguos y les presentaba bellezas exóticas de Tartaria o del Turquestán.

Los parientes de Tu Tsian se escandalizaban ante aquellos derroches y le rogaban que arreglara un casamiento adecuado y buscara la felicidad por los caminos que los sabios recomendaban. Uno de sus tíos era nada menos que el maestro Ho Tsian, un hombre que había ocupado las más altas dignidades en la Escuela de Loyang. Cada vez que lo veía, el anciano lo sometía a unas severas amonestaciones.

—Afortunado el que, como tú, ha crecido en la vecindad de la sabiduría y ha podido recibirla por la herencia de la sangre y la contigüidad de la vida bajo un mismo techo. Desdichado el que, como tú, desdeña la nobleza rígida del deber y antepone a ella el estulto desorden del cuerpo dormido por las destilaciones alcohólicas y debilitado por las asambleas venéreas.

Dichas estas palabras, Ho Tsian propinaba a su sobrino un suave bastonazo y se marchaba a sus aposentos. Tu Tsian hacía una reverencia y luego olvidaba las palabras de su tío.

Un día apareció, durante una fiesta, la joven Wu. Era hija de campesinos, pero muy bella y desenvuelta. Al principio, fue una más en aquel alegre grupo. Sin embargo, a los pocos meses, Tu Tsian estaba enteramente enamorado de ella.

No bien le fue concedido cierto poder, la muchacha sometió a Tu Tsian a todos sus caprichos. Le exigía unas sumisiones humillantes. Lo obligaba a las formas más perversas de la gimnasia amorosa. Lo instaba a alejarse de los refinamientos de la alta poesía para hacerle compartir con ella el arte indecoroso de las canciones obscenas.

Tu Tsian descuidó el respeto a sus mayores y los homenajes a los antepasados. En cambio, tomó por costumbre hacer a su amada regalos desmedidos que ella recibía con afectada indiferencia.

Muchas veces la joven se ausentaba o se mostraba fría y desdeñosa. Ante aquellos eclipses, Tu Tsian perdía la compostura y rogaba a Wu con palabras torpes de adolescente. Las reconciliaciones daban motivo a unas fiestas escandalosas, que duraban hasta el desmayo del último de los invitados.

Tu Tsian vivía en el mejor de los mundos y disfrutaba estas vulgaridades a las carcajadas. Sus parientes empezaron a preocuparse seriamente. El noble Chang Ye, amigo de la familia y sobrino del gobernador, se presentó una tarde con protocolo oficial y dijo al enamorado estas palabras:

—Esa mujer es mala, amigo mío. Como sobrino del gobernador de la provincia y funcionario de la Administración Imperial, te pido que te alejes de ella.

Tu Tsian prometió que trataría de hacerlo, pero al día siguiente regaló a su amante un rubí de la India que aumentaba el ímpetu amoroso hasta el límite de la locura. Ella le dio un beso y lo amó en las escaleras de la entrada de su palacio, ante la vista de sus servidores.

Enterado de estos sucesos humillantes, su primo Pa Tsian, aspirante a encargado del Sello Real, lo increpó con la mayor severidad.

—Es acción impostergable la expulsión de esa mujer, oh, primo cuya desgracia es también la mía.

Tu Tsian quedó muy perturbado por aquella visita, pero Wu lo sacó de sus cavilaciones al enseñarle un juego que las prostitutas de la India practicaban para enloquecer a los jóvenes neófitos que habían jurado castidad en los templos de Durga.

La joven Wu se ausentó misteriosamente poco antes del verano. Los maledicentes hicieron correr el rumor de que tenía muchos otros amantes. Pero ella regresó y Tu Tsian no le preguntó nada. Él sólo quería su proximidad y no estaba interesado en establecer prohibiciones. La familia conoció este episodio y fue la propia madre de Tu Tsian la que se arrodilló ante él.

—Tú, inquilino de mis entrañas; tú, bebedor insaciable de mi juventud, ennoblece ya mismo a esta humilde mujer que se prosterna ante tu soberbia sacando de tu lecho a esa hiena que otros llaman Wu. Tu madre conoce a otra muchacha, digna de tu nobleza y tus méritos. Ella es pura y casta, borda con primor, tañe el laúd, conoce los tres mil signos que consagró el Primer Emperador y lee sin equivocarse los incisos más complicados del Shī-ki.

Tu Tsian rindió homenaje a su madre, regó con llanto los pies de la anciana y prometió que dejaría de avergonzarla.

91

Sin embargo, cuando vio a Wu, que lo esperaba desnuda sobre un lecho de sábanas purpúreas, postergó sus promesas y se entregó a los placeres menos dignos.

El siguiente familiar que se presentó ante Tu Tsian fue su difunto padre, Yon Tsian. El fantasma, anoticiado por unos magos de la conducta de su hijo, apareció al amanecer, al pie de una estera sobre la que su hijo había quedado tendido, al cabo de una noche de excesos.

—Hasta el otro mundo han llegado los ecos de tu insujeción. Tan sólo el nombre queda de mí y tú lo deshonras con ese demonio lascivo. Te ordeno que la abandones ya mismo. Tus parientes ya han preparado para ti a una muchacha digna que, según se me ha jurado, tañe el violín, conoce los cuatro mil signos creados por el Gran Omnipotente y recita sin equivocarse los Libros de Bambú. Con ella conocerás la felicidad y dejarás de sufrir el pupilaje de esa mujer que te ha hecho su esclavo.

Para enfatizar sus órdenes, el finado Yon Tsian hizo aparecer un bastón de fuego, con el que golpeó suavemente a su hijo.

Tu Tsian, atemorizado y horrorizado por el fantasma y por el castigo ardiente que había recibido, fue hasta los aposentos de Wu, le contó lo sucedido y le pidió que se alejara para siempre. Ella le manifestó que, de todos modos, tenía pensado abandonarlo para huir con un joven pirata del río Lo. Tu Tsian cayó entonces a sus pies y le juró que no la dejaría jamás. Después bebieron juntos unos licores de Manchuria y compusieron versos tomando en vano el nombre del emperador y algunos de sus ministros.

Pocas semanas después, Tu Tsian tomó por esposa legítima a la perversa Wu. Sin embargo, los rituales clásicos no pudieron ser observados, en virtud de la ausencia de los familiares del flamante marido. Los padres de Wu presenciaron la ceremonia en silencio y se retiraron temprano, llevándose unos obsequios más bien modestos. La madre de Tu Tsian murió de pena y lo primero que hizo, después de su fallecimiento, fue presentarse nuevamente ante su hijo para renovar sus reclamos. Él la escuchó con respeto y prometió corregirse a la brevedad.

Así fue pasando el tiempo. Tu Tsian vivía junto a Wu una existencia dedicada al placer y a las costumbres disolutas, mientras sus parientes y amigos se turnaban para protestar ante él, una o dos veces al año.

Una tarde le informaron que había llegado hasta su casa un alto funcionario de la corte que había viajado especialmente desde K'ai Feng. Tu Tsian dispuso toda clase de homenajes y agasajos para recibir al visitante. Una vez cumplidos los rituales de la hospitalidad, el hombre de la capital dijo ser nada menos que el príncipe Cheng, heredero del trono e hijo del Benefactor del Mundo. Tu Tsian cayó a sus pies y, desde el piso, escuchó estas palabras:

—Como Príncipe del Imperio y en virtud de la movilización de toda clase de costosas influencias, te ordeno que abandones a la ramera que comparte tus noches y a la que todos llaman Wu. Los que deseamos tu dicha estamos seguros de que muy pronto nos agradecerás estas severidades.

Tu Tsian no tuvo más remedio que cumplir con aquellas disposiciones, ya que no es posible eludir voluntades tan altas. Inmediatamente se presentó ante Wu, la colmó de riquezas y le ordenó que partiera.

Al día siguiente, sus familiares le presentaron a la dama que habían elegido para él. Era una mujer de aspecto sumiso y maneras dignas. La acompañaba su padre, un noble muy locuaz que se apresuró a comunicar que su hija había estudiado la cría del gusano de la seda, era capaz de leer los trigramas del Fu-hi y tocaba las castañuelas.

Una semana después se realizó la boda. Por fin, prevalecieron las fuerzas de la armonía. Los familiares y los amigos del novio celebraron con muestras de enorme dicha. Él conoció los privilegios de un matrimonio razonable y recibió el homenaje y la reverencia de su digna esposa.

Tu Tsian fue amado hasta el último de sus días, que fue exactamente el quinto después de la boda, cuando cometió suicidio clavándose en el pecho un puñal de plata.

EL BAR III

*E*n el bar todo está prohibido, salvo algunas cosas, nadie sabe cuáles. Todas las acciones tienen, por esa causa, un aire de clandestinidad.

Las autoridades no son evidentes. Tal vez tienen apariencia de parroquianos. Tal vez sus castigos están disimulados entre la confusa serie de sucesos casuales.

Suele sospecharse de los mozos. Ellos jamás traen lo que se les pide. Aparecen súbitamente, sin ser llamados, e indefectiblemente cobran cuentas que pertenecen a otras personas. A veces, hacen circular rumores falsos, probablemente con la intención de enterarse, a cambio, de conspiraciones verdaderas. Muy a menudo, los mozos desaparecen y son reemplazados por otros, enteramente desconocidos.

Algunas mujeres, especialmente las prostitutas, tienen fama de informantes. Por cierto, es frecuente que, como pago de sus apurones eróticos bajo las mesas, acepten más gustosamente un secreto que una moneda.

Los hombres mezquinos aprovechan este detalle e inventan intrigas o planes de evasión, para solventar su lujuria.

Aquí hay que decir que la mayoría de las confabulaciones se hacen públicas por culpa del coro. Este grupo ejerce una demencia polifónica que los impulsa a comentar cada relato del Narrador y también a revelar toda intimidad, bajo la forma de un canto refinado.

95

Es probable que ellos piensen que la llave del bar es un acorde secreto, que la armonía es la puerta y que sus voces acertarán un día la combinación oculta.

EL SUBTERRÁNEO

Todos en la ciudad estamos orgullosos de nuestro ferrocarril subterráneo.

Cuando yo era niño, los maestros me enseñaban que era el más extenso del mundo. Esta afirmación es verdadera, si bien hace ya muchos años que la cabal extensión de nuestro subterráneo es desconocida. Las autoridades no permiten el acceso a los planos y documentos, pues consideran que se trata de secretos relacionados con la seguridad.

Nadie sabe cuándo se excavaron los primeros túneles, pero todos recuerdan a Iván Lanski, el alcalde loco, que destinó todo el presupuesto de la ciudad para la construcción de subterráneos. Según la leyenda, el primero de ellos atravesaba la ciudad de este a oeste. Tenía sólo dos estaciones, ubicadas en suburbios distantes.

Algunos cuentan que la siguiente línea se construyó paralela a la primera, a cien metros de distancia. Lo cierto es que no hay rastros de ese túnel, o mejor dicho, no hay manera de identificarlo hoy, cuando hay más túneles que calles.

Muchas historias me han contado sobre Lanski. Casi todas son falsas. Sus enemigos mencionan cuadrillas de presos políticos que horadaban la tierra a mano limpia. Los ingenieros ortodoxos me señalan, mientras ríen escandalizados, los disparates de aquellas obras: galerías que desembocaban abruptamente en un río; cloacas que se desplomaban sobre las vías; estaciones cuya entrada estaba en el interior de las casas de los jerarcas del partido.

Se dice que la corrupción era incontrolable. Cada jefe tomaba su porción y, en consecuencia, ni los materiales ni los procedimientos alcanzaban la calidad prometida.

En una de las líneas del norte, los vagones resultaron más anchos que el túnel. Muchas estaciones carecían de iluminación, de azulejos y según exageran algunos, de escaleras. Como sabemos, se ha acusado a Iván Lanski de construir túneles privados que recorría en lujosos vagones, en compañía de sus queridas. Nada de esto es verdadero, aunque es probable que el alcalde estuviera involucrado en la emisión clandestina de pasajes, que en 1948 alcanzaban un volumen dos veces superior al de los boletos legítimos.

Una ley inexplicable de 1950 obligó a que cada línea tuviese dos túneles con idéntico trazado pero a distintas profundidades. Se dijo que el gobierno deseaba dar a cada usuario la posibilidad de elegir entre un viaje superficial y uno profundo.

En 1952 se construyó un tramo que preveía la circulación de trenes a más de doscientos metros bajo tierra. Las impracticables escaleras, o tal vez la falta de aire, causaron su rápido abandono.

Sin embargo, el entusiasmo oficial crecía.

Probablemente Lanski ya no era el alcalde, pero sus sucesores seguían excavando. Agotados los recursos, la administración optó por vender algunos edificios públicos para poder continuar las obras. Los poetas oficialistas cantaban la gloria de diez mil trenes ocultos que hacían vacilar nuestros pasos. En la universidad, se explicaba la escalera de Drummond, que atravesaba el globo terráqueo y que sin interrupción ninguna de sus escalones nos hacía pasar del descenso al ascenso. El secreto estaba en el escalón del centro de la

Tierra. Allí el plano vertical pasaba a ser horizontal. Guardo todavía entre mis papeles el dibujo que hizo para mí el difunto profesor Kopa, antes de caer en desgracia.

En 1960, cuando ya todas las líneas estaban interconectadas en una trama inextricable, se tomaron dos medidas decisivas. En primer lugar, se impuso el carácter imprevisto del trayecto de los trenes. Ni siquiera podían conocerlo los propios conductores. Para completar esta ley se resolvió abolir el nombre de todas las estaciones y eliminar de ellas cualquier característica que permitiese su reconocimiento. Desapareció la conexión referencial entre la superficie y el ferrocarril subterráneo. El gobierno explicó que la demasiada previsión de los destinos era un vicio occidental que había que empezar a desterrar. Los jóvenes saludaron con entusiasmo estas ordenanzas. Los estudiantes escribían en las paredes de la universidad: "El subte no es un medio de transporte".

Desde luego, siempre hubo vagabundos y mendigos en nuestra red. Pero con el tiempo la población subterránea fue creciendo. Algunos comerciantes que vendían sus productos en pequeños locales de las estaciones resolvieron quedarse a vivir allí. Ciertos funcionarios se enriquecieron emitiendo autorizaciones para establecer viviendas familiares provisorias en los pasillos, recovecos y escaleras. Las construcciones resultantes causaron enormes inconvenientes ya que invadieron espacios que eran indispensables para la circulación de los viajeros y en algunos casos llegaron a alzarse sobre las vías. Pero algunas de esas viviendas eran bastante confortables. Yo mismo alquilé una en el entrepiso de una estación. La ya señalada dificultad para diferenciar una estación de otra modificó mis hábitos. Desde ese entonces casi no salgo de mi casa. He sabido que ciertos grupos marginales tienen unas marcas secretas que les permiten saber dónde se encuentran. Yo no me atrevo a aprenderlas. Prefiero andar extraviado, pero seguro.

Los años de crisis y sequía afectaron hondamente a nuestra república. La lucha entre facciones del ejército y el partido acabó por empobrecernos a todos.

El barrio histórico de la ciudad fue incendiado por suboficiales nacionalistas. La universidad fue clausurada. Hace algunos años me aventuré en la superficie para ir a la Biblioteca Nacional. Ya no estaba.

Miles de fábricas cerraron sus puertas y la peste de 1971 redujo la población dramáticamente.

Pero el subterráneo siguió creciendo hasta hoy.

Es cierto que ya casi no circulan trenes. Por falta de corriente eléctrica, muchos de ellos funcionan gracias a unos motores de camión que envenenan el aire de las galerías. Ningún vagón tiene asientos y en algunos han desaparecido completamente las paredes. Cuentan que en una de las líneas más lejanas se usan caballos ante los cortes de energía. En aquellos andurriales, casi en el límite del ferrocarril, la gente construye sus propios túneles. Son simples agujeros en la tierra viva que se desmoronan continuamente. Muchos niños han nacido en las galerías y no han visto jamás la ciudad. Cuando les cuento la grandeza del Teatro de la Danza o la gracia de las palomas de la Plaza Grande me miran con agradecida incredulidad.

Sonia, la bella muchacha que vende los boletos, no lejos de mi habitación, me juró no hace mucho que la ciudad ya no existía. Me dijo —tal vez con el afán de hacerse interesante— que sólo quedaban unas ruinas y que todas las dependencias oficiales funcionaban en instalaciones del subterráneo. Me aseguró también que nuestra estación estaba exactamente bajo el Parque de las Grullas, que ahora no era más que un yuyal asolado por los lobos. Quedamos en subir las escaleras no bien tuviéramos tiempo, para certificar o refutar aquel dictamen. Pero después nos olvidamos. Ahora planeamos vivir juntos. Un secretario me ofreció en alquiler

una vivienda amplísima que fue antes una escalera mecánica. En nuestro tiempo libre pintamos con amor las cuatro
habitaciones, sólidas, sucesivas, oblicuas.

SECRETOS

I

Cuando Heracles moría abrasado por haberse puesto una túnica envenenada, comenzó a gritar urgentes instrucciones finales. Renuentes a aceptar responsabilidades penosas, los amigos presentes huyeron al galope.

Filoctetes, sin embargo, se quedó. Heracles aprovechó entonces para obligarlo a que lo quemara en una pira. Después, mientras ardía, le hizo jurar que jamás revelaría a nadie el emplazamiento de aquellos fuegos. A cambio de estos servicios, lo nombró heredero de su arco y de sus flechas.

Por un tiempo, Filoctetes fue discreto. Pero luego, harto de la interrogación general, se trasladó a paso solemne hasta el monte Eta, seguido por una multitud. Allí, sin romper el silencio, zapateó aparatosamente en el lugar de la pira.

Esto tranquilizó su conciencia. Tiempo después se anotó entre los pretendientes de Helena y formó parte de la expedición contra Troya.

Jamás pudo llegar: los dioses lo castigaron por su infidencia e hicieron que una de las flechas de Heracles se le clavara en un pie. Como es sabido, aquellas saetas ilustres estaban emponzoñadas con la sangre de la hidra de Lerna y causaban heridas incurables. A Filoctetes se le produjo una llaga que emanaba un olor espantoso y le arrancaba gritos de dolor.

Viendo perturbados los sacrificios rituales por ambas circunstancias, Agamenón —el jefe del ejército aqueo— resolvió abandonarlo en la isla de Lemnos, que entonces estaba desierta. Allí vivió diez años solitarios y dolorosos.

II

Escila era la bella hija de la diosa Crateis. Glauco, un pescador de Antedón que había comido la hierba de la inmortalidad, se enamoró de ella y empezó a cortejarla. Pero la maga Circe, que sentía una irrefrenable pasión por Glauco, se enteró de aquellos acercamientos y tuvo la idea de hechizar a Escila. Una tarde, mezcló hierbas mágicas en el agua de la fuente donde ella se bañaba. Escila sufrió una penosa metamorfosis: la parte superior de su cuerpo no cambió, pero en la ingle le crecieron seis perros horrorosos. Ella trató de disimular estos dones y se acostumbró a usar unas túnicas amplias que ocultaban sus crecimientos caninos. Pero no le resultaba fácil, ya que los perros no solamente eran grandes sino también movedizos y ladradores.

La psique de Escila se trastornó. Su corazón se llenó de resentimiento y de crueldad. Resolvió dar muerte a todo aquel que conociera su secreto. Los perros se encargaban de ultimar a los testigos.

Arruinada su existencia mundana, se retiró al estrecho de Mesina, donde sus perros se habituaron a devorar todo lo que se pusiera a su alcance.

Cuando la nave de Ulises pasó por aquellas soledades, la jauría se comió a seis marineros: Ánquimo, Órnito, Anfinomo, Sinopo, Estesio y Ormenio.

Aquellos escándalos terminaron con cualquier disimulo.

Escila dejó de ocultar su cuerpo y continuó su vida, orgullosa, impúdica y desnuda, como un monstruo auténtico.

III

Maldonado, un niño de 6º "B", se había enamorado de la alumna Ana Castro. Pero se avergonzaba mucho de aquel sentimiento y no se lo había comunicado a nadie.

—Ay, si pudiera decirle que la quiero... —pensaba el niño.

Ella a veces lo miraba pero no tanto como para que se hiciera ilusiones. Si por casualidad conversaban, era siempre en presencia de otros.

Cuando sus amigos hablaban con afectada malevolencia de las compañeras que más les gustaban, él mencionaba a Ana Castro, pero en cuarto o quinto lugar, para no levantar sospechas.

Por un tiempo, sin ningún motivo consistente, el niño dio en pensar que estaban peleados. Dejó entonces de hablarle y mostró, cada vez que pudo, un semblante hostil. Ella tampoco le decía nada y su silencio fue entendido por Maldonado como prueba de un conflicto real. Sus fantasías giraron entonces alrededor de una reconciliación llena de lágrimas y confesiones. Ana Castro permaneció ajena a todo esto.

Un día, en el recreo, un anónimo empujón precipitó a Maldonado contra el cuerpo de la niña. Por un segundo, vivió un contacto inconcebible, registró un perfume y acaso una respiración. Esa noche, escribió en su cuaderno el nombre de ella. Después lo tachó y más tarde arrancó la hoja.

En el mes de octubre, durante un juego de prendas, Maldonado se vio obligado a elegir una compañera para darle un beso. El niño vio los ojos de Ana, salió corriendo y abandonó el juego.

Pasaron los meses y Maldonado no se atrevió a decirle nada. Terminaron las clases y ya no volvieron a verse.

El niño Maldonado se hizo hombre. Siguió ocultando aquel amor hasta que se olvidó de todo, incluso de que guardaba un secreto.

IV

Los discípulos de Pitágoras se iban adiestrando en silencios de rigor creciente. Toda divulgación de las doctrinas era sancionada con castigos convenientemente terribles.

Hipaso de Metaponto, el más inteligente de los alumnos, reveló —acaso para hacerse pagar unas copas— los procedimientos para construir la esfera de doce pentágonos, es decir, el dodecaedro. Fue condenado a la soledad. Nadie volvió a hablarle jamás. Atormentado por aquellos desaires, Hipaso se arrojó al mar y murió ahogado.

V

El rey santo Jahnu se hallaba meditando a orillas del río Ganges. Como el ruido de la corriente lo perturbaba, se bebió enteramente aquellas aguas. El río se secó y la población sufrió mucho por esa causa. El rey oía los lamentos de la gente y pensaba:

—Nadie debe saber que me he bebido el Ganges.

Por fin, se arrepintió de lo que había hecho y dejó salir la corriente por una oreja.

CORO

Que nadie se entere
que nadie sospeche
que nadie sepa jamás
nuestra total carencia de secretos.

EL SECRETO
DEL PROFESOR DÍAZ

El profesor Díaz ocupaba una humilde vivienda de madera y chapa en los confines de la calle Bilbao. El óxido, el tiempo —o tal vez el propio profesor Díaz— abrieron un agujero en la pared de la cocina que daba justo al lavadero de la casa contigua, también muy pobre. Allí, a falta de ducha, solía bañarse la hermosa Virginia Salvarezza, una joven viuda que vivía sola.

El profesor Díaz la espió por primera vez el 10 de octubre de 1940. Siendo un hombre casto y solitario, el cuerpo jabonoso de Virginia, sumergido en un fuentón, lo perturbó rotundamente. Nunca antes había visto una mujer desnuda.

Al día siguiente, faltó al colegio donde dictaba clases. Temía no poder resistir el deseo de contar lo que había visto. Y sus compañeros de trabajo no tenían con él ninguna clase de amistad que justificara la confidencia. Con el mayor cuidado, realizó mejoras en el agujero y lo cubrió con un almanaque de tintorero para evitar que la luz de su cocina se filtrara en el lavadero de Virginia y denunciara la existencia de aquella grieta.

Le costó bastante al profesor efectuar el segundo avistamiento.

Durante la primera semana, el lavadero se le apareció siempre desierto. Díaz llegó a pensar que la muchacha no se bañaba casi nunca o que cumplía sus enjuagadas precisamente en las horas de su ausencia. Descuidando sus obligaciones, el profesor estableció un perpetuo turno de guardia, con el ojo pegado a la hendidura. Finalmente, ciertas regularidades se le hicieron patentes y no tardó en organizar su vida alrededor de los baños de Virginia. Cambió su horario del colegio y renunció al cine de los sábados a la tarde. Empezó a detestar el invierno cuando advirtió que, en los días de frío, Virginia renunciaba a la higiene general.

En los primeros meses, se hizo el propósito de acercarse a la viuda y emprender unas cautelosas maniobras de seducción. Estaba enamorado. Pero a su natural timidez se agregó un sentimiento de culpa que le impedía sostener la mirada de Virginia. Cuando ella lo saludaba, creía notar en su voz un tono de reproche. Cualquier palabra le parecía una alusión a su bochornosa condición de mirón. A veces, sentía la tentación de confesárselo todo, de pedirle perdón y de redimirse en el ejercicio de una amistad casta. Pero tenía miedo de las consecuencias escandalosas, de sus alumnos, de las autoridades del colegio.

Algunas veces, mientras la espiaba, imaginó el efecto de una palabra, de un susurro a través del hueco en la pared.

—Virginia, Virginia, soy yo… El señor de al lado.

Era inútil. No había forma de continuar hablando sin pasar por el ridículo o la humillación.

Con el tiempo, el asunto perdió dramatismo y fue convirtiéndose en una costumbre que, aunque íntima y secreta, se hacía vulgar de tan repetida.

Pasaron años. El profesor Díaz nunca se casó ni tuvo novias. Su solo amor era Virginia. Durante muchísimo tiempo, escribió y corrigió interminablemente una carta para ella. Un día de 1954 llegó a meterla en un sobre. Después, lo guardó en el ropero.

Ella tampoco tuvo amores. Apenas una efímera aventura

pasional con el lechero, en el verano de 1952. Díaz los escuchaba a través de los muros delgados. Pero aquello terminó pronto.

El agujero resistió las incursiones de pintores y albañiles. El profesor llegó a sospechar que la viuda conocía, toleraba y disfrutaba de aquellas indiscreciones. En ocasiones, le parecía que ella miraba fijamente al agujero. Su corazón se aceleraba y sentía la inminencia de un diálogo, que nunca sucedió.

Los dos fueron envejeciendo solitarios. Con la edad, Virginia vio amenguar la solidez de sus encantos y la frecuencia de sus inmersiones. Pero Díaz se mantuvo constante. Era muy difícil que se perdiera una sesión. En verdad, más que el goce, lo sostenía la insensata esperanza de que algo extraordinario ocurriera.

Anciano ya, Díaz encontraba estímulo para sus jornadas grises en aquellos ratitos de menesterosa intimidad. Después de tanto tiempo, ya estaba decidido que nadie iba a enterarse jamás de sus amores. Por otra parte, había atravesado la vida entera sin haber hecho un solo amigo. Pasaba semanas sin escuchar su propia voz.

Un día de 1981, el profesor Díaz salió a la calle y se encontró con un camión del Expreso Villalonga. Unas urgentes averiguaciones lo pusieron al corriente de su desventura: Virginia se mudaba. Sin perder un segundo, corrió a la cocina, destapó el agujero y se puso a espiar para ver si su vecina decidía un último lavado. Clausuradas sus esperanzas, fue hasta la puerta. El camión ya se había ido. Ella no se despidió. El viejo profesor se sentó en el umbral durante largas horas.

Un tiempo después, un matrimonio pasó a ocupar la vivienda de Virginia. La señora era bastante atractiva. Pero Díaz no volvió a la grieta de la cocina. Una tarde, sin siquiera echar una última mirada al otro lado, tapó el agujero. Al mes siguiente, se murió.

MONTES ENCANTADOS

En las misteriosas aguas que existen al Este de Bohai, flotaban cinco grandes montes encantados: T'ai-yu, Yüan-chiao, Fang hu, Ying-chou y P'eng-lai. Cada uno de ellos tenía una altura superior a los quince mil kilómetros. Los mitógrafos calculan que estaban separados entre sí por distancias cercanas a los treinta y cinco mil kilómetros.*

De todos modos, estos montes aparecían y desaparecían sin que pudiera saberse cuál de los dos estados era hijo de una percepción errónea.

Algunas veces, podían divisarse unos jardines en los que se alzaban palacios majestuosos. Allí vivían los inmortales y también los genios, cuya montura eran las nubes. Los árboles eran especialmente generosos: uno de ellos daba perlas grandes como moras, otro era nada menos que el famoso duraznero de la inmortalidad.

Los montes, pese a estos dones maravillosos, padecían un grave defecto geológico: no estaban cimentados adecuadamente y flotaban en el mar como barcos a la deriva. Esto pro-

---

* Ningún punto de la Tierra se encuentra a treinta y cinco mil kilómetros de otro, en línea recta. Un círculo máximo mide 40.074 km. De este modo, la máxima distancia posible entre dos lugares es de 20.037 km. (Nota de Dimas Santángelo.)

ducía gravísimos trastornos. Muchas veces eran arrastrados por malignas corrientes que los llevaban hacia una región de perpetuas tinieblas, donde hacía mucho frío y no había soles, lunas ni estrellas.

Los ilustres vecinos se quejaron al Soberano del Cielo.

La divinidad dispuso quince tortugas gigantes para que cargaran a cuestas los montes y procuraran mantenerlos siempre en el mismo sitio. A fin de evitar la fatiga de los quelonios, estableció turnos y reemplazos cada sesenta mil años.

Pero cerca del lugar en que habían anclado los montes, en el país de Lung po, vivían unos titanes pescadores. Cierto día descubrieron a las tortugas y las tentaron con un cebo. Seis de ellas fueron atrapadas y se convirtieron en suculentos manjares.

Poco después, dos de los cinco montes, el T'ai-yu y el Yüan-chiao, empezaron a derivar nuevamente. Los genios que habitaban en ellos se trasladaron apresuradamente a los otros. Más tarde, el T'ai-yu y el Yüan-chiao fueron arrastrados por la corriente y se hundieron en el mar.

El Soberano del Cielo, indignado por el proceder de los titanes, resolvió castigarlos reduciendo drásticamente su tamaño.

En el mar quedaron solamente tres montes, atendidos por las tortugas sobrevivientes.

En el Período de los Reinos Combatientes, es decir, en los siglos III y IV AC, los reyes de Ch'in y Yan quisieron llegar hasta esos montes para apropiarse de los frutos de la inmortalidad.

Dispusieron centenares de embarcaciones. Una terrible tempestad destruyó a la mayoría de ellas. Las pocas que se salvaron alcanzaron a divisar los montes en la lejanía. Pero al acercarse, aquellas tierras mágicas se alejaron velozmente.

El célebre Shih Huang Ti, constructor de la muralla china, soñaba con ser inmortal. Con enorme despliegue de recursos, preparó una expedición de mil barcos al mando de Hsü Fu: ninguno llegó a los montes. Ninguno regresó.

Siglos más tarde, en tiempos de la dinastía Han, un mago llamado Li Shaojun dio noticias al emperador Wu Ti acerca de un genio llamado An Qi Shen, que había sido visto comiendo un durazno de enorme tamaño. El mago aseguró que aquél era uno de los frutos de la inmortalidad y que valía la pena ir a buscarlo.

Wu Ti era un soberano inquieto, que ya había enviado expediciones hacia el oeste. Cien capitanes salieron inmediatamente. Como no encontraron nada, resolvieron entregarle al emperador un durazno cualquiera. Wu Ti se lo comió, adquirió la serenidad de un inmortal y murió lo más tranquilo seis años más tarde.

CORO

Nadie llega a ninguna parte,
las ciudades huyen
y se esconden.

Ejércitos de caminantes
señalan falsos rumbos.
Hemos nacido para no llegar.

LA MUERTE AGRADECIDA

En el barrio de Flores, la persona que todos conocían como el verdulero Cecilio Lamensa era en realidad el Ángel de la Muerte. Desde luego, nadie estaba al tanto de esta circunstancia. Es usual que en los pueblos y en los barrios el Ángel se haga pasar por un vecino y asuma aspectos vulgares para no llamar la atención. Es cierto que, muy a menudo, la Muerte despierta sospechas por el trato desdeñoso a los mortales. En el caso de Lamensa, su condición de comerciante minorista venía a justificar un cierto aire de superioridad.

Estos datos que estamos consignando jamás se hubieran conocido a no ser por un episodio casual, ocurrido una tarde en la avenida Rivadavia.

El distraído Lamensa iba a ser atropellado por un ómnibus de la línea 53 cuando un empujón del ruso Salzman vino a salvarlo. Lamensa no era mortal, pero de algún modo se sintió en deuda con Salzman. Se hicieron amigos y una noche, un poco mareado por unas tardías Hesperidinas, el verdulero confesó a Salzman su verdadera condición. Agregó además un amable ofrecimiento.

—Ya sabe, Bernardo, cualquier cosita me avisa... Siempre se puede hacer algo...

Salzman no era un hombre de creencias ni de escepticis-

113

mos. Despreciaba los dictámenes. Todos los juicios del ruso estaban suspendidos. Así, no comentó el caso con sus amigos para no tener que defender o atacar las afirmaciones del verdulero. Muy pronto se olvidó del asunto.

Años después, mientras jugaban a la generala en el Odeón, Lamensa lo consultó a la pasada.

—¿Usted es amigo del tuerto Espina?

—No —dijo Salzman—, apenas lo conozco. ¿Por qué?

—Por nada —respondió el verdulero— no tiene importancia.

Aquella noche, el tuerto Espina murió repentinamente. Cuando se enteró, Salzman tembló de miedo.

Desde entonces trató de evitar a Cecilio Lamensa pero el verdulero se le aparecía a cada momento con muestras de simpatía y amistad.

Una madrugada, al bajar de un taxi en la avenida Avellaneda, Lamensa surgió bruscamente desde atrás de un árbol. Perdido cualquier escrúpulo mundano, Salzman salió corriendo. El verdulero lo alcanzó un par de cuadras más adelante y le dijo, resoplando:

—No tema, Salzman, sólo deseo ayudarlo. Usted sabe que le debo un favor.

—No me debe nada —declaró Salzman.

Lamensa insistió:

—Comprendo sus reparos pero si no acepta pronto una compensación cualquiera por su gesto, me tendrá atrapado con un favor pendiente. Y eso es algo que no puedo admitir.

—¿Qué es lo que quiere? —preguntó Salzman, aterrorizado.

—Nombre una persona cuya muerte desee postergar razonablemente.

En ese momento cruzó la calle el viejo Vitale, un borracho que solía mendigar en los alrededores de la estación. Olvidando a amigos y parientes, Salzman gritó:

—El viejo Vitale —y se escapó velozmente entre las sombras.

Unos meses después, en un asado, el músico Ives Castagnino tocó algunas canciones con su guitarra. El verdulero Lamensa, que había escuchado silenciosamente, se atrevió a hacer un pedido.

—¿Conoce el vals "Orillas del Plata"?

Castagnino lo tocó limpiamente, desde el principio hasta el fin.

—Gracias —dijo Lamensa—. Ya nadie toca ese vals.

Esa misma noche, perturbado esta vez por la grapa Chissotti, el verdulero reveló su secreto a Castagnino y le ofreció, a cambio de la emoción artística que había recibido, tener con él alguna consideración profesional llegado el caso.

Castagnino también estaba un poco borracho. Enseguida llamó a todos sus amigos, incluido el ruso Salzman, y dijo a los gritos:

—Señores, les presento a mi amigo el Ángel de la Muerte. Aquí donde lo ven, el caballero está en condiciones de conseguirnos cualquier clase de acomodo, tanto sea para postergar la entrega de nuestros rosquetes como para conseguir que las personas que nos molestan espichen cuanto antes.

Todos rieron, pero Salzman vio alarma en los ojos de Lamensa.

Desde ese día, la muchachada empezó a burlarse del verdulero: lo llamaban "Cecilio La Parca" o "Cecilio la Muerte" y hacían pedorreta a sus espaldas. Unos vigilantes de la Comisaría 50 resolvieron meterlo preso con cualquier pretexto y lo mantuvieron encerrado toda la semana. Durante ese lapso, nadie se murió en el barrio de Flores.

Convertido en un personaje irrisorio, Lamensa perdió su aire desdeñoso y señorial. Cerró la verdulería y dejó de aparecer por los boliches y los bodegones. Una tarde lluviosa se cruzó con el ruso Salzman. Con gesto abatido, le dio la mano y le dijo:

—Quería despedirme. Me voy de este barrio. Por no ser ingrato he sido imprudente. Le agradezco su discreción. Para mi desgracia, he sido trasladado a regiones inhóspitas, donde la muerte es cruel y temprana. Adiós.

Cecilio Lamensa no fue visto nunca más en el barrio de Flores. Otra persona, tal vez un panadero o un mozo de café, es ahora la Muerte en esas calles.

Cuando Salzman llegó a su casa, le dijeron que el viejo Vitale había muerto.

CENSO

El imperio tiene 12.233.062 hogares y 59.594.978 personas. Al menos, ésos fueron los resultados del llamado Primer Gran Censo, que se realizó con toda minuciosidad en cada una de las 1.587 provincias.

Sin embargo, al sur del río Yang-tze el recuento no fue muy preciso. Muchos campesinos, mendigos y bandoleros se pusieron a cubierto y ocultaron su existencia. También es cierto que los funcionarios, temerosos de recibir sanciones, solían engrosar las cifras para presumir de diligentes.

En nuestra amada ciudad de Ch'ang-an fueron contados 246.000 habitantes.

Ha sido trazada hace pocas generaciones y, sin embargo, es la más populosa del imperio. Entre los estudiantes corre el rumor de que la ciudad tiene la forma de un cuadrado y que sigue la vieja planificación urbana que se resume en las palabras *viento* y *agua*.[1]

Los funcionarios municipales tienen como deber principal evitar que los habitantes sean perturbados por los malos espíritus, de modo que cada ángulo y cada dimensión cumple las disposiciones matemáticas que ese propósito exige.

[1] Es decir, Feng-shui.

Viajeros que han caminado alrededor de la muralla juran que su extensión es de veinticuatro kilómetros. Nosotros sabemos que la ciudad está dividida en barrios y que los barrios están divididos en *li*, o distritos pequeños. Cada uno de esos distritos está rodeado de una muralla, y en cada muralla sólo hay una puerta. Cada casa está también rodeada de un muro, con una sola puerta. Las puertas que dan a las avenidas que comunican con otros distritos se cierran por la noche, por eso todos se apresuran a volver a su barrio antes del ocaso.

Las autoridades del imperio desean que nadie se mueva demasiado. El hombre que recorre mucha distancia es insurrecto y conspirador. La sujeción requiere inmovilidad. El censo, también. Los ministros no dejan de quejarse ante las dificultades que presentan las personas itinerantes. Muchas veces, los agentes administrativos llegan a un pueblo y se encuentran con mercaderes, viajeros y vagabundos que ya han sido anotados en el pueblo anterior.

El secretario Li es autor de un informe en el que se denuncia la actividad de un grupo de juerguistas al norte de Loyang, que salían una y otra vez al paso de los censores con el sólo fin de burlarse de ellos e impedir el hallazgo de las cifras verdaderas.

En algunas provincias de los desiertos centrales, el censo es absolutamente impreciso. Los agentes de la administración se pierden en las tormentas de arena, las aldeas son cubiertas por los médanos y los caminos desaparecen después de cada viento.

Desde los tiempos del emperador Ho-ti, vivimos en Estado de Censo Permanente. La fugacidad de las cifras es descorazonadora. No terminan de marcharse los agentes administrativos, cuando una muerte, o un nacimiento, o una partida inutilizan su tarea.

Cada día, salen de las capitales nuevas cuadrillas de censores con sus libros enormes y sus pinceles oficiales. Cada grupo se propone corregir al anterior. Pero muchas veces, los regresos son desordenados y es el primero el que corrige al último.

La dificultad de los traslados en Ch'ang-an tiene como fin facilitar el censo. Los jóvenes tratan de enamorarse de personas de su mismo barrio, y mejor aún de su mismo *li*. Siguen el viejo proverbio "Que ninguna dama te haga atravesar más de dos puertas". Los guardianes nocturnos que vigilan la comunicación entre un barrio y otro, suelen aceptar sobornos de los enamorados y amantes clandestinos. Pero en general, una visita a un distrito lejano implica pasar la noche en casa del anfitrión.

Hay una falta total de comunicación entre el mundo privado y el mundo público. No por tolerancia o alcance exiguo de la administración, sino por la escasez de puertas.

Las hijas de los comerciantes prósperos suelen pasar la adolescencia encerradas en una lujosa habitación. Cuando se casan, abandonan su confinamiento y se trasladan a otra habitación, también lujosa, esta vez perteneciente a la casa de su marido.

Sabios disidentes han descubierto que la comunicación entre los barrios es incompleta y que existen determinados distritos a los cuales no se puede llegar desde algunos otros. Se dice que hay series o colecciones de barrios unidos por puertas, pasillos o calles, pero que están absolutamente cerrados a otras series.

Algunos de los sabios, como por ejemplo el anciano Pa'chung, han llegado a decir que el censo es inútil.

La fórmula de Pa'chung —célebre entre los estudiantes rebeldes— es ésta: $59.594.978 = 72.181.904$. Significa que todos los números son iguales.

Según cuentan, Pa'chung fue detenido en cierta oportunidad por el comisario de su distrito, quien le hizo dar una interminable serie de latigazos. Después de cada golpe, el verdugo pedía disculpas al anciano, pues siendo todos los números iguales no sabía cuándo detener la serie.

Algunos secretarios y calígrafos de la administración, han hecho circular en las tabernas el rumor de que se avecina un año de quietud obligatoria. Estará rigurosamente prohibido nacer, trasladarse o, incluso, morir.

Los matemáticos calculan que durante ese año —o a lo sumo en dos— podría realizarse un verdadero y exacto recuento de los habitantes del imperio. El peligro más grave es la superposición de jurisdicciones, por culpa de la cual muchos ciudadanos son contados tres y hasta cuatro veces. También hay que mencionar la densidad de la población de algunas ciudades, que puede llegar hasta cincuenta mil individuos por kilómetro cuadrado. Pero lo que más preocupa a los comisarios es la aparición de comedidos extraoficiales, que se ponen a contar sin autorización y sin método.

El legendario Emperador Amarillo nombró las cosas y las escribió del modo correcto. Una buena administración necesita diferenciar lo que es de lo que no es.

El día que consigamos saber cuántos somos, podremos disfrutar de esa felicidad que sólo puede brindar la certidumbre.

GUALICHO

ualicho o Walichu era el nombre que los indios pampas daban al genio del mal, al diablo, al hermano rebelde del creador Chachao. Pero también se llama gualicho a la hierba o filtro que suele usarse para enamorar por arte de hechicería.

Hoy ya casi nadie cree en estas cosas. Pero en mi pueblo sí creíamos.

Hace muchos años, llegó de Buenos Aires un joven farmacéutico llamado Bejerman. Su verdadero nombre era Tortorello, pero el hombre había comprado la antigua farmacia Bejerman y es sabido que los farmacéuticos llevan el nombre de su farmacia. Tortorello venía de ser Katz en Azul y supe que el verdadero Bejerman es ahora Teplisky en el pueblo de Pilar.

Pues bien, Bejerman vendía un yuyo que, agregado al mate, producía el enamoramiento súbito del que se lo tomaba hacia el cebador.

En el pueblo empezó a comentarse la eficacia casi obscena de aquel producto que Bejerman vendía con fingida reserva.

Todas las tardes, los jóvenes se reunían a tomar mate en galpones apartados. Las ruedas se iban achicando vuelta tras vuelta, ya que los repentinos ardores iban excluyendo del concurso a los sucesivos cebadores y a sus objetos de deseo que, a su turno, marchaban al galope hacia los yuyales de la vecindad.

Al parecer, el efecto del gualicho duraba apenas unas horas. Esto lo hacía más atractivo porque permitía disfrutar de los deleites urgentes sin tener que soportar los trámites penosos de la ulterioridad.

Con el tiempo, las personas de mayor edad y aun algunos grupos de matrimonios se aficionaron al uso del yuyo de Bejerman, hasta que llegó un momento en que todo el pueblo andaba engualichado.

Las idas y vueltas del mate caprichoso solían dibujar fugaces laberintos de amores cruzados.

En ocasiones, alguien recibía mates sucesivos de distintos cebadores.

Otras veces el cebador que engualichaba a alguien era engualichado a su vez por otra persona.

También había mates tomados por error, manotazos usurpadores y hasta chupadas por turno de un mismo cimarrón.

Yo, en aquel tiempo, no sabía a quién amaba. Le había dado mate a todas las chicas del pueblo. Pero a decir verdad, todos habían mateado con todos.

Un día cambiaron al comisario. Nombraron a un tal Barrientos que, ni bien se enteró de estos asuntos, prohibió redondamente el gualicho.

El pueblo se resistió. Las mateadas se hicieron clandestinas. Pero con Barrientos no se jugaba. En cualquier momento aparecía en medio de la rueda con cuatro o cinco vigilantes, secuestraba las pavas, las yerberas y los mates y si se hallaban rastros de gualicho, los metía a todos en el calabozo.

Por fin, el intendente negoció un acuerdo. El gualicho quedaría prohibido, salvo un día por año, dedicado a la celebración de la Fiesta del Mate. Durante toda esa jornada se podría engualichar libremente.

Así en mi pueblo, todos los 11 de agosto nos enamorábamos una o varias veces. La gente tomaba mate en las calles. Cualquier desconocido podía ser convidado.

Unos años más tarde, para simplificar las cosas, se instaló un gigantesco mate en la plaza, con miles de pavas e innumerables bombillas, de suerte que todos cebaban y todos tomaban. Es decir, todos se enamoraban de todos.

Las orgías de la Fiesta del Mate aún se recuerdan. Y, por cierto, hay en el pueblo centenares de muchachos que no saben de qué mate son hijos.

Una noche, no hace tanto tiempo, visité a Bejerman en su casa.

A falta de mate, tomamos un licor que nos sirvió su mujer. A la tercera copita, el farmacéutico cayó en estado confidencial.

—Si me promete no decírselo a nadie, voy a contarle algo: el gualicho no existe. Lo que traje a este pueblo es un yuyo cualquiera, creo que contra el resfrío. Pero la gente creyó que enamoraba. Y enamorarse es creer que uno se enamora. Todos pensaban que algo los empujaba. Y era cierto. Pero ese algo, si me permite el lugar común o acaso la grosería, lo llevaban dentro. Además, hay algo que lamentar entre tanta polvareda. En todos estos años nadie se enamoró de verdad. Todos creían ser víctimas del gualicho y los amores eternos duraban dos horas. El único que se salvó de esa desgracia fui yo. Yo sabía que no había yuyo que valiera y entonces viví amores puros, sin trampas ni gualichos. Y por eso estoy al lado de esta mujer, por una decisión soberana de mi corazón. Nadie me hechizó. Nadie me cebó un mate embrujado…

En ese momento, la mujer, que volvía de la cocina, le dijo mientras le ponía la mano en el hombro:

—Eso es lo que vos te creés.

INMORTALIDAD I

El canon taoísta que hoy se conserva comprende mil cuatrocientas sesenta y siete obras en cinco mil cuatrocientos ochenta y seis volúmenes que no son sino las páginas que se han podido salvar de una colección mucho más vasta, perdida en distintas catástrofes. Casi todos estos textos están destinados a enseñarnos a alcanzar la inmortalidad.

El célebre Ko Hung escribió una enciclopedia llamada Pao-p'u-tzu. Allí se informa que la inmortalidad puede alcanzarse única y exclusivamente por efecto del elixir. Los taoístas reconocían dos tipos de elixires: el wai-tan o elixir exterior, que era una droga elaborada con oro y cinabrio, y el nei-tan o elixir interno. Aquí, la concentración del pensamiento permite revertir los procesos que conducen a la muerte. Ko Hung enseñó también a caminar sobre el agua, a resucitar difuntos y a lograr altos cargos en la carrera de funcionario.

En el Huang-t'ing ching o Libro de la Sala Amarilla se establece que la inmortalidad se alcanza recitando esa misma obra reiteradamente. Al parecer, esta declamación hace aparecer ante el ojo interior las divinidades que habitan en el cuerpo. El practicante recibe de ellas las instrucciones precisas para no morirse nunca.

Se-ma Yen era un tejedor de Siang-yang que continuamente leía el Libro de la Sala Amarilla en voz alta o recitaba, mientras tejía, capítulos que se había aprendido de memoria. No se detenía nunca. Durante el sueño sus familiares lo oían murmurar. Ninguna conversación mundana interrumpió jamás su discurso. Una tarde, cuando Se-ma Yen ya había empezado a envejecer, se presentó ante su ojo interior T'ai-i, la Unidad Suprema, en persona. La voz de aquella divinidad resonó en la calavera de Se-ma Yen:

—¿Has dejado de recitar alguna vez?

Se-ma Yen adoptó una posición ritual y contestó con el mayor respeto:

—Jamás he dejado que nada me interrumpiera.

—Pues ahora yo te he interrumpido —dijo el dios. Y desapareció.

Se-ma Yen murió seis años después, atropellado por el carro de un vendedor de limones.

INMORTALIDAD II

Desde los dudosos tiempos del Emperador Amarillo, las técnicas sexuales fueron factor esencial en la búsqueda de la Ch'ang-sheng pu-szu, la vida perdurable.

El propio Emperador era entendido en la práctica del huan-ching pu-nao, que consistía, en el caso de los varones, en evitar la culminación sexual para retener en su cuerpo todo el ching o energía. A la vez, era deseable que la compañera asumiese la actitud inversa, es decir, que liberara su energía tantas veces como fuera posible. Llegado el caso, convenía ir cambiando de compañera.

Gracias a estas destrezas, el Hijo del Cielo podía homenajear a mil doscientas concubinas sin perjudicar su salud. Esta hazaña no debe extrañarnos y es acaso la menor de este ser legendario que nació por generación espontánea, fue progenitor del género humano y creó la escritura, el orden social, la brújula, la rueda de alfarero y el gusano de seda. Según parece, a la edad de cien años alcanzó la inmortalidad y se marchó a los cielos montado en un dragón.

Ya en tiempos históricos, los maestros aconsejaban a los varones beber bajo la lengua y en los senos de la mujer unas esencias vigorizantes. La saliva femenina debía ser también sorbida para incrementar la pasión. Se establecía asimismo la ubicación de un punto denominado p'ing-i, que se encuentra dos centímetros y medio sobre el pezón derecho y que debe ser oprimido por el varón durante el juego erótico.

Las escuelas taoístas del Camino de la Suprema Paz y de las Cinco Fanegas de Arroz buscaban la unión del ying y del yang practicando unas orgías colectivas llamadas ho-ch'i. Se celebraban los días de novilunio y plenilunio. Después de las danzas del dragón y el tigre, los participantes se unían sexualmente tantas veces como podían.

Lamentablemente, no conocemos el ritual preciso de estas farras pues los comisarios confucianos ordenaron borrar del canon todas las descripciones.

Si por alguna razón las prácticas sexuales no estaban a su alcance, el aspirante a inmortal podía ejercitarse en alguna técnica respiratoria. La circulación del hálito o hsing-ch'i consiste en guiar el aliento con la mente y hacerlo circular por todas las partes del cuerpo.

Ko Hung recomienda retirarse a un aposento tranquilo y tirarse en un catre sin pensar en nada. Una vez excluida toda sensación, se inspira y se retiene el aire durante un latido cardíaco. En sucesivas inspiraciones se prolonga la retención durante un mayor número de latidos, hasta alcanzar los mil. En ese punto, el oficiante se hace inmortal o poco menos.

CORO

Amar a mil doscientas mujeres
hospitalarias y complacientes
fue siempre más fácil
que amar a una
que se niega a la cópula con obstinación.

La preferencia
es lo que mata,
la obstinada preferencia
por alguien.
Un verdadero inmortal
no distingue a una amante de otra.

INMORTALIDAD III

En la corte del emperador Wu Wang, de la antiquísima dinastía Chow, vivía el infame alquimista Fu-tsien. Este hombre había sido apresado por participar en una conspiración. Para evitar que lo ejecutaran, prometió conseguirle al emperador la vida eterna.

Instalado en un gabinete al que nadie podía entrar, Fu-tsien fingía destilar unos elixires a partir de las piedras de jade que, según creían los chinos, tenían poderes benéficos. Wu Wang bebía con obediencia los brebajes que Fu-tsien le preparaba.

Pasaron los años. El emperador confiaba en no morirse. Tuvo cierto temor de haber sido engañado cuando el falso alquimista murió. Temió más aún cuando padeció los primeros achaques de la vejez. Lleno de indignación imperial, hizo exhumar el cadáver de Fu-tsien y mandó decapitarlo.

Luego, desesperado, fue hasta el gabinete del alquimista y se tragó una piedra de jade de enorme tamaño. El emperador Wu Wang murió asfixiado unos momentos después.

INMORTALIDAD IV

Ko Hung divide a los inmortales en distintas jerarquías, que se establecen al considerar los procedimientos utilizados para alcanzar la vida perdurable.

En lo más alto están los que han tomado el elixir de oro o de jade y han realizado mil doscientas buenas acciones. Estos inmortales pueden optar entre la ascensión a los cielos en pleno día o la permanencia en la Tierra como maestros de alquimia.

Al observar que algunos inmortales se morían, el pensamiento taoísta formuló una explicación.

Según la teoría del Shih-chieh o separación del cadáver, el inmortal asume la apariencia de un muerto antes de efectuar la ascensión al cielo. Así, la muerte es en verdad la liberación de lo que es terrenal e innoble, la condición de la transformación esencial que la inmortalidad requiere. Para saber si algún difunto era inmortal se abría el ataúd un tiempo después del entierro. Señales positivas eran la desaparición del cadáver, su aspecto lozano o la salida del cuerpo flotando en el aire.

Los inmortales vivían en los montes, en los bosques, en los cielos, en las islas del este o en la cordillera del K'un-lun, al oeste. Viajaban montados en grullas.

En épocas tardías, fueron considerados como inmortales algunos personajes de la historia china.

Los más conocidos son los Ocho Inmortales. El arte los representó con el cuerpo emplumado tal vez como referencia al ideograma de la escritura que los aludía. Este carácter consistía en un signo cuyo significado era "elevarse en el aire". Más tarde vino a utilizarse otro signo, formado por los ideogramas *hombre* y *montaña*. Esto implica en cierto modo que un inmortal es en verdad uno que busca la soledad de las montañas.

El primero de los Ocho Inmortales es Li T'ieh-kuai, o sea Li, el de la muleta de hierro. Se lo representa con cara negra, cabeza puntiaguda, cabello enmarañado, una pierna renga y llevando una muleta y una calabaza que contiene drogas mágicas. Parece que cierto día, Lao-tsé bajó del cielo para enseñarle a Li los pormenores de la doctrina taoísta. La docencia fue ejercida con tal acierto que, al poco tiempo, Li alcanzó la inmortalidad.

Una tarde, resolvió abandonar su cuerpo para dirigirse al monte Hua sin molestos contrapesos. Por precaución, encargó a un alumno que le cuidara el organismo durante su ausencia. Sin explicar por qué, ordenó a aquel discípulo que si él no regresaba al cabo de una semana, incinerara el cuerpo.

A los seis días, el alumno se enteró de que su madre estaba muy enferma. Entonces quemó el cuerpo de Li y corrió a cumplir con sus deberes de hijo.

Li regresó al séptimo día y, después de encontrar sus propias cenizas, no tuvo más remedio que buscar un nuevo cuerpo a los apurones. En una encrucijada, pudo ocupar el cadáver de un mendigo feo y rengo. Li pensó en deshacerse de aquella envoltura carnal tan pronto como pudiera, pero Lao-tsé bajó del cielo nuevamente para pedirle que no lo abandonara. Parece que acompañó esta solicitud con dos discretos obsequios: una banda de oro para sujetar las crenchas y una muleta de hierro.

El segundo inmortal se llamaba Chang Kuo-lao. Era un funcionario de la dinastía T'ang. Su leyenda puede parecer confusa e insatisfactoria. Dicen que el emperador sospechó que Chang era algo más que un hombre. Entonces indagó a un célebre maestro taoísta. El maestro declaró que él sabía quién era realmente Chang pero que no se atrevía a decirlo porque esta revelación le costaría la vida. Había sin embargo una posibilidad: si después de la respuesta el emperador en persona, descalzo y rapado, acudía a Chang Kuo-lao para que perdonara la infidencia, el maestro podría volver a la vida.

El emperador declaró que estaba dispuesto a cumplir aquellas comisiones, con tal de saber quién era realmente Chang Kuo-lao. Recibida esta garantía imperial, el maestro taoísta declaró que Chang Kuo-lao era la encarnación del caos primordial y cayó redondo. El emperador cumplió su promesa minuciosamente y Chang resucitó al maestro taoísta salpicándolo con un poco de agua.

Algunos dicen que Chang Kuo-lao tenía un burro blanco que podía recorrer mil millas en un día. Este animal podía además doblarse como si fuera un pañuelo y guardarse en el bolsillo. Los *vikings* hablaban de la nave Skithblathnir, que también tenía ese carácter plegable.

Chang Kuo-lao murió solo en las montañas. Años después, sus discípulos abrieron el ataúd y lo encontraron vacío.

El tercer inmortal es Chung Li-ch'üan. Su emblema es un abanico de plumas y se lo representa como un hombre corpulento, pelado y con una barba hasta el ombligo. Algunos dicen que era un mariscal que en la vejez se retiró a las montañas. Allí encontró unos santos que lo ayudaron a alcanzar la inmortalidad. Otros dicen que mientras meditaba en una celda se derrumbó la pared y apareció una caja de jade que contenía la receta de la vida eterna. Chung Li-ch'üan siguió las instrucciones y enseguida una nube multicolor lo transportó a la morada de los inmortales.

Después viene Lü Tung-pin. Nació en 798 en el norte de la China. Pertenecía a una familia de funcionarios. Siendo muy joven emprendió un viaje a los montes Lü, en el sur. Allí se cruzó con un dragón de fuego que le obsequió una espada mágica.

En otro viaje, se encontró con el ya citado inmortal Chung Li-ch'üan, que en ese momento estaba calentando un vino. Después de algunos tragos, Lü se quedó dormido y soñó que era muy rico y que ocupaba un alto cargo. También soñó que vivía cincuenta años de prosperidad. Finalmente soñó que un delito lo conducía al destierro y al exterminio de su familia. Entonces despertó y comprobó que sólo había dormido unos minutos. Convencido de que este sueño era una advertencia, Lü Tung-pin resolvió eludir la carrera de funcionario que era tradición en su familia y se marchó a la montaña junto con Chung Li-ch'üan. Allí aprendió los misterios de la alquimia y el arte de la esgrima. Dicen que a los cien años Lü Tung-pin mantenía su aspecto juvenil y podía recorrer cien millas en un momento.

Lü Tung-pin fue el primero en usar el elixir interno y juraba que la misericordia era el factor esencial para el logro de la perfección. Su espada mágica no es el símbolo de la destrucción sino del triunfo sobre el deseo, el encono y la ignorancia.

Ts'ao kuo-chiu es el quinto inmortal y se lo representa con unas castañuelas en la mano.

Era cuñado de un emperador Sung. Su hermano menor cometió un asesinato y Ts'ao, avergonzado, se retiró a las montañas para vivir como un ermitaño.

Un día se lo encontraron Chung Li-ch'üan y Lü Tung-pin y le preguntaron qué andaba haciendo en aquellos andurriales. Ts'ao contestó que estaba estudiando el Tao, es decir, el camino. Los dos inmortales le preguntaron dónde estaba ese camino y Ts'ao señaló el cielo. Inmediatamente se le preguntó dónde estaba el cielo y Ts'ao señaló su corazón. Complacidos por aquellas respuestas, los maestros resolvieron adiestrar a Ts'ao en el logro de la perfección. En pocas clases, el alumno se convirtió en un inmortal.

El sexto es Han Hsiang-tzu. Era el sobrino de Han Yu, el poeta antibudista de la dinastía T'ang. Se lo representa, por lo común, con algo en la mano, que puede ser un ramillete, una flauta o un durazno.

Se le atribuye el prodigio de haber hecho florecer peonías en pleno invierno. Todas estas flores llevaban en sus pétalos escrito un poema, siempre el mismo:

> *Las nubes ocultan la cumbre del Ch'in-ling*
> *¿Dónde está tu hogar?*
> *La nieve es profunda en el paso de Lan*
> *Los caballos no avanzan.*

Han Hsiang-tzu advirtió en estas líneas un sentido profético. Su tío Han Yu se burló de aquella idea. Sin embargo, poco tiempo después, Han Yu fue desterrado por el emperador Sui Wen Ti, por burlarse de las reliquias del Buda. Al llegar al paso de Lan, la nieve le impidió seguir adelante. Se acordó entonces del poema de las peonías de su sobrino. Entonces apareció el propio Han Hsiang-tzu y limpió el camino en un momento. Mientras tanto, aprovechó para predecir a su tío que pronto recuperaría su lugar en la corte.

Ho Hsien-ku es la única mujer de los ocho inmortales. Siempre vivió retirada en las montañas. Cuando tenía catorce años, un espíritu le ordenó en sueños moler una piedra y comerse el polvo resultante. El espíritu aseguró que este procedimiento la volvería al mismo tiempo liviana e inmortal. Ho Hsien-ku cumplió aquella comisión, a la que agregó, como yapa, un voto de celibato. Desde ese momento tuvo el poder de volar entre las montañas. Además, ya no necesitó alimentarse.

Los glosadores heterodoxos aseguran que el vuelo, la saciedad y la inmortalidad le fueron conferidos por un durazno que le convidó un maestro del Tao con el que se cruzó mientras estaba perdida en la montaña. Aquel maestro no era otro que el ubicuo Lü Tung-pin.

El octavo inmortal es Lan Ts'ai-ho. Se lo dibuja rotoso, con un cinto de madera y con un pie descalzo. En verano, andaba con mantos gruesos y enojosas bufandas. En invierno salía en camiseta. Su respiración ardía. Mendigaba por las calles, borracho, cantando y tocando las castañuelas. Un día, en la puerta de una posada, se despojó de sus ropas, montó en una grulla que pasaba por ahí y desapareció entre las nubes.

Con el tiempo, las creencias del taoísmo fueron adquiriendo un sentido metafórico. El elixir se convirtió en una purificación del espíritu. Los vuelos por sobre las montañas empezaron a entenderse como hazañas del pensamiento. La inmortalidad misma empezó a interpretarse como unas perfecciones que convenía buscar aun conociendo la imposibilidad de su hallazgo.

El camino del descreimiento suele ser éste: primero creemos algo de un modo literal. Después creemos que es en verdad la metáfora de otra cosa. Más tarde, descubrimos que toda metáfora es un capricho y entonces dejamos de creer.

CORO

Ah, vientos rojos del tiempo
que soplan siempre en la misma dirección
y que no saben regresar.
Todo es siempre nuevo,
no hay una luna ni un sol,
infinitos soles de un día
se suceden a lo largo de las edades.
Todo ocaso es definitivo.

SALVACIÓN

El monasterio de Monte Cassino fue construido en terrenos donados por San Benito, creador de una orden y de una regla que fueron modelo del monaquismo de occidente. Según una creencia oficializada por una opinión del Papa Gregorio, todos los que morían en Monte Cassino conseguían la salvación.

A fines del siglo XVI, el ladrón toscano Carlo Tagliaferre sostuvo una violenta pelea con un hombre en una timba. Tagliaferre mató a su oponente pero quedó bastante malherido. Presintiendo que iba a morir, calculó que lo esperaba la condenación eterna: su vida estaba llena de pecados abominables. Tuvo entonces la idea de trasladarse a Monte Cassino y aprovechar la indulgencia que era usual con los que allí morían.

Llegó a la abadía hecho un despojo. Cuando los abates vieron a aquel hombre, se asustaron y le cerraron la puerta. Tagliaferre suplicó que lo dejaran entrar pero los monjes fueron inflexibles. Entonces el moribundo se dejó caer y pasó un brazo a través de los barrotes, confiando en que la salvación sería concedida si al menos una porción de su cuerpo estaba dentro del lugar santo en el momento de su muerte.

Carlo Tagliaferre murió y quedó instalada una controversia leguleya.

Algunos sostienen que se salvó raspando y que su alma de ladrón se codea en el Paraíso con las de los santos más piadosos. Otros, imaginan a Tagliaferre en el infierno, sintiendo las llamas en todo su cuerpo, excepto en el brazo, que está en el cielo, apoyándose en el hombro de los ángeles.

Finalmente, en el colmo de la extravagancia, hay quienes opinan que la salvación prometida en Monte Cassino es una mentira de monjes supersticiosos y que da lo mismo morirse en cualquier parte.

CORO

Si pudiéramos decidir
el lugar de nuestra muerte
elegiríamos la lejana Thule
o el helado estrecho de Behering
o la superflua isla de Santa Elena
o cualquier lugar
al que no iremos jamás.

EL BAR IV

*E*l que ingresa a ciertos salones del bar se mete en el pasado. Pero se trata de un pasado muy próximo. El visitante apenas si
retrocede diez minutos. De todas maneras, resulta interesante
ver entrar a los mozos trayendo en sus bandejas las cosas que los ocu-
pantes del salón les pedirán inmediatamente después.

A dos días de camino de nuestro mostrador, hay una serie de salones sucesivos unidos por grandes puertas. En cada uno de ellos sucede lo que sucedió un minuto antes en el anterior. Un mozo explica
este detalle a un visitante y lo invita a asomarse al salón siguiente.
El visitante se ve a sí mismo recibiendo la explicación del mozo y aso-
mándose a otro salón para ver allí, una vez más, la explicación y el
asomo.

Si alguien caminara a través de los salones a la velocidad de un
minuto por habitación, permanecería siempre en aquella escena del
mozo y el visitante. Una velocidad mayor nos conduciría a tiempos
donde el visitante aún no ha llegado y el mozo tal vez se ocupa de
otras tareas.

Según los ancianos, esta serie de salones es infinita y puede reco-
rrerse en ambos sentidos.

DOS PLATEAS

Durante su exilio en Bruselas, el director teatral Enrique Argenti consiguió instalarse en un viejo salón que tenía dos entradas opuestas que daban a calles diferentes. Gracias a vaya a saber qué influencias, logró que unos empresarios convirtieran el salón en dos teatros. El *Terencio*, sobre el Boulevard Anspach, y el *Plauto Palace*, sobre la Rue Neuve.

Hay que decir que ninguno de los dos tenía escenario. Las butacas ocupaban casi toda la superficie disponible. Las del Plauto Palace miraban al canal. Las del Terencio, en dirección contraria, apuntaban al viejo Téathre Flamand. Un lujoso telón separaba ambas plateas.

Argenti concibió para estas dos salas una experiencia innovadora o, mejor dicho, dos: *Arde Bruselas* en el Plauto Palace y *Las perplejidades de Don Juan* en el Terencio. Las funciones empezaban a la misma hora. Al levantarse el telón, los espectadores del Terencio veían ante sí a los del Plauto y los tomaban por actores. El fenómeno inverso se verificaba en la otra sala. Así permanecían, esperando cada grupo que el otro diera comienzo a la acción. En algún momento, un espectador impaciente se ponía de pie e insultaba a los del otro teatro, que era para él el escenario. Éstos, por su parte, creían que este insulto era un parlamento actoral.

Cada función era diferente. Algunas consistían sólo en un largo silencio expectante. Otras incluían incendio de butacas, agresión a los acomodadores y desmayo de viejas.

Cuando le parecía oportuno, el director bajaba el telón y concluían los espectáculos. Algunas veces —casi nunca, en realidad— había aplausos de un lado y del otro. Más inquietantes eran las noches donde un sector aplaudía y el otro abucheaba.

La idea de Argenti puede producir varias colecciones de entusiasmos. El conflicto es la duda. Aquí hay creencias que pueden ser verdaderas y falsas al mismo tiempo. Cada espectador es también actor, la platea es el escenario, lo real es también ficción. El crítico severo del Plauto es actor mediocre para el del Terencio.

Argenti nunca pagó el alquiler. Los propietarios le ganaron un juicio de desalojo y lo sacaron a patadas en el culo, en plena función, ante la ovación de las dos plateas.

ELIXIRES DE AMOR

Los filtros amorosos se proponen la persuasión química e influyen sobre la voluntad ajena instalando en ella unos deseos, unas convicciones, una estética que resulte provechosa para el que realiza el hechizo.

Casi siempre es preferible que la víctima ignore que ha tomado un elixir de amor. Lo más corriente es mezclarlo con bebidas de uso común para que el afectado crea que sus ansiedades provienen de fenómenos soberanos.

Algunos filtros producen efectos solamente temporarios. Las pasiones despertadas duran un tiempo y luego la víctima vuelve a su anterior indiferencia o rechazo. Otros, más peligrosos, son definitivos y el damnificado sigue firme en su pasión, cuando el que lo embrujó ya se ha cansado.

En el antiguo Egipto, un joven noble llamado Imoteph se enamoró de la menor de las hijas de un general de Tebas. Consultó a unos hechiceros que habían llegado del Delta y éstos, después de averiguar el nombre secreto de la niña, le prepararon un filtro de amor perpetuo que —con toda malicia— disimularon en el interior de una golosina. Imoteph se las compuso para obsequiar a la muchacha con el avieso manjar y al poco tiempo ella lo amaba con furor.

Se encontraron varias veces en unos oscuros jardines vecinos al río. Muy pronto, el amor de Imoteph, que provenía sólo de su carácter apasionado y de su juventud, se fue apagando. Pero las pasiones despertadas por los filtros mágicos son mucho más pertinaces y la muchacha seguía ardiendo. Ella usó el poder de su padre para casarse con Imoteph. El muchacho, atemorizado, no tuvo más remedio que ceder.

Vinieron años infernales. Ella lo perseguía sin descanso. Besaba sus pies en los pasillos, lo acariciaba íntimamente en los banquetes, demandaba su pasión seis o siete veces por jornada, le hacía obsequios superfluos y enojosos y ordenaba a los tañedores de cítara que cantaran canciones en su honor. A veces, lo golpeaba o lo arañaba, a causa de unos celos que abarcaban a todos los seres vivos de las dos regiones del Nilo.

Imoteph trató de encontrar a los hechiceros que le habían preparado el filtro, pero éstos ya habían regresado al Delta.

Consultó entonces a los sacerdotes del templo de Amón, quienes después de amonestarlo por su trato con los magos, le juraron que no había remedio para su mal y que, en todo caso, su vejez o la de su esposa iban a atenuar los fuegos que tanto lo molestaban.

Entonces, sucedió algo que empeoró las cosas. Una bailarina de Cabiros se enamoró de él y, según parece, lo hechizó con algún elixir de amor.

Hubo varios encuentros en los jardines secretos. Una noche, saciada su lujuria, la dama se embarcó y no regresó jamás. Imoteph, abandonado por la mujer que amaba y acorralado por la que no podía amar, se quitó la vida con una espada en los jardines oscuros vecinos al Nilo, bajo la luz indiferente de las estrellas.

El alcance de un filtro amoroso puede tener límites espaciales. Aunque parezca extraño, ciertas pociones mágicas sólo son eficaces en un área determinada. A veces, se trata de foros relativamente amplios, como un país o una ciudad. Otras veces, el efecto de un filtro se limita a un edificio o a una habitación.

Bernardo Salzman insistía en que su lecho tenía propiedades mágicas. Quienes se acostaban en él se enamoraban. El mueble —una venerable cama turca con elástico de flejes— había sido adquirido por veinte pesos al pianista Christos Nicolaiev que una noche, borracho, le juró a Salzman que era hechicero y búlgaro.

No estaba claro de quién se enamoraban los usuarios, ni cuánto duraba el efecto, ni si existían muebles antídotos en la misma habitación. En verdad, todos pensaban que aquel asunto era un invento de Salzman destinado a presentar sus más vulgares fornicaciones como cuentos de hadas.

Manuel Mandeb sostenía que un verdadero filtro amoroso debía ser estrictamente personal. Una poción de efectos generales, ineficaz para dirigir la pasión del embrujado hacia un beneficiario preestablecido, era para él un simple afrodisíaco.

Sin embargo, no siempre los hechizos dan en el blanco.

Michel Ney, uno de los mariscales de Napoleón, había planeado influir sobre el Emperador y ganar títulos y distinciones entregándole a su esposa, Madame Auguié.

Ella estaba muy bien dispuesta y confiaba absolutamente en el poder de su belleza. Muy pronto, empezó a seducir a Bonaparte del modo más vulgar: lo miraba con insistencia, abismaba sus escotes y se paseaba sola para facilitar encuentros clandestinos.

Como Napoleón ni la miraba, la señora resolvió administrarle un filtro amoroso. Consultó a una hechicera que vivía cerca del Luxemburgo. La bruja le preparó un horrible brebaje de sapos, murciélagos y cenizas. Para encajárselo al emperador, la pareja lo invitó a un baile de máscaras. Napoleón se tomó unas cuantas copas de un vino fuerte en el que habían disimulado la pócima. Al rato, poseído por una lujuria incontrolable, empezó a manosear a todas las damas presentes. Finalmente desapareció en un jardín con la señorita Sofía Serrault y una criada llamada Eleonora.

El baile terminó y Madame Auguié ni siquiera había bailado con Bonaparte. Esa misma noche, le dijo al mariscal Ney que renunciaba a su empresa de seducción.

Los Brujos de Chiclana hacen continua referencia al Manual de Filtros Mágicos, un libro que probablemente no alcanzaron a escribir y cuya ausencia justifican protestando que es secreto. En el capítulo cuarto, o a veces en el octavo, se habla de las equivocaciones en la administración de elixires.

Por razones que nadie conoce, el Error, que ronda todas las actividades humanas, es cien veces más frecuente en los embrujos de amor. Es casi inevitable que en estas historias se confundan las copas, se desvíen las flechas, se sustituyan las flores o se crucen hermanas menores. Los Brujos recomiendan aceptar estos accidentes como correcciones del saber oculto a nuestros deseos vulgares.

Nicanor Guaita, un vendedor de empanadas de la calle Yerbal, se enamoró de la famosa actriz Inés del Cerro, que solía comprarle pasteles de dulce de membrillo.

Con la intención de abolir la clásica incompatibilidad que se verifica entre las actrices y los pasteleros, Guaita le vendió un pastel engualichado.

Días más tarde supo que Inés no comía pasteles y que en realidad se los convidaba a sus alumnos de teatro. Decidido a no desperdiciar el relleno mágico, Guaita se anotó en aquellas clases para ver si descubría a la persona que se había comido el pastel.

Nadie parecía embrujado. Las chicas ni lo miraban. El hombre empezó a perturbarse poco a poco, hasta que su vida se convirtió en una perpetua búsqueda.

Perdida la compostura, Guaita se presentó ante Inés del Cerro y le preguntó a los gritos qué había hecho con aquel pastel.

Ante las objeciones de la actriz acerca de la imposibilidad de diferenciar un pastel de otro, Guaita insistió en que el suyo llevaba una marca inconfundible en una de sus alas.

En los años siguientes, Nicanor Guaita fue ingresando en terrenos de demencia lisa y llana. Cada vez que conocía a una mujer le preguntaba por pasteles comidos en casa de Inés del Cerro. Algunas le ofrecieron amor, pero él las rechazaba. Sólo estaba interesado en la que se había comido el pastel.

Fue envejeciendo solo y melancólico.

En sus últimos días, dejó de creer en los elixires de amor y no esperó más.

CORO

Los Brujos de Chiclana
conocen un filtro mágico.
Nadie sabe quién lo vierte
en nuestra copa,
nadie sabe en qué dirección
se manifestará su fuerza,
nadie sabe cuál será
la duración de su efecto.
Amigos de la juventud:
lo único que podemos saber
es que a veces nos enamoramos.

MENDIGOS

Al norte de la invisible Kitej, se alzan las viejas murallas de Kirkay, la ciudad de los mendigos.

Ya en los tiempos prósperos del Khan de Kipchak, los mercaderes y los conductores de camellos calculaban sus precios sabiendo que una parte de las mercancías y el dinero acabarían en poder de los limosneros.

Según cuentan, año a año crecían en número y en ferocidad.

Johann Grueber y Heinrich Roth, dos viajeros jesuitas que volvían de la China, les dieron monedas romanas en 1663.

Después de la caída de los shaybanidas, hubo hambre y pobreza en Kirkay. Los mendigos pasaron de la súplica a la exigencia y hasta sus palabras de abordaje se hicieron amenazantes:

—Dame limosna, señor, para que tu camino no halle fin ante este humilde siervo.

Durante largos años, los habitantes de la ciudad no estuvieron seguros de quiénes eran sus amos. Llegaban órdenes de distintas administraciones y de distintos señores. Soldados del khanato de Bujara se presentaban a reclamar el pago de un tributo. Después llegaban funcionarios rusos para hacer una leva. Más tarde, quizás en el mismo día, esbirros de Kokand organizaban un saqueo oficial. Finalmente, Kirkay quedó fuera de todas las jurisdicciones.

El viajero inglés Percival Sheldon describió las costumbres de los mendigos de la ciudad en 1770.

Andan en grupos muy numerosos. He contado hasta cincuenta. Los pedidos se hacen en forma sucesiva hasta que el viajero, agotada su caridad o su bolsa, se niega. Entonces, los mendigos enarbolan unos garrotes a los que llaman palos de misericordia *y atacan a su benefactor para apropiarse de sus pertenencias. He sabido que en ínfimos suburbios de Kirkay se arrastran los geday, mendigos de mendigos, que recogen sobras de sobras y viven pidiendo a los que nada tienen.*

Es difícil establecer cuáles son las actividades económicas de esta región. Algunos pescan en el lejano Syr Daria, pero ningún pescado llega fresco a la ciudad. La dieta de los mendigos se compone básicamente de perros salvajes que son trabajosamente cazados a cuchillo. La limosna de los viajeros sirve, a veces, para comprar harina en Nuqus. Por lo demás, ya no existe en Kirkay ningún comercio.

En 1840, los mendigos de Kirkay aparecieron mencionados en un informe policial de la ciudad de Yangibazar. Allí se recomendaba a los comerciantes ingleses evitar la zona en razón del odio cerril de sus pobladores hacia los objetos de toda índole. Según el oficial escribiente, estas personas no deseaban poseer los bienes de los ricos, sino destruirlos. Los carruajes, los objetos de arte, los palacios, los trajes costosos, eran considerados emblemas de un mundo tan detestado que no podía gozarse.

En 1907 fue habilitado un ramal de ferrocarril que pasaba a pocos kilómetros. Los mendigos provocaban el descarrilamiento de los trenes y luego pedían limosna entre los sobrevivientes. En 1909 el ramal fue clausurado.

En 1918, no sabiendo ya a quién pedir, los bravíos pordioseros de Kirkay organizaron una expedición mendicante a Muynoq, Urganch y aun a Bukhoro.

En previsión de ajenas mezquindades, tuvieron la idea de prestar a los transeúntes de estas ciudades unos modestos y obligatorios servicios que vinieran a justificar una recompensa. En Darganata, con las manos desnudas, limpiaban de inmundicias el camino de los poderosos. En Takhta abanicaban en los mercados a las personas más sudorosas. En todos estos lugares, fueron rechazados y hasta calumniados. Era frecuente que los acusaran de toda clase de crímenes y aun de la mala suerte que es proverbial en aquellos parajes.

Diezmados por las persecuciones, regresaron todos juntos a Kirkay, a donde arribaron la noche del 6 de octubre de 1920. En la oscuridad, fueron abordados por bandas de nuevos mendigos que los confundieron con mercaderes persas. Muy pronto se desató una confusa batalla en la que murieron centenares.

Sin embargo, uno de aquellos expedicionarios no regresó a Kirkay. Askar Uulu llegó a Londres en 1923, después de mendigar por medio mundo. En 1938 obtuvo el título de médico, ejerció su profesión en el hospital de Londres y alcanzó una cierta reputación como gastroenterólogo. Pero jamás dejó de mendigar. Todas las noches, finalizadas sus consultas, recorría los restaurantes del Soho vestido con harapos y afectando renqueras.

Uulu escribió en 1953 un artículo para el National Geographic en donde hay una breve referencia a los mendigos de su ciudad natal.

No hay en el mundo un ser más orgulloso que el miserable de Kirkay. Él se considera superior a las personas a las que suplica. Piensa que acercándose a alguien está otorgando un honor que nunca alcanzará a pagar ninguna limosna. Por eso la negativa es siempre una afrenta. Un buen mendigo no perdona jamás y debe ven-

garse siempre de aquellos que no han querido darle. Asimismo, los hijos de los mendigos suelen cumplir con los castigos que sus padres dejaron pendientes.

Jamás un limosnero de Kirkay renuncia a su condición, por mucho que prospere. Su máxima aspiración es pedir de a caballo, con armas al cinto y hasta cuatro ayudantes para recoger las monedas. Si alguien se atreve a dar limosna antes de que se la pidan, corre riesgo de muerte por tal insulto. Los programas de ayuda de distintos gobiernos fueron rechazados con la más altiva violencia.

Los antropólogos suelen atribuir a los mendigos de Kirkay infinidad de supersticiones. Se ha dicho muchas veces que no reciben limosna de locos, bailarines, mujeres embarazadas, sepultureros, tuertos, santos, vendedores de elixir, resucitados, albinos y empleados del correo. Otros han hablado de brutales adiestramientos, de niños mutilados y de distritos donde todos se arrancan los ojos al cumplir quince años.

La verdad es que no hay mendigos más saludables que los de Kirkay. El señor de Samarcanda se enfrentó una vez con un pordiosero que le mostraba sus llagas. "No exageres tu desgracia", le dijo, "mi caridad —como mi virilidad— se enciende enseguida y no necesita estímulos superfluos".

En Kirkay siempre hemos despreciado a los mendigos enfáticos.

Ya hace mucho tiempo que la ciudad de Kirkay es evitada por las caravanas que llevan la sal del mar de Aral a Samarcanda. Los mercaderes han emigrado y los nobles y los burócratas han abandonado sus palacios. Las antiguas fortalezas son ahora abrasadas por los vientos oraculares de la región que antaño inspiraban a los clarividentes y enriquecían a los vendedores de talismanes. Es probable que todos los habitantes de Kirkay sean mendigos.

Sólo llegan hasta allí viajeros extraviados que no regresan jamás. Los rumores son alarmantes: centenares de mendigos rodean al recién llegado y le suplican a los gritos, las manos extendidas, los ojos desorbitados, los puñales ansiosos bajo los andrajos. Ninguna limosna los calma. Poco a poco, la víctima entrega todos sus bienes, hasta quedar desnuda entre la muchedumbre. Entonces, en algún momento, los indigentes lo matan, pero siguen pidiendo, apremiantes, iracundos, incesantes.

ERISICTÓN

Erisictón era un paisano de Tesalia que no le tenía miedo a nada. Se complacía en desafiar a los dioses con actos impíos y jactanciosos.

Un día, sólo para provocar, taló un bosque entero, que estaba consagrado a Deméter. La diosa no soportó semejante sacrilegio y resolvió castigarlo con el mayor rigor: hizo que sintiera en todo momento un hambre insaciable, imposible de calmar con ningún alimento. Erisictón empezó a comer y en poco tiempo gastó toda su riqueza.

Por suerte, su hija Mestra había sido, durante algún tiempo, novia de Posidón, el dios del mar. Esta poderosa divinidad le había dejado como regalo amoroso el don de cambiar de apariencia según se le antojara. Aprovechando su asombrosa facultad, la muchacha pensó un astuto plan destinado a solventar la dieta de su padre.

Mestra se vendía como esclava. Luego, cambiaba de forma y escapaba. Así, repitiendo las metamorfosis y las ventas, alimentaba a Erisictón. Pero el hombre estaba cada vez peor. No podía pasar un instante sin tragar algo.

Una noche, desesperado por la tardanza de su hija, que había ido a buscarle unos manjares, Erisictón se devoró a sí mismo.

Los historiadores y paradojistas han discutido el significado del brusco final de este mito. ¿Qué fue lo que encontró Mestra al regresar a su casa?

El alejandrino Hipofrasto, en un poema obsceno, responde audazmente: nada. Algunos de sus seguidores, más prolijos, prefieren creer que Mestra halló las ropas de su padre que —según parece— había tenido el escrúpulo de desnudarse antes de la comida. Otros agregan una fuente y un cuchillo ensangrentados.

No tardaron en aparecer glosadores más sagaces. Milo de Tarso, ya en la Edad Media, hizo notar que el que se come a sí mismo debe detenerse en algún punto. Una versión para niños de esta misma historia contiene una interesante precisión: "Erisictón se fue comiendo a sí mismo cuidadosamente. Con un filoso puñal iba cortando las partes de su cuerpo cuya falta no le impidiera seguir con el banquete. Es decir, que sólo quedaron de él los órganos más vitales y los relacionados con el acto de comer". Según este cuento, el protagonista murió mientras trataba de arrancarse el corazón.

Entrometidos ulteriores han opinado que la oscuridad de este relato obedece al hábito mental de considerar que todo lo que es comido desaparece del mundo.

El físico de Flores Arquímedes Navarro afirmó que el mito de Erisictón no era sino una maniobra didáctica destinada a hacernos comprender que el universo se está comiendo a sí mismo, en la medida en que la materia se va transformando en energía.

En su obra "Mestra y Erisictón", el teatrista Enrique Argenti puso el acento sobre la piedad filial. Mestra, que fue interpretada por dieciocho actrices, no se vendía como esclava, sino que se prostituía. En este último caso, los cambios de aspecto servían para dar a sus amantes la posibilidad de yacer con cualquier mujer del mundo.

Erisictón, que ignoraba el sacrificio de su hija, la sorprendió una noche en brazos de un obeso comerciante. Transcribimos esta escena inolvidable.

(*Entra Erisictón comiendo una sandalia. Observa a su hija en brazos de Arión, el vendedor de caballos. Desde luego, no la reconoce.*)

ERISICTÓN (*sin dejar de comer*): ¿Quiénes son ustedes, que perturban con su lascivia la dignidad de mi morada?

ARIÓN (*sin dejar de fornicar*): Soy Arión, el vendedor de caballos, y he pagado por esta mujer.

ERISICTÓN: ¿Y tú, ramera inmunda, quién eres?

MESTRA: Soy tu hija.

ERISICTÓN (*saca una flor del jarrón y empieza a comérsela*): Ah, maldición de los dioses… Deméter, que me abre el apetito. Posidón, que habiéndome tomado una hija me devuelve mil. Y ahora tú, Mestra, que aprovechas la muchedumbre de tus encantos para prostituirte del modo más desvergonzado. ¿Por qué? Dime por qué lo haces.

MESTRA (*que continúa su cópula*): ¿Y tú preguntas por qué? (*Se incorpora, toma su túnica y grita en la cara de su padre.*) ¡Pues para pagar tu comida! (*Toma por el brazo a Arión y salen ambos.*)

ERISICTÓN: Yo he sido el causante de todo. Yo talé los robles de Deméter. Yo tragué la fortuna de mi padre. Yo propicié la deshonra de mi hija. Pero esto terminará ahora mismo. (*Se arranca una mano de un mordiscón y empieza a comérsela. Mientras mastica, ríe dando muestra de la más absoluta demencia. Las luces se van atenuando. La escena queda a oscu-*

ras. Se oyen las carcajadas y los gritos de dolor de Erisictón. Luego, silencio. Al rato, vuelven a encenderse las luces. El salón está desierto. Entran Mestra y Arión. Ella es ahora otra actriz.)

MESTRA (*lleva en sus manos un jamón*): ¿Dónde está mi padre…? (*Lo busca por toda la estancia.*) ¡Padre mío! ¡Ven! Este hombre me ha regalado un jamón a cambio de mis ternuras. ¡A comer, padre!

(*Arión descubre la túnica de Erisictón.*)

ARIÓN: Es inútil, Mestra, él ha muerto. Se ha devorado a sí mismo.

Telón

MÉDIUM

Las llanuras del sur de América son poco propensas a la credulidad. En Río Grande, en el Uruguay, en las Pampas, la desconfianza es una forma de la astucia. Las historias de fantasmas se cuentan allí con más ironía que temor. Los milagros no fortalecen la fe sino más bien la sed de explicaciones.

El espiritismo nunca hizo grandes progresos entre los paisanos. Y aunque en las áreas urbanas muchos intentaron el diálogo profesional con los difuntos, jamás se logró el suceso alcanzado en los países protestantes.

Por eso debemos considerar a Florencio Oliva, el médium de Villa Urquiza, como una verdadera excepción.

Durante largos años, su salita de la calle Altolaguirre se llenó de deudos afligidos, mirones metafísicos y vigilantes disfrazados.

En sus comienzos, Oliva trabajaba con un solo espíritu: el finado Gaitán, un peluquero del barrio muerto en un choque de trenes.

Gaitán se presentaba del modo más contundente y respondía a cualquier consulta con detalladas descripciones del más allá. También, a favor de su condición de peluquero, solía contar viejos y sabrosos chismes de barrio.

La verdad es que Gaitán estaba vivo. Había aprovechado

el accidente para huir de sus acreedores hasta que Oliva lo encontró casualmente en Monte Hermoso y le propuso participar de sus experiencias parapsicológicas.

Para Gaitán el cielo era Villa Urquiza, con algunas correcciones que parecían venganzas.

En sus descripciones se limitaba a detalles tales como la ausencia de yuyos, el tango obligatorio, el carácter subalterno de los ingleses y una curiosidad capilar: el pelo sigue creciendo en la morada celestial. Apurado por unos novios cesantes, Gaitán dictaminó que en el cielo uno anda con quien quiere y para el caso de amores no correspondidos o personas codiciadas por más de uno, se creaban duplicados perfectos para que nadie anduviera molestando con lloriqueos.

El peluquero ayudó a Florencio hasta su verdadera muerte. Después se hizo imposible convocarlo.

Privado de su principal atracción, el buen espiritista no tuvo más remedio que adiestrarse en tecnologías fraudulentas. La salita se llenó de cortinados, proyectores, parlantes, espejos, falsas paredes y máquinas de humo. Con el tiempo, sus fantasmas fueron realmente irreprochables. Complicados servicios de información le permitían responder aún a las requisitorias más específicas.

Otros médiums de la ciudad lo pusieron a prueba. Florencio los engañó a todos, con sus infalibles aparatos de magia.

Jorge Allen, el poeta de Flores, asistió en calidad de escéptico a una de las sesiones.

En lo mejor de la noche, se presentó, en un rincón del cuarto, el espíritu de una joven bailarina llamada Julia que había sido convocada por su hermana. Aún difuminados sus contornos, oscurecidas sus facciones y velados sus atractivos, la presencia enamoró a Jorge Allen. Fastidiado por las indagaciones familiares de la hermana, el poeta cambió el rumbo de la conversación y quiso saber cuál era el máximo con-

157

tacto que podía establecerse entre seres de distintos mundos. Astutamente, el espectro contestó que no lo sabía.

—Pues vamos a averiguarlo ahora mismo —gritó Jorge Allen y saltó de su silla.

El espíritu desapareció y Oliva no pudo concentrarse para volver a convocarlo.

En noches subsiguientes, Allen regresó a la salita y reclamó la presencia de Julia, la bailarina. En los primeros intentos debieron conformarse con poco: unos golpes codificados, una mano que recorría la habitación, una vela que se apagaba. En una ocasión, Florencio Oliva anunció que un beso andaba suelto por la sala. Jorge Allen preparó su boca, pero una florista de La Paternal se le adelantó y juró haber sido besada por su difunto esposo.

Por fin, Julia apareció casi enteramente durante siete noches consecutivas. En la última de ellas declaró que ya no volvería a presentarse. Después, se acercó lentamente al poeta y le dijo que por autorización expresa de fuerzas superiores le concedería el privilegio de un beso, de un beso carnal. Allen contestó que harían bien las fuerzas superiores en advertir que nuestro acto más espiritual es justamente el más carnal. Acto seguido, se trenzó con Julia en un rincón del cuarto y hubo abrazos y besos de dos mundos.

A último momento, con disimulo, el espíritu puso en su mano un papel.

Julia se fue para siempre, la sesión terminó y, ya en la vereda, Jorge Allen leyó ansioso el mensaje de ultratumba: "Estoy viva y te espero mañana a medianoche en el puente de la estación Coghlan".

La cita se cumplió. Julia resultó ser Mariela. Su belleza era más contundente de lo que parecía en el otro mundo. Allen la amó aquella noche con pasión y supo de los fraudes de Florencio Oliva. Al despedirse, se sorprendió invadido por una inesperada tristeza.

—No volveré a verte —le dijo—, una amante perfecta debe llevar el engaño hasta el final.

Allen no volvió a la salita de la calle Altolaguirre. Florencio Oliva lo lamentó de verdad. El propósito altruista de todas sus trampas era convencer a las personas de algo que para él era indiscutible: el cielo existía. Oliva era un espiritista creyente. Era conciente de su incapacidad para hablar con los muertos, pero estaba seguro de que había otro mundo, cuyos habitantes deseaban enseñar a la sociedad a comprender la naturaleza eterna de la vida.

Sus métodos se volvieron cada vez menos sutiles. Se dejó tentar por los difuntos célebres y no era extraño escuchar en la salita las voces de Platón, Copérnico, Descartes, Pascal, Newton, Heisemberg o Ireneo Leguisamo. Una tarde de otoño, el mismo Albert Einstein explicó —no sin un sospechoso acento pampeano— que todo era relativo y que no valía la pena hacerse mala sangre por nada.

Los tiempos se pusieron difíciles. Los pocos que iban a la salita se mostraban cada vez más suspicaces. Jorge Allen y sus amigotes solían presentarse disfrazados y estropeaban las sesiones con maullidos, rimas chuscas y pedorretas.

Florencio Oliva perdió su clientela y acaso la fe. Los actores que utilizaba para sus representaciones lo extorsionaron y le sacaron casi todo su dinero. En sus últimos años, ya gravemente enfermo, adivinaba la suerte por una moneda.

Una madrugada de invierno vio que una figura misteriosa se sentaba a los pies de su cama. Enseguida comprendió que se trataba de un espíritu, ya que la aparición pronunció las palabras secretas que sólo conocen los seres de ultratumba. Oliva preguntó, del modo más solemne, quién era el visitante y cuál era su misión.

—Buen pensamiento, hermano —dijo el espíritu—. Traigo señales del otro mundo.

—¿Hay otro mundo? —preguntó Oliva.

—Sí. Y aunque nunca recibiste nuestras respuestas, nosotros te hemos escuchado siempre.

El espíritu sacó trescientos pesos del bolsillo y los puso sobre la mesa de luz.

—El mensaje es que el cielo existe y que desde allá mismo te mandan estos cuatrocientos pesos. Ahora, con permiso, debo rajarme.

La presencia se esfumó y un rato después, casi totalmente encarnada, se tomaba el 133 hasta la plaza Flores.

Florencio Oliva murió al mes siguiente, retemplada su fe y pagas sus cuentas.

EL BAR V

El libro más confuso que utiliza el Narrador para leer sus relatos es el Libro Violeta. Las páginas contienen unas inscripciones misteriosas, cuyo significado no es posible descifrar.

La opinión general es que el Narrador recibe del libro una especie de inspiración, bajo cuya influencia va completando las historias.

Otros hablan de una lengua de metáfora incesante. Pero cualquier idioma admite series metafóricas en que cada palabra es significante de la anterior. Y siempre es posible construir una serie circular en la que ninguno de sus términos sea el principio ni el final. En el Libro Violeta, la figura escrita representa cualquiera de los términos de la serie.

El signo que se usa para cielo es también el que se aplica a altura, azul, bienaventuranza, universo, luz, espacio, recompensa, límite, perfección, conocimiento, academia. Pero también nube, lluvia, refucilo, tormenta. Y a partir de estos significados, viento, nieve, helada, invierno, soledad, temor y oscuridad.

Cualquier signo puede aproximarnos a cualquier significado. Leer es decidir.

DISCIPLINA

En tiempos de Wang An-shih, la Escuela de la Administración de K'ai Feng presionaba rigurosamente a los jóvenes alumnos.

La disciplina estaba directamente relacionada con la injusticia: se infligían castigos a quienes menos los merecían. O peor aún, se sancionaba o se premiaba a un alumno en virtud de las acciones de otro. De esta suerte, nadie era responsable por sus actos, pero sí por faltas ajenas.

Los reglamentos cambiaban cada día y sin notificación alguna. Los estudiantes no podían saber qué conducta se esperaba de ellos.

En 1071, el poeta Kin Ts'ing escribió *Escena escolar en K'ai Feng*, un breve texto que enfatiza la perplejidad ante la sanción imprevista.

El estudiante Li Wang, sobrino del director de la Oficina de Inventos del Imperio, se encontraba descansando en los jardines de la escuela. Mantenía la rigurosa posición del loto, mientras su índice derecho era rodeado por los cinco dedos de la mano izquierda, es decir, en la mudrá *de la Suprema Sabiduría.*

De pronto, apareció Shau, el preceptor. Sin mediar palabra, golpeó la espalda del alumno con su sable. Después dijo en tono oficial:
—¡Infracción, infracción! Prepárate, Li Wang, a recibir cuarenta y dos azotes.

Empleados menores dispusieron el moblaje indispensable para el castigo. Enseguida, Yen, el verdugo del turno tarde, dio comienzo a los azotes. Shau, el preceptor, dirigía el escarmiento con precisión académica.

Al décimo latigazo, el estudiante Li Wang alzó apenas su voz:

—*Ilustre Shau, si me concediera usted la honra de revelar la naturaleza de mi falta, podría yo colaborar abriendo la indignidad de mi cuerpo al sufrimiento más adecuado para la expiación.*

—*Ésa es tu falta, oh, sobrino del director de la Oficina de Inventos del Imperio, la soberbia de creer que hace falta un acto de tu mente o de tu cuerpo para desatar la cólera soberana de tus amados preceptores.*

Li Wang comprendió. Y recibió los latigazos como rayos provenientes de una tormenta súbita.

Ha dicho el maestro Ho Chiang:

El castigo injusto o equivocado produce un efecto disuasivo muy superior al de la pena justa. Casi nadie cree en su propia culpa y las protestas de inocencia estorban los escarmientos. Es preferible establecer que la autoridad, tal como lo hace el destino, aplica su rigor sin necesidad de causa, sin pretensiones de lógica, sin veleidad de justicia.

VOCACIÓN

Cuentan que el joven Pa Chieng, segundón de una familia de guerreros, llegó, después de veinte años, hasta el último examen de la carrera de amanuense en la Escuela Administrativa de Hang Cheu. El título presuponía el conocimiento de los Diez Mil Libros, el ejercicio impecable de la poesía clásica, el dominio de la geometría y el arte de construir sismógrafos, así como el perfecto manejo de la ciencia alquímica. Cumplidas todas las pruebas, podía uno ingresar directamente a la Administración Imperial, como ayudante del maestro redactor de citaciones judiciales.

Pa Chieng se hallaba cabeza abajo, colgando de una soga y semisumergido en las heladas aguas del estanque. Estaba a punto de completar el sexto de los nueve madrigales que le habían encargado. Un alto funcionario de la dirección apareció de improviso y suspendió la tarea.

—¡Infracción, infracción! —gritó con las manos en la cintura y las piernas muy abiertas. Ordenó que descolgaran a Pa Chieng, lo abofeteó repetidamente y luego le dijo:

—Te hemos estado observando, Pa Chieng, hijo y nieto de coroneles. Has deshonrado a los guerreros de tu familia esforzándote en no parecerte a ellos. Tus calificaciones han sido altas, eso hace más grave la afrenta. Queríamos saber hasta dónde eras capaz de llegar y hoy sabemos que no hay límite para tu desvergüenza. Abolimos, pues, tus logros académicos, como un gesto de perdón. Márchate y sé guerrero. Si te apresuras, serás sargento antes de morir.

LENGUAJE WEN

La dinastía T'ang gobernó el imperio de la China entre el 618 y el 906. En esos años, se desarrolló un nuevo sistema burocrático. Los T'ang ampliaron el sistema de exámenes que existía para evaluar a los funcionarios. Hasta ese momento era indispensable la erudición. La emperatriz Wu estableció que la poesía también fuera un requisito esencial para ingresar a la administración pública.

En la ciudad de Ch'ang-an vivieron durante casi tres siglos extraordinarios poetas que se desempeñaban como empleados nacionales.

Allá por el año 800, empezaron a ponerse de moda unos paralelismos y artificios formales que llegaron a ser más importantes que el significado.

Los académicos hicieron una distinción entre la escritura práctica llamada *pi* y el lenguaje literario o *wen*, que estaba lleno de firuletes.

Las obras de Confucio y del célebre historiador Ssu-ma Ch'ien eran *pi*. Las de los jóvenes poetas eran inevitablemente *wen*. Algunos funcionarios conservadores reaccionaron y un gobernador fue castigado por escribir informes en el nuevo estilo.

A pesar de las objeciones de los eruditos confucianos, el estilo wen prevaleció. El significado de los textos administrativos empezó a resultar cada vez más oscuro. En 1935, el periodista francés Jules Garnier tuvo la ocurrencia de escribir en estilo wen la actual frase "Prohibido estacionar durante las 24 hs.".

Que nada se detenga nunca.
Las horas, los vientos, las pasiones
no estarán mañana donde están hoy.
El viajero vuelve al aposento
donde quedó su amada
pero su amada ya se ha ido
y el aposento también.

El antropólogo Herbert Chorley hizo lo mismo con "Prohibido escupir en el suelo".

De los portones del alma,
de la morada del beso
del manantial del lenguaje
absténganse de salir
ofensas líquidas
a la dignidad horizontal
que nos sostiene,
manga de chanchos.

Han Yu era un prosista confuciano que odiaba a los budistas. Su estilo era límpido y sereno, fiel a la más austera ortodoxia clásica. Junto a un grupo de seguidores se propuso enfrentar aquellos amaneramientos. Creó entonces la *ku wen* o prosa clásica. Pero la desgracia lo estaba esperando.

En el año 819, el emperador Sui Wen Ti, curiosamente interesado por el budismo, dispuso que un dedo de Buda fuera trasladado a la capital.

Las multitudes se enloquecieron: un soldado se cortó el

brazo izquierdo delante de la reliquia de Buda y, mientras lo sostenía con la mano que le quedaba, hacía reverencias.

Miles de personas andaban sobre sus codos y rodillas, arrancándose los dedos con los dientes.

Estos hechos afectaron profundamente a Han Yu. Inmediatamente envió al emperador un memorial que se haría famoso. Se titulaba "Sobre el hueso de Buda" y defendía el punto de vista escéptico y racional de la filosofía confuciana, en clara oposición a los seguidores del budismo.

Han Yu lo escribió en estilo ku wen. Con frases precisas y tajantes afirmó que el budismo era una doctrina bárbara que sólo ocasionaba perturbaciones.

Pidió que el dedo de Buda fuera arrojado al agua o al fuego y que se prohibiera definitivamente aquella superstición.

El emperador se enfureció y sentenció a Han Yu con la pena de muerte. Los sabios confucianos consiguieron que la sentencia fuera conmutada por el destierro.

Con el paso de los años, la prosa clásica volvió a florecer en obras serias y austeras. Pero Han Yu no pudo ver el triunfo de sus principios. Se había muerto en el año 824.

Mucho antes de eso, el poeta Li Tsu, que cumplía funciones burocráticas en las provincias occidentales vecinas a T'ufan, escribía sus versos en un lenguaje oblicuo que anticipaba el estilo wen.

En el otoño de 755, mientras el bárbaro An Lu-shan se rebelaba contra el emperador, unas tropas de tibetanos dejaban atrás Ch'eng-tu y marchaban hacia la capital.

Li Tsu resolvió informar inmediatamente a los soldados del emperador. Dispuso que cinco jinetes marcharan por caminos distintos e intentaran los atajos más riesgosos para que las tropas imperiales pudieran preparar la defensa de la ciudad de Ch'ang-an. Demoró algunos días, eso sí, en redactar el mensaje. Después de numerosas modificaciones, el texto final decía así:

La columna que sostiene el mundo
se ha precipitado.
El tigre ataca al joven cazador
arrancándole el corazón.
¿Qué podrá hacer un bárbaro
con el anillo de una princesa?
Llueve arena.

Dos de los jinetes llegaron a la corte del emperador Hsuan-tsung mucho antes que los tibetanos.

Los funcionarios recibieron el mensaje pero no se pusieron de acuerdo en su interpretación. Al principio, juzgaron que la columna que sostenía el mundo era ciertamente el emperador, que su poder se había derrumbado, que el tigre era An Lu-shan, que el corazón del joven cazador era la capital y que el anillo de la princesa era el sol naciendo, es decir, el este. Sobre el inciso "llueve arena", todos coincidieron en que significaba que el tiempo corría y hasta hicieron comentarios de menoscabo ante una metáfora tan vulgar.

Se reforzaron entonces las posiciones que custodiaban los caminos que venían del oriente por el río Amarillo y se advirtió a una guarnición que acampaba cerca de Loyang.

Pero apenas un día más tarde, otro grupo de funcionarios opinó que la columna era el palacio, que el tigre era el destino, que el cazador era el emperador y que su corazón era su concubina muerta, la hermosa Yang Kuei-fei. En cuanto a la pregunta acerca del bárbaro y los anillos, los exégetas consideraron que aludía al desinterés de An Lu-shan por instalarse en la corte. La lluvia de arena fue despreciada como torpe alegoría del tiempo.

Todo esto llevó a pensar que los males de la dinastía estaban en la melancolía del Hijo del Cielo, de modo que fueron convocados con urgencia los mejores músicos, bailarines, acróbatas, adiestradores de hormigas y remontadores de barriletes.

Todavía no habían llegado los artistas cuando el grupo más conservador de cortesanos juró que la columna que sostenía el mundo era literalmente una de las cuatro columnas que sostenían el mundo, pero era imposible saber cuál. El tigre era indudablemente Lin-fu, el avieso ministro que había confiado en An Lu-shan. El joven cazador era el imperio y su corazón, el viejo canal de Cheng Kuo. En cuanto al verso del bárbaro y el anillo, fue considerado una adivinanza obscena.

Justo cuando se burlaban de la tosca literalidad de la lluvia de arena, llegaron los tibetanos y saquearon la ciudad sin encontrar resistencia alguna.

MINOS Y ESCILA

ESCENA TRÁGICA

Personajes:
Sarpedón, hermano del rey Minos
Minos, rey de Creta
Doncella I
Doncella II
Doncella III
Escila, hija del rey de Mégara

El campamento del rey Minos durante el sitio de Mégara. Su hermano Sarpedón acaba de regresar de Creta, donde ha consultado al dios de la caverna del monte Ida.

SARPEDÓN: Minos, hermano mío, traigo noticias de Creta.

MINOS: Habla sin demoras, Sarpedón. Mis ejércitos han estado inmóviles esperando tu regreso. ¿Has bajado a la caverna del monte Ida?

SARPEDÓN: Sí, lo hice.

MINOS: ¿Has oído la voz infalible de la divinidad oracular?

SARPEDÓN: La oí.

MINOS: ¿Te has asegurado de que no se trataba de impostores ocultos entre las rocas?

SARPEDÓN: Lo hice.

MINOS: ¿Has preguntado a los escribanos del oráculo el verdadero significado de las palabras que has creído oír?

SARPEDÓN: Hice todo eso. El dios habló, oye la traducción (*lee de un rollo*):

> *Mégara es la ciudad más milagrosa:*
> *Apolo tocó allí su invicta lira,*
> *la piedra en que apoyaba el instrumento*
> *ha cobrado virtudes musicales.*
> *Si alguien la golpea, la piedra canta,*
> *pero otras magias hay más complicadas:*
> *tiene el rey Niso en su cabeza un pelo*
> *que es de oro o de púrpura, quién sabe.*
> *En ese solo pelo está la fuerza*
> *que lo torna invencible. Mas agrego*
> *que su vida es aquel áureo cabello.*
> *Córtenlo y morirá, tal el secreto.*

MINOS: ¿Qué más ha dicho el dios?

SARPEDÓN: Nada más, eso fue todo.

MINOS: Pues te diré cuál es el verdadero mensaje. Se dice así: nunca podremos derrotar a Niso.

SARPEDÓN: ¿Y si alguien le cortara el pelo?

MINOS: No hay tal pelo. Los dioses y los oráculos se valen de historias maravillosas para hacernos comprender verdades simples. Yo quise imponerle una alianza a este rey, para que sus tropas acompañaran a las mías en la guerra contra Atenas. Pero ahora sé que debemos marcharnos de aquí. Mañana mismo zarparemos.

SARPEDÓN: Como tú digas, hermano y Rey.

MINOS: Algo más. Antes de abandonar Mégara deseo embriagarme con su vino y sus mujeres. Ordena que me traigan tres jarras y tres prisioneras.

SARPEDÓN: Así se hará. (*Sale rápidamente.*)

MINOS: Ah, esclavitud del juramento… Ah, trabajoso afán de la venganza… Yo he prometido llevar la desgracia a Atenas, para cobrar la muerte de mi hijo Androgeo. Ahora sé que es inútil cualquier escarmiento, pero no puedo retroceder. Ser rey es obrar continuamente sin sentido, es trasladar nuestro infortunio a otros miles. Quisiera ser pastor y cobarde, para que mi maldad fuera inoperante.

Mientras Minos habla, entran trescientas cincuenta y cuatro doncellas, cada una de ellas con un toro blanco. Avanzan hacia el fondo del escenario y se precipitan en un enorme pozo en el que arde un fuego eterno. Inmediatamente después de esta maniobra, regresa Sarpedón junto a tres muchachas que traen una jarra de vino cada una.

SARPEDÓN: Tus órdenes han sido cumplidas, mi señor.

MINOS: Bien, bien. Ahora disfrutaré de los placeres de este vino y me beberé a las mujeres hasta la última gota.

LAS TRES MUJERES (*espantadas*): ¡¡NO!!

SARPEDÓN: ¿Qué sucede? ¿No desean disfrutar de los abrazos del rey Minos? Es un hombre apuesto y es también el amante más vigoroso de Creta.

DONCELLA 1: Estamos en vuestras manos, señores. Es cierto que el rey Minos es el más deseable de los hombres. Pero hemos oído decir que su esposa Parsifae le ha impuesto una maldición.

DONCELLA 2: Todas sabemos lo que le sucede a Minos cuando alcanza el ápice de su placer.

DONCELLA 3: Digámoslo ya: de su virilidad salen alacranes, escorpiones y serpientes.

DONCELLA 1: Esas alimañas pican a las amantes de Minos y las matan.

DONCELLA 2: No queremos morir.

MINOS (*ha escuchado a las doncellas bebiendo vino de una jarra*): No hay tal cosa, criaturas. Los dioses hacen circular rumores de prodigios para hacernos comprender verdades simples. Mi mujer Parsifae es celosa. Acostarse conmigo puede ser tan peligroso como la picadura de un escorpión. Pero ahora ella está lejos.

Se acerca a las damas y comienza a acariciarlas. Sarpedón sale, no sin un gesto de envidia. La atmósfera se impregna de vapores colo-

ridos y empiezan a llover arañas, serpientes, lagartos e insectos de ju-
guete, sostenidos cada uno de ellos por hilos invisibles, de suerte que
una vez en tierra puedan remontarse nuevamente. Al mismo tiempo
se abre una cortina que permite ver a una orquesta de veintiocho
flautistas que acompañarán los movimientos eróticos de los actores.
La escena se interrumpe con el regreso de Sarpedón.

SARPEDÓN: Minos, Minos, detén por un momento tu lujuria.
Hay algo que debo decirte.

MINOS (*emergiendo entre los brazos de las doncellas*): ¿Qué sucede?

SARPEDÓN: Hermano mío, está aquí presente nada menos
que Escila, la hija de Niso, rey de Mégara.

MINOS: ¿Qué desea?

SARPEDÓN: Dice que trae un obsequio para ti.

MINOS: Hazla pasar. Y haz que se vaya toda esta gente.

Todos abandonan la escena despavoridos. Sarpedón corre a buscar
a Escila. Unos segundos después, la muchacha ingresa sola. Está
completamente desnuda.

MINOS: Di ahora mismo cuál es el motivo de tu presencia.

ESCILA: Soy Escila, hija de Niso, rey de Mégara. Desde la
torre de mi palacio te he visto muchas veces. He aprendido
el nombre de todos tus guerreros, pero también he sido cau-
tivada por tu belleza, tu dignidad y tu indumentaria. Estoy
enamorada de ti, rey Minos, y te daré un regalo de incalcu-
lable valor si prometes llevarme a tu lecho.

MINOS: Podría ser tu amante, sin otra recompensa que la que tengo ante mi vista. Pero de todos modos, dime cuál sería el obsequio.

ESCILA: Tal vez has oído decir que mi padre tiene en su cabeza un pelo de oro que es el secreto de su invulnerabilidad. Si alguien cortara ese pelo, mi padre moriría y la ciudad caería indefensa. Ahora ya sabes cuál es mi regalo.

MINOS: ¿Debo entender que has traído contigo el pelo de oro?

ESCILA: No hay tal pelo. Los dioses se valen de cuentos maravillosos para hacernos comprender verdades simples. Mi padre ha muerto y yo te pertenezco. Las tropas de Mégara te acompañarán a Atenas para que puedas vengar la muerte de tu hijo Androgeo.

Escila y Minos se abrazan. Trescientos sesenta y cinco guerreros de Mégara desfilan al son de tambores por el fondo del escenario y saludan a la pareja de amantes cuando pasan junto a ella. Después, van quedando en perfecta formación y, en un instante determinado, levantan sus espadas y sus escudos y lanzan un grito de victoria. Minos y Escila abandonan el lecho. Entra Sarpedón.

SARPEDÓN: Señor, señor, los soldados de Mégara se han pasado a tu bando y lucharán contra Atenas.

ESCILA: Yo iré contigo, mi señor.

MINOS: Nada de eso, muchacha. Es cierto que me has ayudado, es cierto que eres como una diosa en el lecho. Pero un rey no puede tolerar el parricidio. Te haré el favor de no matarte, pero permanecerás aquí para siempre.

Por un costado del escenario va ingresando la nave del rey Minos, impulsada por treinta y un remeros. Los trescientos sesenta y cinco megarenses suben por una escala y trescientos cincuenta y cuatro cretenses por otra. Bajan de la parrilla, colgados cada uno de una soga, noventa y dos coreutas masculinos, vestidos con largas togas. Abajo, noventa y dos cantantes desnudas se arrojan al agua y luego todos cantan.

CORO

Vencer, vencer…
Tu destino, Minos, es vencer.
Avísanos si es preciso allanar
los caminos de tu voluntad.
Adiós, adiós, Atenas verá
el imperio de tu decisión
y muchos jóvenes fuertes morirán
sin saber qué venganza se está cumpliendo.

Minos y Sarpedón ya están en el puente de la nave.

MINOS: ¡Vamos, vámonos ya!

La nave empieza a moverse. Escila, en tierra, llora desesperada.

ESCILA: ¡Llévame contigo, Minos!

MINOS: Jamás. *(Ríe.)*

Se desata una furiosa tormenta. Unos rayos cortan las sogas de los coreutas, que caen al agua y aprovechan para unirse a las cantantes femeninas que ya estaban allí. Una vez formadas las parejas, todos salen apresuradamente del mar y abandonan la escena. La nave se aleja. Escila se arroja al agua y empieza a nadar en pos de ella.

ESCILA: Te seguiré donde fueres.

Colgando de una soga, aparece un águila de aspecto siniestro.

ESCILA: ¡Detén la nave, Minos!

MINOS: Jamás.

El águila se acerca a Escila.

SARPEDÓN: Observa, hermano mío, un pájaro enorme está a punto de poner sus garras sobre el cuerpo de Escila.

El águila desciende hasta donde está Escila, la cubre con su cuerpo y la mata. El cuerpo de Escila se sumerge. El águila vuelve a remontar vuelo.

SARPEDÓN: Minos, creo que ése no es un pájaro.

El águila se quita su traje de plumas y deja ver a Niso, rey de Mégara.

SARPEDÓN: ¡Es Niso, el rey de Mégara, que se ha convertido en águila para vengarse de su hija!

MINOS: No hay tal cosa, Sarpedón, los dioses nos provocan visiones ilusorias para hacernos comprender verdades simples. Ella está muerta y nosotros nos vamos a Atenas.

UN BAR

En la ciudad de Londres, en el barrio de Stepney, hay un bar tan oscuro que su descripción es casi imposible. Algunos opinan que en el salón principal se baila al son de una música estridente y horrorosa. Hay, evidentemente, unos bultos oscuros que se mueven con cierta regularidad. Muchos hombres sin preferencias se acercan a ese bar porque han oído decir que los trámites amorosos son simples y perentorios. La verdad es que el pésimo licor, la crueldad del sonido, la estrechez y las tinieblas perturban la percepción hasta tornarla casi nula. El defecto y la virtud son conceptos imposibles en ese antro.

En el piso superior hay unos reservados a los que las sombras acceden no bien se les despierta la lujuria. Allí, la oscuridad íntima es de la misma naturaleza que la penumbra colectiva. La música es todavía más fuerte y ante la imposibilidad de palabras confidenciales, las parejas sólo se comunican por el tacto, el sexo, el alcohol o la violencia.

Cada media hora, los hombres están obligados a salir del reservado para pagar en la caja el derecho a un nuevo período. Esta maniobra se hace con gran estrépito y en medio de empujones y estampidas. Al regreso, estos seres obnubilados suelen equivocarse de puerta y con toda frecuencia se meten en otro reservado.

Sin embargo, nadie advierte estas confusiones, o nadie se molesta en corregirlas, y las nuevas parejas prosiguen su actividad haciendo suyos los pasados ajenos.

UN SALÓN DE BAILE

Cierta noche, Manuel Mandeb, el ruso Salzman y Jorge Allen se dejaron arrastrar por Marcelo de Bórtoli, un conductor de camionetas que —envalentonado por cuatro cañas— les prometió unas deliciosas aventuras.

Deambularon largas horas por patéticas confiterías, hasta que fueron a dar a un salón de baile de la más misteriosa índole. La música ensordecía. En verdad, se trataba de fuertes golpes de bombo, bajo los cuales sonaban arpegios electrónicos y tenues líneas de cuerdas simuladas. Las estructuras se repetían una y otra vez, como un tam-tam, con un efecto hipnótico.

Centenares de personas se movían en la penumbra, mecánicamente. Los que no bailaban hacían, a intervalos regulares, unos gestos de asentimiento e incluso señalaban con el dedo al encargado de poner los discos. Este empleado ocupaba un lugar de privilegio, cuyo valor referencial era el de un escenario.

A pesar del aspecto poco hospitalario de aquellas instalaciones, los muchachos observaron con atención a algunas damas cuya disposición de ánimo se propusieron indagar. Expertos como eran en la realización de propuestas, completaron con la mayor ortodoxia las maniobras que son usuales. Pero las mujeres no les prestaban atención, ni siquiera los miraban. Permanecían firmes y lejanas en sus ejercicios rítmicos. Jorge Allen intentó unos abordajes directos, verbalizados, con preguntas concretas que exigían respuesta expresa. No consiguió nada.

Recorrieron el salón para ver si encontraban algún conocido, o —al menos— a alguien que les explicara las reglas que allí se seguían para la seducción perentoria. Nadie les dirigió la palabra. Ni siquiera los mozos, unos seres con aires de superioridad que estaban interesados en hacer patente la condición forastera de los hombres de Flores.

De Bórtoli les explicó que todos allí consumían una droga, fuera de cuyos efectos era imposible ninguna clase de disfrute. Hizo notar, sin embargo, que se trataba de un narcótico peligroso que obligaba a las personas a una imperiosa actividad de la que se tardaba mucho en egresar.

A falta de otro solaz, se quedaron largo rato observando a la concurrencia. Jorge Allen estaba rigurosamente enamorado de los saltos de una morocha. Llegó a gritarle en el oído que estaba dispuesto a cualquier cosa, pero ella siguió saltando.

Casi al amanecer trataron de emborracharse, pero De Bórtoli les dijo que en aquel lugar sólo servían agua mineral. Las sustancias que motorizaban a esa muchedumbre provocaban una deshidratación que debía remediarse tomando agua a cada momento. Las canillas de los baños estaban selladas para que los bailarines no tuvieran más remedio que pagar sus tragos.

Se hicieron las ocho de la mañana, y después las nueve y las diez. Con súbita alarma, el ruso Salzman descubrió que algo estaba ocurriendo.

—¿Por qué no nos fuimos todavía?

Jorge Allen trató de contestar pero, en cambio, apuntó su dedo hacia Salzman y lo señaló rítmicamente. Mandeb miró un espejo y se vio a sí mismo moviendo la cabeza. De Bórtoli había desaparecido. Después de una breve inspección, lo vieron en el medio de la pista, ya completamente integrado a la concurrencia, saltando y bebiendo agua. El ruso comprendió que era necesario reaccionar. Se subió a una mesa y se puso a gritar como un loco.

En la pampa legendaria
donde relincha el peludo
había una yegua muerta
con una flor en el culo.

Se llenó la boca de agua y empezó a escupir chorros finitos en la cara de las personas. Después, vació una botella en el escote de una rubia.

—¡Échenme! —gritaba—. ¡Échenme a patadas!

Nadie le prestó la más mínima atención. Salzman se acercó a sus amigos.

—¿Por qué no nos echan?

—Porque no hemos venido —contestó Allen—. Corramos a la puerta ahora mismo, porque si no, permaneceremos aquí toda la vida.

A empujones, fueron acercándose a la salida. En el camino trataron de arrastrar a De Bórtoli pero el hombre ya no los escuchaba. Tuvieron que dejarlo en medio del gentío y no volvieron a verlo nunca más.

El sol brillaba en la vereda. Caminaron en silencio casi diez cuadras. Al llegar a una plaza, Salzman murmuró:

—¡Qué lugar!

Y Mandeb respondió por lo bajo:

—Así son todos los lugares.

EL OTRO INFIERNO

Hay más allá del infierno, otro infierno imprevisto y posterior. Durante un tiempo, el condenado se instala en el tormento, lo incorpora a sus hábitos y busca consuelo en la idea de que nada peor podrá ocurrirle. Es entonces cuando cae en otro infierno, el verdadero, cuyos sufrimientos son imposibles de comprender y de calcular.

El infierno como castigo por los pecados es, al menos, razonable. Uno arde en ríos de fuego pero atesora una convicción inevitablemente dichosa: el universo tiene un propósito ético; en algún lugar están los bienaventurados; en algún lugar está Dios.

El verdadero infierno es, antes que nada, injusto. Uno no sabe por qué está allí, ni cuáles son sus culpas, ni cuál es el Plan que está cumpliendo.

Infiernos benignos permiten conocer el camino para evitarlos.

Mucho peor es que cualquiera se salve y cualquiera se condene.

Ignorar las consecuencias de los propios actos, eso es el infierno.

UN ARTISTA DE PALACIO

El príncipe Yu Kiang, de la provincia de Kiang-si, solía entretener sus ocios convocando a su palacio a los artistas más renombrados de la región.

Por cierto, en aquellas lejanías existía una antiquísima tradición de arte y sabiduría. Y algunos pensaban que allí vivían los mejores poetas del Imperio.

Pero el príncipe tenía la drástica costumbre de hacer cortar las cabezas de los artistas que no alcanzaban a complacerlo. Y la verdad es que ninguno le agradaba. Acaso pensaba, como muchos poderosos, que un hombre sólo puede admirar lo que le es superior y que cualquier homenaje al mérito ajeno implica un reconocimiento de inferioridad.

En diez años, centenares de artistas habían cantado y pintado frente al príncipe Yu Kiang. Ninguno había sobrevivido.

Al principio, esta crueldad fue un estímulo para los creadores jóvenes. Ellos pensaban que el príncipe estaba esperando nuevas formas de belleza para saludarlas con un perdón. Pero muy pronto resultó evidente que Yu Kiang no se conmovería jamás.

Pasaron los años. Ya no quedaban artistas en las tierras de Kiang-si.

El príncipe solía enviar melifluos embajadores a las provincias vecinas para seducir con engaños a actores remotos, que no conocían las costumbres de palacio.

Un día, se presentó ante Yu Kiang un recitador de adivinanzas soeces.

Vestía del modo menos discreto, se acompañaba con las toscas panderetas de los bárbaros de Tartaria y mostraba sus posaderas cuando alguno de los presentes equivocaba la solución de sus enigmas. Se llamaba K'iau Ni.

El príncipe simpatizó instantáneamente con aquel individuo. Recordó, al oírlo, los mecanismos infantiles y vulgares que provocaban su risa y su admiración antes de que los preceptores taoístas lo previnieran contra la pereza del alma.

Desde luego, le perdonó la vida. Pero además lo nombró ministro y cantor principal de la Administración de la Provincia.

Todas las noches, K'iau Ni recitaba versos ínfimos y avergonzaba a las nobles doncellas con palabras indecentes.

Su poder y su riqueza aumentaban día a día. Los jóvenes artistas registraron esta consagración como una señal estética y desde entonces, en la tierra de Kiang-si, todos los poetas quisieron ser como K'iau Ni. El lenguaje literario fue el mismo que el de los vendedores de limones. Ya nadie empleó su vida en hallar la secreta simpatía que vincula palabras y conceptos aparentemente lejanos. El arte tuvo un solo significado y no cuatro o cinco, como sostenían los poetas decapitados por Yu Kiang. Reglas milenarias como "La silla de al lado", "El último ojal del Emperador", "El ojo que no ve", "Las siete similitudes" o "Lo que se dice distinto pero se escribe igual" fueron reemplazadas por incisos elementales, que remitían —por lo general— a las funciones menos nobles del cuerpo.

—¿Qué tiene el pescador en su mano? —preguntaban los seguidores de K'iau Ni. Inmediatamente los cortesanos y capitanes de la guardia caían al suelo babeando de risa.

El príncipe Yu Kiang ya no cortó la cabeza a ningún artista. Sus noches fueron animadas por los poetas cerriles de la escuela de K'iau Ni.

Muchos creyeron que aquélla era una buena noticia y se alegraron por la suerte de los nuevos cantores. Pero los hombres sabios vaticinaron cosechas insuficientes, inundaciones pertinaces, lluvias de sangre y terremotos ejemplares, porque la cara del mal es la cara de la estupidez. Y porque ningún reino puede ser digno si el complejo misterio del arte es reemplazado por los pasatiempos de los mercaderes.

EL BAR VI

L *a esperanza prospera aun bajo las condiciones más inadecua-*
das. Una noche, la bruja más vieja del salón anunció que
pronto llegaría un ángel y que su llegada nos permitiría hallar
una puerta. Nos recomendó que estuviéramos atentos a las señales:
una lluvia interior, unos vientos de pasillo, unas pequeñas solem-
nidades teatrales.

Más tarde, circularon rumores subsidiarios: faltaba poco, la puer-
ta estaría pintada de verde, el ángel sería en realidad una mujer.

Una madrugada, en medio de uno de nuestros más densos abu-
rrimientos, una voz anunció:

—Señores, ha llegado el ángel.

Inmediatamente apareció una mujer, más bien terrestre, a la que
no habíamos visto nunca. También pudimos registrar una brisa he-
lada, un mínimo rocío de yeso y un parpadeo de las luces.

El ángel, llamémoslo así, encaró al rubio Bernardi y le dijo, dán-
dose aires de esfinge, que iba a someterlo a unas pruebas, de cuyo re-
sultado iba a depender la suerte de todos. Entonces, comenzó una se-
rie de ínfimas adivinanzas, torpemente montadas como alegorías.

Señalando dos copas, la mujer dijo que una representaba el de-
terminismo y otra el libre albedrío. Enseguida, pidió a Bernardi que
eligiera. El rubio objetó que, si era cierto que podía elegir, las dos co-
pas eran las del libre albedrío. Y se las tomó una tras otra.

Un poco borracho, el violinista Graciani declaró que tal vez to-

do aquello estaba escrito, en cuyo caso, las dos copas eran las de la fatalidad.

Después, la mujer se refirió a las dos flores que adornaban su pelo. Y juró que una era el pasado y otra, el porvenir. Pidió entonces a Bernardi que tomara sólo una de ellas. Pero el hombre le había tomado el gusto a la astucia de suspender el juicio y se apoderó de una flor que el ángel tenía en el escote.

El resto fue fácil. La mujer mostró los ya célebres libros de la verdad y la mentira, que dicen la misma cosa. Y también los dados de la suerte y la desgracia. Bernardi, embalado, siguió floreándose en la simple negación de dualidades, que suele dar renombre de sabio en los foros poco exigentes.

Finalmente, la mujer señaló a dos muchachas y prometió que una cerraba todas las puertas con sus besos y que la otra las abría. El rubio fue convidado a la última y definitiva elección. Bernardi, que ya tenía bastante besadas a las dos chicas, se prendió con el ángel, más allá de toda consideración de neutralidad.

Sosegadas las caricias, la mujer señaló una puerta cualquiera y dijo que ésa era la salida. Algunos se apresuraron a atravesarla, entre ellos, el rubio Bernardi. Desde luego, la mayoría de nosotros ni se movió de su silla. La mujer se esfumó.

Al rato, Bernardi y sus seguidores regresaron. Nos miraron como si no nos conocieran, se presentaron ceremoniosamente y nos dijeron que habían escapado de un bar, del que era imposible salir.

CARNAVALES DE MI PUEBLO

La preparación de una tristeza necesita de algunas alegrías. Ciertos modestos apegos cotidianos recién encuentran su verdadero y trágico sentido cuando nos vemos privados de ellos. Algo así ha sucedido con los célebres carnavales de mi pueblo.

Todos conocemos la historia. Tal vez, en una época, nuestros festejos eran como los de cualquier localidad de la provincia: unas murgas, unas comparsas, un premio cualquiera, algún baile. Hasta que llegó el intendente Gervasio Oddone. Con un genio que el revisionismo se empeña en negar, captó que el progreso del pueblo necesitaba una obsesión común. Otros hubieran preferido una fábrica, unas explotaciones agrícolas, o una mina de cobre. Oddone eligió el carnaval.

Los historiadores locales siguen el clásico procedimiento de buscar señales premonitorias en la remota niñez del héroe.

Según parece, al pequeño Gervasio le gustaba disfrazarse. Anda por ahí una foto de 1909 donde puede verse a un niño coloreado a mano, con bigotes de corcho quemado, antifaz de charol y bombachón escarlata.

Aún se discute qué clase de disfraz era aquél. Los menos rigurosos apuestan por Robin Hood o el Zorro. La crítica actual niega el carácter fatalmente alusivo de todo disfraz y sostiene que puede uno disfrazarse sin saber de qué. El propio don Gervasio, en el libro *Carnavales de mi pueblo*, que escribiera bajo el seudónimo de Lucho Vaccari, ha dicho: "las jóvenes mascaritas no tienen la obligación de buscar que su indumentaria los haga parecerse a un personaje determinado. Basta con que una otredad se haga evidente al resto de los vecinos".

En 1935, Oddone duplicó el número de jornadas carnavalescas. En 1937, estableció el disfraz obligatorio para esas jornadas.

La sociedad rígida de aquel entonces lo combatió. Su propio padre, don Nazareno Oddone, se plantó ante la autoridad filial y resolvió pasearse sin careta por todo el corso. El intendente atacó el problema con maestría: concedió a don Nazareno el premio a la mejor máscara.

Al principio, el anciano se resistió y no había forma de colgarle la medalla. Finalmente, la insistencia de una odalisca medio desnuda lo convenció y —según cuentan— ya estaba bien alto el sol cuando lo bajaron del último carro y lo llevaron a dormir.

En los años siguientes, el carnaval fue creciendo. Los visitantes de otros pueblos dejaban altos ingresos a nuestros comerciantes. Buena parte de la población pasaba el año preparándose para aquellas jornadas.

En 1940 se dispuso que todos los días de febrero y marzo fueran considerados de carnaval. En 1942, gracias a un subsidio del gobierno de la provincia, se formó una comparsa de ocho mil personas. Estaba allí la población íntegra, incluidas las zonas rurales. Niños, jóvenes, ancianos desfilaban con paso de murga por la avenida Belgrano.

Mi padre me contó que aquella noche conoció a mi madre, mientras ambos cantaban a voz en cuello la canción ésa del pájaro que cae en el patio de un convento.

Todo el esfuerzo económico de la zona se dirigió a la producción carnavalesca. Se instalaron fábricas de pitos, matracas, serpentinas, cornetas, papel picado, pomos perfumados, antifaces, caretas, disfraces, polvos de pica-pica y otros productos festivos. Para sostener la actividad empresaria, Oddone instauró, el 12 de agosto de 1956, el Carnaval Perpetuo.

El turista podía elegir a su antojo la fecha de sus saturnalias personales. Vinieron miles de suecos, o quizá dinamarqueses. Algunos se quedaron entre nosotros y formaron nuevas familias. Pero hay que admitir que casi toda la información demográfica de esa época presenta una molesta ambigüedad, a causa del disfraz forzoso. La tendencia a la impostura, que es propia de los enmascarados, distorsionaba las declaraciones ante los funcionarios del registro civil, quienes, por su parte, también estaban disfrazados.

Yo era un niño y no alcanzaba a comprender enteramente lo que sucedía. Creía, ingenuamente, que toda risa venía precedida de un antecedente. Las carcajadas repentinas me resultaban misteriosas.

El pueblo prosperó en aquellos años. Sin embargo, los fondos públicos se dilapidaron en jocosas construcciones y carteles chuscos. En el acceso principal, un enorme payaso abría sus piernas, como el Coloso de Rodas, y se agachaba sobre la avenida. En el centro de la plaza, una fuente mecánica arrojaba papel picado las veinticuatro horas del día. El presupuesto de guirnaldas y luces de colores era multimillonario.

Una voz se alzó en áspero tono disidente. El director de la Escuela Politécnica, don Tulio Giacontini, se atrevió a denunciar que aquella fiesta escandalosa hacía prever un futuro de resaca y arrepentimiento. El pueblo entero pudo escucharlo en la gélida celebración de un 9 de julio, altivo el gesto, inexorable su prosa, austero y grave aun con su obligatorio disfraz de cocoliche.

Unos pocos tuvieron el coraje de aprobar sus argumentos y pagaron su audacia con la muerte civil. La sociedad murguera les dio la espalda y casi todos ellos tuvieron que exiliarse. Mi padre fue uno de esos valientes. En 1960 nos mudamos a Buenos Aires. Y aunque no nos atrevíamos a comentarlo en voz alta, extrañábamos el pueblo. Nos adaptábamos a la grave solemnidad de la metrópoli, pero de entrecasa usábamos caretas.

Yo estaba especialmente perturbado. Mi novia Edith había quedado allá. Y aunque habíamos roto nuestras promesas, nos escribíamos cada tanto. Ella fue la primera en mencionar el aburrimiento. Aún guardo esa carta reveladora: "la oscuridad, querido mío, es indispensable a los faroles. Mi alma anhela unos terciopelos de tedio, para resaltar las esmeraldas de la gracia mundana. Nuestra sociedad local ha desdeñado la potencia del intervalo. Para decírtelo de una vez: estoy podrida de tanto carnaval".

Algunos dicen que don Gervasio no fue capaz de advertir a tiempo que el veneno del aburrimiento contamina las francachelas demasiado extensas. Yo creo que él fue el primero en aburrirse y también el primero en reaccionar. Pero sus decisiones fueron las menos convenientes para el pueblo: fingió y obligó a fingir unos entusiasmos que ya se habían ido. Los turistas no se engañaron. Los japoneses notaron que un cierto manierismo asomaba en las murgas y que las canciones empezaban a mirarse a sí mismas, a comentar su propia gloria y prosapia, como sucede con todos los géneros en decadencia.

Giacontini denunció a unos comerciantes inescrupulosos por la venta de papel picado que recogían del suelo. Sus palabras fueron célebres: "hace treinta años que tiramos el mismo papel picado".

Mis vínculos con el pueblo se fueron debilitando. Edith dejó de escribirme. Por suerte, el rechazo de otras mujeres me entretuvo en dolores distintos y así me olvidé de ella.

La muerte del intendente Oddone, en 1968, convirtió definitivamente el carnaval en una causa irrenunciable, en una bandera, en un motivo de orgullo regional, en una superstición. Es cierto que ya no daba ganancias y que los extranjeros casi no se asomaban. A decir verdad, el corso era fuertemente subsidiado por el tesoro municipal. Pero las nuevas generaciones lo consideraban una herencia cultural y sacralizaban cualquier estupidez del pasado. El propio Giacontini, desde su venerable ancianidad, promovió la creación del Museo del Carnaval, un discreto edificio municipal en el que se exhibían fotografías, caretas y recortes periodísticos.

Vinieron años de grandes dificultades económicas. Las fábricas de cotillón cerraron sus puertas. Algunos pobladores regresaron a las tareas agrícolas y muchos emigraron.

Yo viajé por el mundo durante largos años y ya no tuve más noticias del pueblo. Me casé con una mujer de Budapest y allí me instalé durante mucho tiempo.

El año pasado, después de un divorcio repentino, regresé a Buenos Aires. Viví largos meses como un solterón. Cuando llegó el carnaval, se me ocurrió la idea de volver al pueblo y disfrutar de sus célebres festejos.

Tomé el tren y llegué cerca de las nueve de la noche. Sin hacer ninguna escala, fui trotando hasta el corso. Para no desentonar, me puse una modesta careta de oso que encontré tirada. Mientras me acercaba, oía por los altavoces una canción tropical. Por fin, desemboqué en la avenida Belgrano. No había casi nadie. Las filas de luces mostraban una mayoría de lámparas quemadas. Las guirnaldas desvencijadas se descolgaban hasta el piso. Un vientito melancólico levantaba remolinos de antiguo papel picado. Caminé, o tal vez corrí, dos o tres cuadras. Una mascarita se me acercó dando saltos.

—¿Qué hacés? ¿Me conocés? Adiós, adiós, adiós…

Los que crecimos en el pueblo nos reconocemos aún ba-

194

jo las más espesas máscaras. Enseguida supe que ella era Edith. Nos miramos en silencio.

—¡Alegría, alegría! —gritó el locutor desde los altoparlantes—. ¡Que siga la diversión y el frenesí!

Edith me arrojó un puñadito de papel picado.

—Creí que estabas harta del corso —le dije.

—Ahora me gusta.

—Hay poca gente.

—No hay nadie —dijo ella. Me tiró otro poco de papel picado y agregó: —Yo te quise…

—¡Que no decaiga este jolgorio y esta algarabía! —suplicó el locutor.

—Nunca entendí el carnaval —dije yo, mientras le tomaba la mano. Ella se soltó.

—Pues te ha llegado el momento de entenderlo: a cierta edad, nada es venturoso. El carnaval es la juventud. No hay otro secreto —me mojó con un pomo y se alejó con paso de murga.

Yo empecé a caminar de regreso a la estación del ferrocarril. Tiré la careta en una zanja. Todavía se oía al locutor.

—¡Que nunca muera esta fiesta, este entusiasmo, esta felicidad!

195

GALLO CIEGO

El joven tirano Piero de Médicis era un hombre muy disoluto.

Todas las noches, junto a un grupo de damas florentinas, organizaba el siguiente juego: se vendaba los ojos y recorría la habitación dando manotazos y tratando de capturar a alguna de aquellas mujeres. La que era atrapada dormía con él.

Los cronistas cuentan que, al caer las vendas, Piero solía enfatizar con muecas de regocijo o de disgusto el descubrimiento de la identidad de la dama. Tales gestos nos parecen de una insoportable grosería, pero también abren la puerta a una perplejidad: ¿por qué permitir que participen del Gallo Ciego personas que en verdad no deseamos atrapar?

La respuesta no es del todo superflua. El juego gana en interés cuanto más variadas son las suertes posibles. Incluir una o varias mujeres monstruosas en aquel grupo de bellezas es un recurso destinado a que el temor venga a figurar entre las emociones de estas maniobras. Más fuerte aún sería que algunos personajes del desfile implicaran suertes todavía más funestas: dormir solo, arrojarse al Arno, envenenarse, hacerse azotar.

Estas últimas astucias hacen más sabroso el juego, pero ponen en peligro los goces del amor, de modo que antes de establecer las reglas, conviene saber si uno está interesado en complicaciones lúdicas o en recompensas venéreas.

Manuel Mandeb ha afirmado que los procedimientos del amor admiten como metáfora el Gallo Ciego: disminuidas nuestras percepciones, anulada nuestra capacidad de elección, perturbados nuestros gustos por la casualidad, al fin nos llevamos por delante a alguien. La venda que cae viene a completar la alegoría con un reconocimiento tardío, que es un tópico de las desventuras sentimentales. Mandeb agrega que el juego solamente es dichoso cuando sabemos —o creemos— que la mujer deseada participa de él. Cada uno de nuestros esfuerzos le está destinado. Pero hay que admitir que con mucha frecuencia ella ya se ha ido. Y el hombre vendado sigue empecinándose en saltos y agilidades que ella nunca verá. Más aún, si pudiéramos ver los nulos encantos de las muchachas de la habitación, no jugaríamos más. El poeta Jorge Allen aseguraba que él jugaba al Gallo Ciego solo, en habitaciones vacías, y que eso era el amor.

Expulsado del poder por los franceses de Carlos VIII, Piero de Médicis abandonó la vida política, pero no la vocación orgiástica. Siguió jugando hasta su vejez. Dicen que en sus últimos años, cansado de capturas insatisfactorias, jugaba sin vendas.

Pero se equivocaba igual.

ESPERAS

El joven K'uai estaba ansioso por hacerse mayor de edad. Sus padres le habían prometido ricos obsequios y habían previsto para él el ingreso a la carrera de los honores administrativos. Pero el día tardaba en llegar y el muchacho no soportaba tanta dilación.

Una noche se le presentó un genio y le ofreció como regalo un ovillo de hilo sedoso.

—Este ovillo evita la espera —explicó—. Cuando quieras que algo suceda inmediatamente, suelta un poco de este hilo, que es el tiempo, y el futuro se hará presente. Eso sí, úsalo con mucho cuidado.

El joven aceptó el obsequio, tiró del hilo y se hizo mayor de edad en una fiesta deslumbrante. Allí conoció a una joven que le dio esperanzas de amor. Entonces aflojó el cordel para que aquellas esperanzas se cumplieran. Se arregló el matrimonio y el joven K'uai siguió desenrollando el ovillo para que llegara el día de la boda. Después, lo hizo para que naciera su hijo y para verlo crecer.

Hubo otros hijos y sus hijos tuvieron hijos y todo sucedió sin esperas, gracias al ovillo prodigioso.

Una tarde, ya viejo y enfermo, quiso soltar un poco de hilo para aliviar sus dolores. Al hacerlo, vio que el cordel se había terminado.

Entonces apareció el genio, que era una criatura demoníaca, y le dijo:

—Te recomendé que lo usaras con prudencia. Tu vida se acabó.

K'uai murió. Desde su primer encuentro con el genio había pasado un mes.

II

El maestro Wu Chang enseñaba que casi toda nuestra vida es espera. "Vivimos en vísperas perpetuas de sucesos que, cuando ocurren, resultan ser también vísperas. El tiempo que pasamos esperando es infinitamente más amplio que el tiempo que ocupan los sucesos esperados. Algunos reducen este último tiempo a cero."

Wu Chang negaba la existencia del placer. Para él sólo había un deseo creciente y su abolición repentina. Un goce desligado de la idea de tensiones previas y alivios posteriores le resultaba inconcebible.

En el famoso lupanar del Ciervo Celeste, en Loyang, los hombres aguardaban su turno en una antesala donde se les servían unos delicados licores. Al mismo tiempo, unas damas les hablaban de los placeres que se avecinaban.

Nueve bailarinas —las más hermosas del imperio— danzaban alrededor de los visitantes de un modo que estimulaba a la vez el espíritu y el instinto.

La cortesana Kóu Heï solía aparecer envuelta en una leve túnica para recitar unos atrevidos poemas.

Después de varias horas, entre promesas de futuros goces, los hombres eran invitados a retirarse y unos ásperos guardianes les informaban que sus placeres ya no estaban en el futuro sino en el pasado.

EXIGENCIAS

Un joven persa llamado Daraiawa se enamoró de Cira, la hija de un comerciante de Susa. Ella no lo correspondió, pero para divertirse un rato, tuvo la idea de obligarlo a realizar hazañas imposibles o enojosas, con la promesa de entregarle su amor si las cumplía exitosamente.

En primer lugar, Daraiawa fue a buscar los frutos del árbol de la sabiduría, que crecía no lejos del río Indo, en los confines del Imperio. Los frutos provienen de una higuera que está rodeada de centenares de otras higueras, cuyos higos producen conocimientos falsos.

El joven permaneció largo tiempo en una enorme biblioteca que hay junto a los árboles. Allí indagó en los libros secretos la forma de diferenciar un fruto de otro.

Después, tuvo que profanar el templo de Maharashtra, donde sólo pueden entrar los monjes de la Orden del Águila. Daraiawa cumplió durante siete años las arduas tareas del noviciado y finalmente fue ordenado monje, entró al templo y robó unas reliquias que entregó luego a la joven Cira.

A lo largo de los años, Daraiawa fue matando dragones, escalando montañas, resolviendo enigmas y desobedeciendo leyes sagradas.

A cada hazaña cumplida, Cira le encargaba otra, prometiendo que sería la última.

Finalmente, ella le dijo que nunca lo amaría. A Daraiawa no le importó mucho porque él ya estaba viejo y Cira también.

Murió poco después, creyendo que no había sido amado por la insuficiencia de sus proezas.

LA TORRE DE BABEL

Noé fue el primer hombre que plantó una viña. Cuando estaba en plena tarea, se le acercó Samael y le propuso que la compartieran.

Noé accedió. Samael mató entonces un cordero y lo enterró secretamente bajo la vid. Luego hizo lo mismo con un león, con un cerdo y con un mono, de modo que la planta se nutrió con la sangre de estos cuatro animales.

Enterada de tales circunstancias, la sabiduría popular se ha complacido en repetir este dictamen: aunque un hombre sea menos valiente que un cordero antes de probar el vino, después de un trago, se jactará de ser fuerte como un león. Si sigue bebiendo, se parecerá a un cerdo y después a un mono.

Algunos escépticos se resisten a establecer una relación determinista entre los animales enterrados bajo las plantas y la conducta de las personas que ingieren los frutos. Como quiera que sea, Noé se emborrachó y quedó desnudo en su tienda.

Cam, uno de sus hijos, tuvo la desgracia de encontrarlo en ese estado. Aún antes de egresar de la sbornia, Noé maldijo a Cam: "Tus nietos serán negros como la noche. Sus cabellos serán ensortijados y sus ojos enrojecidos. Y ya que tus labios se burlaron de mí, los de ellos se hincharán. Y ya que contemplaste mi desnudez, ellos andarán desnudos".

Los antropólogos de la escuela bíblica explican de este modo el origen de la raza negra.

Después de la maldición, Cam anduvo vagando por distintas regiones. Tuvo muchos hijos, también errabundos, que casi siempre marchaban al este.

Nimrod era hijo de Kus, que era hijo de Cam. Era un hombre muy poderoso. Después de dominar a todos los descendientes de Noé, hizo construir una fortaleza en una roca redonda sobre la que se apoyaba un gran trono de madera de cedro.

Sobre el primer trono descansaba un segundo, que era de hierro. Sobre éste había un tercero, de cobre. Y luego venían uno de plata y uno de oro. En la cima de esta roca puso Nimrod una gema gigantesca desde la cual exigía el homenaje universal.

Nimrod había heredado de su padre Kus las vestimentas que Dios había hecho para Adán y Eva. El legítimo heredero de ellas era Sem, pero Cam las robó y las dejó a su hijo Kus. Según la leyenda, quien se ponía estas ropas era indestructible.

Después de algunos años pacíficos, estalló una guerra entre los hijos de Cam y de Jafet.

Nimrod, junto a cuatrocientos sesenta hijos de Cam y ochenta hijos de Sem, venció a los hijos de Jafet.

En su orgullo, Nimrod erigió ídolos de piedra y de madera que el mundo entero tenía que adorar. Lo ayudaba su hijo Mardón.

Entre los dos resolvieron erigir la torre en rebelión contra Dios.

Oigamos a Nimrod: "Me vengaré de Él por haber ahogado a mis antepasados. Si enviase otro diluvio, mi torre será más alta que el Ararat".

Se proponían atacar el cielo, destruir a Dios y poner ídolos en su lugar. Pronto se elevó la torre a setenta millas de altura, con siete escaleras en el lado oriental, por donde subían los peones y otras siete del lado occidental, por donde bajaban.

Abraham llegó a conocer la torre y la maldijo: "Si un ladrillo se rompe, todos se lamentan; si se cae un hombre, ni vuelven la cabeza".

Los soldados de Nimrod solían disparar flechas al cielo. Los ángeles las tomaban y, para engañarlos, las devolvían goteando sangre. Entonces los arqueros se enardecían y gritaban que habían matado a todos.

Un día, Dios ordenó a los setenta ángeles más cercanos que hicieran setenta lenguas de una para confundir a los constructores.

Así se hizo y ya nadie se entendía. Un albañil le pedía al peón una tabla y el peón le daba un ladrillo. Entonces el albañil mataba al peón. Hubo tantos homicidios que la obra quedó paralizada. Se trataba de gente muy quisquillosa.

El padre Athanasius Kircher sostenía que en la antigüedad remota todo el mundo hablaba hebreo. Esa homogeneidad se mantuvo hasta el episodio de la torre. Kircher pensaba, sin embargo, que la confusión de lenguas había sido superflua. El proyecto de Nimrod jamás hubiera alcanzado un final exitoso. El padre Athanasius calculó la altura necesaria para alcanzar los cielos y declaró que se trataba de una distancia muy superior a la que nos separa de la órbita de la Luna. Es decir, que la torre iba a estar a merced de periódicos lunazos que acabarían por derribarla.

Se dice que la tierra se tragó un tercio de la enorme estructura, el fuego del cielo destruyó otro tercio y el resto subsistió.

Orosio de Tarragona, en el siglo v, describió la torre. Dijo que tenía cinco millas y media de altura, diez de circunferencia, cien puertas de bronce y cuatrocientos ochenta pisos.

Durante largo tiempo se creyó que la alta torre de Birs Nimrud era la torre de Babel.

Después vino a saberse que no y se convino en situarla en Babilonia.

San Jerónimo identificaba a la torre de Babel con Babilonia misma. Darío y Jerjes destruyeron minuciosamente la ciudad. Alejandro Magno pensó seriamente en restablecer la gloria babilónica pero calculó que diez mil hombres serían necesarios solamente para remover los escombros.

Los hititas contaban la historia de Uli Kumni, que se proponía atacar a los setenta dioses del cielo. Los griegos relataron con toda minuciosidad la lucha de los titanes contra los olímpicos.

Hoy, el tiempo y el olvido sepultaron a la torre para siempre.

El reemplazo de los ángeles se hizo conforme a métodos diferentes.

Nuestro tiempo posee técnicas de construcción muy superiores a las que conocía Nimrod. Pero el cielo está más lejos.

De todas maneras, algunos sabios calculan que una invasión de la región celeste nos conduciría a unas instalaciones deshabitadas, abandonadas hace milenios por los protagonistas de un proyecto que fracasó.

CANTOR DE TANGOS SOLISTA:

Yo quise subir hasta tu alma
yo quise los soles de tu mundo
yo quise llegar y me perdí
en nieblas de la equivocación.

Creí que tus ojos me llamaban,
pensé que tu pena me esperaba,
tuve que morir y no llegué
hasta el cielo de tu juventud.

Naipes de mi torre
ruinas de mis versos
siempre va conmigo
la más fiel desolación.

Nubes que se arrastran
lluvias que se elevan
ya no habrá otro cielo
para el alma que se derrumbó.

Te llamo en mis lenguas confundidas
te buscan mis flechas extraviadas
tuve que escuchar y no entendí
la condena de tu desamor.

Presagios de mil constelaciones
burla de escalones engañosos
nunca llegarás, nunca jamás
hasta el cielo de su juventud.

ÁRBOLES PARLANTES

Hay que reconocer que entre los botánicos, los biólogos y las personas ilustradas en general resulta difícil encontrar quien crea en la existencia de árboles parlantes.

El obstinado silencio en que suele permanecer la aplastante mayoría de la población forestal del mundo induce a los espíritus racionales a calcular el carácter inflexible de esta regularidad.

Sin embargo, a lo largo de la historia, encontramos centenares de textos que dan cuenta de infinidad de discursos arbóreos.

En el bosque de Sherwood había un olmo enorme, al que solían consultar los cazadores. Aquel árbol aconsejaba las conductas más convenientes para cobrar las mejores piezas.

Sus respuestas, hay que reconocerlo, estaban veladas por la oscuridad de un estilo oracular o por la simple complicidad del olmo con los animales del bosque: "Si un viento del este hace volar las hojas alrededor de tus pies, busca un conejo peludo".

El árbol vivió durante muchas generaciones hasta que murió a consecuencia de la horrible enfermedad holandesa de los olmos.

En los bosques de Irlanda, algunos árboles dialogan con

los buscadores de tesoros escondidos. Se conocen muchos relatos acerca de estas conversaciones, pero ninguno sobre el descubrimiento de un tesoro, lo que viene a instalarnos en una sospecha que se escribe así: los árboles de Irlanda hablan pero dicen mentiras.

El más conversador de los árboles parece ser el saúco. Las brujas y los hechiceros suelen oír sus enseñanzas que les permiten elaborar ungüentos y pociones con las flores y la madera del propio maestro.

Los poderes mágicos del saúco provienen quizá del infierno. Judas Iscariote se ahorcó colgándose de uno de estos árboles que pertenecen a la familia de las higueras. Con su madera se construyen las estacas para atravesar corazones de vampiro, las varitas mágicas y toda clase de herramientas de hechicería. Sin embargo, el árbol se encarga de advertir enérgicamente a los que desean emprender otras construcciones: "Un niño no se cría bien en una cuna de saúco, una casa de esta madera no puede conocer la prosperidad".

De la misma desventurada estirpe es el upas cuyo nombre, en javanés, significa veneno. Los primeros viajeros que llegaron a las islas Sonda dictaminaron que aquel árbol era tan venenoso que apestaba un área de treinta kilómetros alrededor de su tronco. Ningún animal podía ingresar en ese círculo sin morir inmediatamente. El veneno no dejaba rastros.

Los exploradores adivinaban la proximidad de un upas al descubrir esqueletos esparcidos por el suelo. Esta alarma resultaba tardía. Muy pronto la sangre hervía en los oídos de los viajeros, su respiración se cortaba y finalmente morían. Al parecer, el upas era un árbol locuaz. Pero no era posible acercarse lo suficiente para escucharlo.

Por suerte, aquellas toxicidades empezaron a decaer allá por el siglo XVI. En verdad, cuando los holandeses colonizaron las islas Sonda, los nativos podían pasear a la sombra del árbol pero el upas ya no hablaba. Quedaba como muestra de su anterior ferocidad la condición letal de su savia, que era utilizada para humedecer las puntas de las flechas.

Se discute con frecuencia acerca del sonido de las voces de los árboles parlantes. Previsiblemente, se las compara con suspiros, murmullos y brisas. Tal metáfora facilita al escéptico atribuir cada frase al viento y a la imaginación de los paseantes.

Sin embargo, hay quien sostiene que los árboles no hablan por sí mismos sino que están invadidos por espíritus que viven en sus troncos. O que no son verdaderos árboles sino personas que han sido víctimas de algún sortilegio.

El dios Apolo cortejaba a la ninfa Dafne del modo más explícito y vulgar, de suerte que ella sólo podía evitar el encuentro amoroso huyendo a la gran carrera. Una tarde, agotadas sus fuerzas e inminente la violación, la ninfa pidió a su padre, el dios-río Peneo, que acudiera en su ayuda. Peneo la convirtió en laurel, que en griego se dice Dafne. Hoy, los escépticos se rehúsan a pasmarse ante la elocuencia de los laureles. En verdad, la que habla es Dafne.

A veces, debemos reconocerlo, los árboles hablan en virtud de un fraude liso y llano.

En la afueras de Biblos, un cedro daba respuestas oraculares. Miles de peregrinos llegaban hasta el lugar como suplicantes para oír la voz vegetal que hablaba por inspiración divina.

Ofrendas de toda clase se amontonaban en un templete vecino, custodiado por los sacerdotes de Baal. En el siglo V, el árbol se murió, o fue partido por un rayo, y quedó al descubierto una oquedad que usaban los sacerdotes para instalarse en el interior del árbol y hacer falsos vaticinios.

En el barrio de Flores, un antiguo arce tenía fama de parlanchín, aunque solamente oía. Las hermanas Iglesias tenían por costumbre confiar al árbol sus laberínticos episodios amorosos. Como en verdad estaban un poco locas, atribuían al arce unas opiniones que más tarde hacían valer ante los pretendientes que exoneraban. En cambio, en la calle Artigas, había un roble que hablaba del modo más claro y contundente.

Podría objetarse que ya había dejado de ser un árbol para convertirse en la puerta de la casa del doctor Forlenza. Según los refutadores de leyendas, bastaba dar unos golpes sobre la noble madera para oír estas invariables palabras:

—¿Quién es?

Sin embargo, vecinos más ingenuos opinaban que la puerta gemía, especialmente los martes y jueves por la noche.

Manuel Mandeb y sus amigos no dudaban en atribuir esos gemidos a Lucía, la hija del doctor Forlenza, y a sus novios fervorosos.

Según los caminantes nocturnos, la puerta contaba historias, como la del sultán que compraba rimas a los poetas académicos o la del embajador del Celeste Imperio que se desgració durante la firma de un armisticio.

Hoy, ya casada y ausente Lucía, la puerta permanece callada. Puede uno preferir la leyenda o el sentido común para decir que el roble no hablará hasta que ella no vuelva.

VEGETALES HETERODOXOS

I

Al oeste de la China, en un lugar donde no había ni sol ni luna, se extendía el estado de Sui Ming.

Era un lugar tibio, sin inviernos y sin noche.

La explicación de estas particularidades era ciertamente el notable árbol llamado Sui Mu.

Era enorme. Varios miles de personas con los brazos extendidos no alcanzaban a abrazar su tronco. Sus frondosas ramas se extendían por centenares de *li*.

Pero había algo más prodigioso: el árbol ardía perpetuamente, sin consumirse.

Gracias a aquella enorme fuente de luz y calor, la región no temía al frío ni a la oscuridad.

De las ramas caían frutos ígneos y semillas ardientes, que eran muy codiciadas en todo el imperio. Para conseguirlas, los pobladores de las otras provincias de la China, cruzaban mil montañas y atravesaban diez mil ríos.

Sin embargo, jamás podían llegar hasta el estado de Sui Ming. A decir verdad, un solo hombre pudo completar la jornada. El guerrero Sui Ren llegó hasta el pie del árbol encendido y pudo llevar a su pueblo unos brotes de fuego perpetuo. También contó a sus vecinos que el árbol Sui Mu estaba poblado por pájaros de fuego que hacían brotar chispas del tronco cuando lo picoteaban. Sui Ren dijo además que la lluvia no apagaba el árbol.

Centenares de años después de su muerte, los descendientes de Sui Ren todavía mostraban una silla en llamas que, según decían, había sido construida con la madera del árbol maravilloso.

II

El *katsura* es un laurel, crece en la Luna y es el único árbol que hay allí.

En el Japón se piensa que algunas de sus hojas, al desprenderse, caen a la Tierra. El que se apodera de una hoja del *katsura* consigue encuentros amorosos, tantas veces como se lo propone.

Siglos atrás, cuando llegaba el otoño, las chicas y los muchachos recorrían los campos en cuatro patas, buscando una de aquellas hojas.

Los cronistas anotan el siguiente abuso: ante el hallazgo de cualquier hoja, los jóvenes declaraban su pertenencia al *katsura* y reclamaban a las niñas el cumplimiento de las conductas establecidas por la leyenda.

Las niñas no dudaban en absoluto de la veracidad de aquellos juicios botánicos.

III

Luciano de Samosata ha dicho que en la isla de Dioniso crecía una vid de cepas enormes que en su parte superior era una mujer de extraordinaria belleza. De la punta de sus dedos colgaban sarmientos cargados de uvas.

Esas mujeres eran parlantes y muy seductoras.

Luciano recomendó a los viajeros no permitir el abrazo de aquellas criaturas. El que se dejaba tentar caía en un sopor y rápidamente olvidaba su familia y su patria. Y el que iba más allá y se unía carnalmente con las damas, se transformaba él mismo en vid y echaba raíces en aquel lugar.

Se cuenta que un pirata de Megara decidió desafiar la leyenda y, asistido por unos compañeros, violó a una de aquellas mujeres arborescentes. Después ordenó a sus hombres que lo sacaran de allí a la carrera, sin dar tiempo a la metamorfosis. El pirata llegó hasta Megara y siguió siendo un hombre, pero le salían del cuerpo brotes y racimos de un modo tan enojoso que no pudo soportarlo y se mató.

BARES

I

A fines del siglo XIX funcionaba en Londres, en el siniestro barrio de Whitechapel, un bar frecuentado por suicidas. Allí, cada noche, alguien era obligado a matarse.

No está claro cuál era el procedimiento para establecer cuál de los parroquianos debía morir. Algunos hablan de un sorteo, o de un juego de naipes, o de un licor envenenado.

Durante un tiempo, el establecimiento estuvo de moda, no sólo entre los que buscaban la muerte, sino también entre jóvenes aristócratas deseosos de emociones fuertes, que iban allí a tomar una copa como quien juega a la ruleta rusa.

Pasado su momento de esplendor, el bar se hizo menos concurrido y, por lo mismo, más peligroso.

Algunas noches no iba nadie y los aburridos mozos, por pura seriedad profesional, se suicidaban.

II

Cerca del puerto de Nueva Tiro, en la antigüedad clásica, había una taberna en donde se auspiciaba la embriaguez de los extranjeros para apresarlos y entregarlos a los piratas, que los vendían luego como esclavos en el sur de Italia.

La codicia de los propietarios los condujo a ampliar las capturas, de modo que fueron abolidos los requisitos del alcohol y el nacimiento lejano. Así, se procedía a esclavizar directamente a todo el que entraba.

Ante ese trato descomedido, la gente dejó de ir.

EL BAR VII

La tarea de custodiar secretos genera unas prerrogativas para quienes la ejercen. *Los sacerdotes de Tebas, los hierofantes de los misterios, los tesoreros, los conocedores de claves, los jefes de los servicios de espionaje, son personas cuya posición se vería drásticamente menoscabada en un mundo de puertas abiertas. Por esta razón, no sólo despliegan estrategias para impedir la revelación de asuntos confidenciales, sino que ejercen presión intelectual para que la mayor cantidad de nociones y datos sean considerados secretos.*

En el Bar operan unos gitanos, vendedores de elixir, que aprovechan la unánime convicción de que lo crucial se mantiene en secreto, para hacer ingresar en terrenos de misterio minucias para las que piden inmediatamente la jerarquía de cruciales.

Estos sofistas tratan de legitimar sus productos y argumentos presentándolos como la violación de un secreto. Cuanto más exótica es la guardia burlada, más interesante parece lo revelado.

PINTORES CHINOS

La pintura china estuvo, desde sus comienzos, relacionada con la caligrafía. Los pintores dibujaban letras. Y los poetas acostumbraban a adornar sus escritos con dibujos complementarios.

Al parecer, primero nacía la estrofa y en torno a ella se diseñaba el cuadro. Al principio, estos cuadros se realizaban únicamente con tinta negra.

En el siglo XII, el emperador Hui Tsung hizo que la pintura formara parte de las pruebas de ingreso a la administración pública. A cada postulante se le recitaba una frase tomada de los clásicos o inventada por el propio emperador. Luego, el postulante debía ilustrarla. A los jueces les importaba menos el parecido con los objetos reales que el carácter alegórico de la obra. La traducción servil era despreciada y las oraciones de los exámenes admitían siempre más de un significado.

En el año 1122, los aspirantes se encontraron con estos textos:

"Había en los cascos de aquel caballo olor a flores destrozadas".
"Cada tarde, el sol pasa más rápido frente a mi casa".
"Yo que he sido el verano y el otoño, ya no seré la primavera".

Sólo sabemos que el primer enunciado fue resuelto exitosamente por un alumno que pintó un enjambre de mariposas en torno a las patas de un caballo.

En los Anales aparecen innumerables ejemplos de las complejas relaciones que existían entre los pintores y los príncipes. Se cuenta que un emperador de los tiempos míticos ordenó a sus artistas pintar el mundo en tamaño natural. Ésta es una tautología de difícil realización: el mundo es grande, el mundo cambia, el mundo contiene dentro de sí a los pintores y a la pintura.

Otro emperador, llamado Kao Ch'in, ordenó a sus pintores que hicieran un fresco sobre el muro de su palacio. Terminada la ejecución, Kao Ch'in la encontró tan buena, tan perfecta y admirable que hizo decapitar a los autores para que no hubiera otra obra semejante a ésa en todo el imperio.

Durante la dinastía Hsia, el pintor Liang Chieh se entretenía pintando en las alas de las mariposas el rostro de su bella hermana, Wang Li. Luego, dejaba que aquellos retratos voladores viajaran por todo el imperio.

Una tarde, el legendario emperador Ta Yu, el perforador de cordilleras, cazó una de aquellas mariposas, vio el rostro de Wang Li y se enamoró de ella. Inmediatamente, mandó que un ejército recorriera las provincias para encontrar a aquella mujer. Se hicieron miles de copias de las alas de la mariposa que halló Ta Yu. Pero Wang Li no aparecía.

Para evitar castigos, los oficiales solían presentar ante el emperador numerosas jovencitas que se parecían lejanamente a la chica de las alas de la mariposa. El emperador se indignaba ante cada fracaso, pues no hay nada más enojoso que una dama que se parece mucho a la mujer que uno ama. Ta Yu empezó a ordenar la ejecución lisa y llana de los comisionados ineficaces, como así también de las jovencitas que no eran Wang Li.

Pasaron los años y Ta Yu comprendió que los sueños suelen no cumplirse aunque se trate de los sueños de un emperador. Contrajo la morbosidad intelectual de solazarse cuando algún suceso parecía comprobar tan amargo dictamen. Así, ante cada nueva jovencita, deseaba que no fuera la mujer esperada, porque había envejecido y se complacía más en tener razón que en ser dichoso.

Una tarde, unos capitanes le trajeron al pintor Liang Chieh junto a su hermana Wang Li. El emperador los creyó unos farsantes y ordenó su ejecución inmediata.

Mucho tiempo después, Ta Yu fingió creer en la autenticidad de una muchacha que ni siquiera había nacido cuando el emperador cazó la mariposa. Se casó con ella y declaró, mediante un bando oficial, que los sueños finalmente se cumplían. Los cronistas dicen que el bando fue derogado años más tarde.

PINTORES CHINOS II

El duque Ling era un cruel tirano del Estado de Tsin que tenía la costumbre de cazar a sus súbditos como si fueran animales salvajes. Súbitamente entusiasmado por las artes, convocó a su palacio a los mejores pintores de la región y los obligó a trabajar día y noche. Era su intención que las obras de aquellos artistas fueran las más perfectas de los estados chinos.

Todos los días, el duque inspeccionaba las pinturas. Jamás las encontraba de su gusto. Se complacía en señalar a cada pintor la diferencia entre las ilustraciones y la realidad.

—¿Por qué el ruiseñor parece más grande que el perro? —preguntaba con ironía—. ¿Dónde has visto soles verdes? ¿Por qué no puedes pintar la lluvia con cada una de sus gotas? Ese mandarín jamás podrá entrar por la puerta de la pagoda que se divisa en el fondo.

Muy frecuentemente los pintores pagaban su incompetencia con la vida. Finalmente, hizo traer desde Ch'u al pintor y calígrafo Hui, que tenía un prodigioso dominio del pincel y el estilete. Sus obras reproducían la realidad de un modo tan fiel que muchas veces se confundían con ella. Las abejas solían acercarse a los jazmines que dibujaba Hui. También realizaba estupendos trabajos de escultura y orfebrería. Había construido una jaula de plata con dos pájaros de oro en su interior, tan perfectos que los servidores del palacio les acercaban mijo para alimentarlos. Las frutas de cera engañaban a los mirlos más astutos.

El tirano Ling, asombrado ante aquellas imitaciones, le ordenó que le hiciera un retrato. Hui, apartándose de las reglas tradicionales de la etiqueta y el dibujo, que recomendaban disimular las asimetrías del modelo, terminó la obra con la mayor exactitud. Parecía tan real que los cortesanos tomaron por costumbre hacer una reverencia al pasar frente al retrato. Todos dijeron que los dibujos de Hui formaban parte de la naturaleza y que cualquier intento de mejora en ellos sería una grave falta.

Una tarde, el sabio consejero y ministro Chau Tun se atrevió a cuestionar seriamente esta clase de realismo. Dijo, en presencia del duque, que el arte debe diferenciarse de la realidad, ya que esas diferencias son precisamente las que producen placer a los espíritus sensibles. Es el artista y no la naturaleza el que decide el rumbo a seguir. Es el poeta y no la flor el que elige las palabras que serán para nosotros una rosa.

El tirano Ling expulsó a Chau Tun de la corte. Pero no pudo impedir que sus preceptos fueran seguidos por todos los artistas. A partir de entonces, para pintar una mariposa, se pintaba una joven. Para aludir al tiempo, se dibujaba un llanto. Para nombrar un diamante, se hablaba de una estrella. Los historiadores del Estado de Tsin comprendieron aquellas lecciones y cuando el tirano fue estrangulado por un pariente, escribieron que el Arquero Celeste había clavado una flecha en el retrato de Ling y que éste había muerto al instante.

Ahora mismo, yo les cuento esta historia para decir que el cielo está gris y que nadie me ama.

SÍFILIS

Distintas naciones se han ocupado con denuedo de desmentirse como patria de la sífilis. En Francia se la llamó "el mal de Nápoles"; en Italia, "el mal francés"; en América se la consideró europea; en Europa se dijo que era una enfermedad de los indios americanos, ocasionada por el comercio carnal con las llamas.

Carlos VIII, rey de Francia, se había casado en 1491 con Ana de Bretaña. Carlos era un muchacho muy feo pero bien dispuesto para el amor. Por cierto, su joven esposa lo acompañaba con el mayor entusiasmo y así los revolcones de la pareja real eran el comentario de toda la corte.

Como suele ocurrir con algunos enamorados ardientes, el rey se creyó en el caso de hacerse más interesante con actos de supuesta grandeza: mandó hacer reformas ostentosas en sus palacios, ofreció a Ana magníficos regalos y finalmente resolvió emprender la conquista del reino de Nápoles para que la reina viera qué clase de sujeto tenía en su cama.

Carlos amaba a su esposa pero su cuerpo le reclamaba agrados venéreos varias veces por día. Tales ardores lo obligaban a tener numerosas amantes, casi todas pechugonas.

En la expedición militar destinada a impresionar a su esposa, llevó un carruaje ocupado por las damas que constituían su serrallo.

El viaje fue lento. Se quedó más de seis meses en Lyon disfrutando de las mujeres de la ciudad. En Monferrato sucedió lo mismo.

Al fin, el ejército de Carlos VIII llegó a Nápoles. La ciudad se rindió enseguida. Pero al ver a las napolitanas, el rey supo que se iba a quedar largo tiempo allí.

Fueron semanas maravillosas para aquel hombre enloquecido por la lujuria. Se organizaron interminables orgías. Las mujeres concurrían a las fiestas casi desnudas. Todo el ejército parecía poseído por el mismo demonio. Así era todos los días.

Una mañana, un oficial sintió una picazón. A la noche siguiente sintió dolores y pronto su cuerpo se cubrió de pústulas. Llamó al médico y entonces se enteró de que casi todos los invitados del rey estaban atacados por el mismo mal. Tenían el cuerpo cubierto de llagas. Algunos perdieron los labios; otros, un trozo de nariz; otros, los ojos.

Al cabo de un mes habían muerto centenares de personas. La mayoría de las napolitanas tenían la sangre envenenada. Algunos farmacéuticos afirmaban que todo procedía de una mujer que había sido infectada por un leproso. Otros mantenían que la peste era la consecuencia del ejercicio del canibalismo.

En realidad era la sífilis. Los marinos de Colón la habían traído de América. Y los mercenarios de Fernando de Aragón la habían desparramado en Italia.

Carlos volvió a París, despavorido. Allí trató de seguir con sus orgías, pero el mal de Nápoles había castigado en tal forma a los franceses que el pueblo empezó a sentir asco por el sexo. Hubo un momento en que hasta las mujeres más disolutas se hacían monjas para huir de la chinche.

Ante aquella tragedia, el rey intentó escribir un poema pero sólo alcanzó a completar dos líneas.

Pour ruiner l'amour,
la morte est arrivée...

ORÁCULOS

Mi lejano señor y amigo:
Llega este informe hasta tus azarosas tiendas de campaña para prevenirte una vez más acerca del peligro de los oráculos y sus embustes. Aprovechando tus ausencias y la tardanza de las noticias, una vasta morralla de conspiradores insiste en imitar la voz de las divinidades, para darnos falsas profecías de tu muerte y tu desgracia.

Como sabrás, ya he dejado de creer en los dioses. Las cosas suceden por impulso de una muchedumbre de fuerzas imposibles de calcular. Estamos solos en el mundo. Estoy de acuerdo, sin embargo, con tu sabia rutina de cumplir con los sacrificios y ritos que impone la tradición para favorecer la sujeción de las tropas y los pueblos. Pero no debemos permitir que la superstición guíe nuestras conductas y, menos aún, que sea utilizada para el menoscabo de nuestro poder.

A principios del mes de bysios, junto a un grupo de jóvenes leales, me he trasladado al templo de Delfos, más para rastrear la traición y la corruptela que para oír las clásicas predicciones. Debo decir que fuimos disfrazados de mercaderes ingenuos para poder preguntarlo todo sin despertar sospechas.

Es sabido que la virtud oracular de la grieta de Delfos se reveló a los hombres gracias a las cabras. En el lugar donde hoy atienden las Pitias, la abertura dejaba escapar unos vahos que a nadie llamaban la atención. Sin embargo, unas cabras que pastaban en las inmediaciones se ponían a saltar de un modo asombroso cuando se acercaban al agujero. Un pastor, impresionado por aquellas acrobacias, se aproximó a la grieta con fines indagatorios. No bien aspiró las emanaciones, el hombre entró en estado de entusiasmo y se puso a predecir.

Enterados de este prodigio, los campesinos de la región tomaron por costumbre asomarse a la rajadura y, al poco tiempo, aquel paraje solitario se convirtió en una verdadera asamblea de rústicos clarividentes. Hombres más pretensiosos dieron tono de explicación a la siguiente redundancia: los vapores invadían el cuerpo de los campesinos a través de todos los orificios y los dotaban al instante de la virtud profética.

Muy pronto se descubrió que no era posible predecir el propio porvenir. Ante esta limitación, los visitantes acudían en grupo y se adivinaban mutuamente.

Algunos peregrinos, perturbados enteramente, se arrojaban por el agujero y se precipitaban en los abismos. Los habitantes de la región decidieron entonces restringir el acceso a las exhalaciones y designaron a una mujer como profetisa única. Se construyó el trípode de bronce que, ubicado sobre la grieta, sirve hoy de asiento a la mujer elegida. Se estableció asimismo que, además de la aspiración de vapores, esta dama debía beber unas cuantas tazas de agua del arroyo Cassotis que también tiene propiedades inspiradoras.

Las primeras pitonisas eran vírgenes hermosas. Pero vino a suceder que un tesalio llamado Ejécrates se enamoró de la Pitia de turno, la raptó y la violó. A partir de entonces se estableció que los oráculos fueran despachados por mujeres mayores de cincuenta años. También se dispuso que se profetizara sólo una vez al año, en el aniversario del nacimiento de Apolo. Después, se ofrecieron oráculos el siete de cada mes. Hoy en día, tres pitonisas reciben consultas: dos están sobre la grieta y una permanece en reserva, ya que son frecuentes los desmayos.

Como bien sabes, las consultas no son gratuitas. En otros tiempos bastaba con presentar una torta consagrada, el *pelanós*, una ofrenda previa que otorgaba el derecho a aproximarse al altar para hacer un sacrificio. Pero la torta fue sustituida por una suma de dinero que sigue llamándose pelanós y que se entrega a los sacerdotes que custodian el oráculo.

Antes de la consulta, tuvimos que pasar por unas enojosas pruebas para saber si el dios Apolo consentía en ser interrogado. Unos burócratas arrojaron agua sobre una cabra. El animal se estremeció y se nos dijo entonces que eso significaba que el dios daba su aceptación. Después esperamos largas horas junto a centenares de visitantes, en un vasto patio de tierra. Los funcionarios echaron suertes para establecer los turnos. Se nos explicó que al dios no le importaba el orden de llegada y que prefería asignar prioridades siguiendo los dictámenes del destino. Más tarde, nos revelaron que los magistrados de la ciudad de Delfos otorgan un privilegio escrito que se llama *promanteia* y que es una carta de prioridad que favorece a consultantes poderosos. Los que poseen este documento son atendidos inmediatamente.

A pesar de que las mujeres no pueden interrogar al oráculo, pudimos ver a muchas de ellas instruyendo a miembros de su familia para que preguntaran en su lugar.

Finalmente, fui admitido en el templo que cubre la grieta, que es ahora de mármol y bronce. Con la mayor solemnidad, pregunté por el futuro de Macedonia y por la suerte de nuestro ejército y de nuestro jefe. La Pitia, en verdad una vulgar campesina intoxicada, empezó a gemir y a pronunciar unas palabras que no me fue posible entender. Un oráculo debe utilizar un lenguaje ambiguo, oscuro, impreciso. Es deseable que los dictámenes admitan más de un significado. Los tropos son siempre preferibles a la literalidad, tal como sucede en la poesía. Por lo demás, cuanto más indeterminada sea una respuesta, más improbable será que se haga patente su desacierto. El oráculo no adivina el futuro: sólo ejerce un arte del enunciado en el que ningún hecho sobreviniente puede contradecirlo.

A la salida del templo, pasé por el *khresmographion*, u oficina de los oráculos. Allí, unos escribanos labran el acta oficial de la consulta y traducen en verso la respuesta de la pitonisa.

Las palabras reveladas fueron éstas:

Los soldados, los reinos y las alianzas serán dispersos.
Como dispersas serán las cenizas de su general,
cuando pise los dispersos restos de Babilonia.

Como verás, todo es un engaño preparado para obtener dinero de las personas vulgares. A tu regreso, ilustre jefe, arrasaremos estas guaridas de truhanes o, mejor aún, haremos que mujeres leales profeticen la gloria eterna de Alejandro de Macedonia.

ORÁCULOS II

Durante muchos años, se creyó que la estatua del Monje, que existe en un rincón de la plaza Flores, tenía virtudes oraculares. La noticia de tal prodigio era difundida por la bella hechicera y vidente Hilda M. de Sormani.

El procedimiento para obtener un dictamen de aquel bronce milagroso era bastante complicado. En primer lugar, había que presentarse en el domicilio de la señora de Sormani. La hermosa bruja tomaba nota de los antecedentes del consultante, lo anotaba en una lista de precedencia, le cobraba cincuenta pesos y le recomendaba una dieta rigurosa que duraba dos semanas. La noche anterior a la de la consulta comenzaba un estricto ayuno. A la hora señalada, animado tal vez por un licor de mandarina que preparaba la propia señora de Sormani, el postulante era conducido ante la estatua. Esto ocurría, casi siempre, a la madrugada y —según la hechicera— el Monje era más locuaz cuando llovía.

Algunas veces, se vendaban los ojos del peregrino. La pregunta debía ser formulada en voz muy alta, casi a los gritos. Unos momentos después, el oráculo se pronunciaba con una voz extraña y con palabras que no siempre era posible entender. Por suerte, la señora de Sormani se hallaba siempre presente para interpretar los párrafos oscuros de la respuesta.

El ruso Salzman, que sospechaba de la integridad de la hechicera, le preparó una trampa. Después de algunos seguimientos y falsas consultas, descubrió que la voz del Monje era, en realidad, el chueco Ordóñez, un mozo de la confitería Tourbillon al que habían dejado cesante por tartamudo.

Salzman se presentó ante la adivina y cuando llegó la noche de su consulta ante la estatua, dispuso que sus amigos interceptaran a Ordóñez y lo reemplazaran, escondidos detrás del monumento. Manuel Mandeb, Jorge Allen e Ives Castagnino se encargaron de tales comisiones.

A las tres de la mañana, Bernardo Salzman, vendados sus ojos y sintiendo en sus hombros las manos de la señora de Sormani, gritó su indagatoria.

—Quiero saber, oh, Diosa, si podré encontrar el amor en la tarde de mi vida. ¿Hay alguna mujer que me ame? ¿Hay alguna mujer que arda de pasión y lujuria por mí?

Inmediatamente se oyó la voz de Jorge Allen, que tal vez hablaba apretándose la nariz.

—La mu-mu-mujer que te ama está cerca, ta-ta-ta-tan cerca que-que-que-que sus manos tocan ahora tus hombros. Da-da-date vuelta, tómala entre tus brazos y hazle el amor aquí mismo, que la mina está de-de-desesperada.

Salzman se quitó la venda y se dispuso a asustar a la bruja con unos visajes lujuriosos, pero la bella señora de Sormani ya había huido al galope.

Una semana más tarde, se cruzó con ella atrás del hospital Álvarez. La saludó amablemente, pero con una sonrisa socarrona. Ella lo miró a los ojos y le dijo:

—La Diosa habla por boca de cualquiera, tanto sea una estatua como un ser humano. El que cree que se burla de la Diosa acaba por convertirse en su instrumento.

Salzman reaccionó inmediatamente.

—¿Quiere decir que la respuesta del otro día fue verdadera?

—Sí —dijo ella y lo arrastró contra el paredón. Esa misma noche se hicieron amantes.

Bernardo Salzman empezó a creer en los oráculos y siguió haciéndolo hasta la pascua siguiente, cuando la señora de Sormani lo dejó, con el pretexto de que el marido sospechaba.

ORÁCULOS III

*El campamento de Jerjes, rey de Persia. Los soldados arrojan ante el
rey a un hombre vestido con andrajos.*

GUARDIA 1: Ilustre Xaiarxa, rey de reyes, señor de Persia, este hombre es un griego. Ha desafiado nuestras consignas
de vigilancia pues dice que tiene que contar una historia
que puede ser decisiva para la batalla que se avecina.

JERJES: Habla. Tal vez luego mueras.

ESQUEDIO: Como tú sabes, ilustre señor del Asia, los reyes de
Lidia, que descienden de Heracles, gobernaron durante
veintidós generaciones hasta que llegó al trono el desdichado Candaules.
Este rey encontraba placer en hacer que otros hombres
vieran la desnudez de su esposa.
Un día, hizo partícipe de tales placeres a su guardia favo-
rito, un oscuro capitán llamado Giges. Los dos hombres
se escondieron tras unas cortinas en los aposentos reales
y espiaron a la reina, mientras ella se cambiaba de ropa.
El ánimo de Giges se vio perturbado por inquietas sensaciones de lujuria y de temor. Al día siguiente, la reina lo
convocó ante su presencia y le dijo:

—Oh, Giges, tengo malas nuevas para ti. Sé que me has visto desnuda y, en consecuencia, no podré permitir que sigas viviendo. Ahora mismo daré unas órdenes y te matarán como a un perro. Pero si eres valiente, puedes eludir ese destino. Yo ya estoy harta de los vicios del rey. Tu opción es matarlo y casarte conmigo para gobernar el reino.

Giges no lo pensó mucho. Candaules fue asesinado y así empezó, señor, la dinastía de los mermnadas.

El pueblo se indignó ante el asesinato. Pero Giges les pidió que mantuvieran la calma y oyeran el pronunciamiento del oráculo de Delfos. Antes de consultar a la pitonisa, Giges hizo llegar al templo unos valiosos presentes. La respuesta oracular fue favorable para él, pero con una cláusula de mala sombra que aseguraba que el rey de la quinta generación sería el último de la dinastía.

Los sucesores de Giges se llamaban Ardis, Sadiatas y Alyate. Entre los tres sumaron ciento dieciocho años de gobierno. Estos reyes de Lidia hicieron la guerra y extendieron el imperio. Fueron tiempos de gran prosperidad, ya que se cobraban fuertes tributos a las regiones conquistadas.

El hijo de Alyate llegó al trono en plena juventud. Se llamaba Creso. Era un hombre muy rico y muy astuto, pero encarnaba la generación marcada por el oráculo. Debe decirse que el pueblo de Lidia, encandilado por la prosperidad, no recordaba ya la profecía.

Te juro, rey Xaiarxa, a quien los griegos llaman Xerxes, que Creso reinó venturosamente durante quince años. Entonces apareció tu ilustre antecesor, el gran Ciro. El imperio persa estaba extendiendo su poder y las tropas ya estaban cerca de las fronteras orientales de Lidia.

Aunque te cueste creerlo, Creso resolvió confiar el diseño de su estrategia a algún oráculo. Como no sabía a cuál consultar, tuvo la idea de mandar un mensajero a cada uno de ellos para comprobar la exactitud de las profecías. Los enviados tenían orden de presentarse puntualmente en el centésimo día después de su partida y preguntar qué es lo que estaba haciendo Creso en ese momento.

El rey había elegido una acción infrecuente: despedazar una tortuga y un cordero y cocinarlos en un caldero de bronce.

Al regreso de los emisarios, Creso se sorprendió al ver que uno de ellos traía la respuesta correcta. Era el que venía de Delfos, precisamente el oráculo que había prometido el final de su estirpe.

Inmediatamente, llegaron ante la pitonisa suntuosos regalos destinados a asegurar un dictamen favorable: un león de oro que pesaba más que cuatro hombres robustos y ciento diecisiete lingotes rodeándolo. Además, se ordenó que todos los habitantes de Lidia hicieran un sacrificio ritual por el oráculo.

Una vez cumplidas estas maniobras de soborno, el rey se presentó ante la sacerdotisa.

La respuesta fue la que todos conocemos: "Si atacas a Ciro, un gran imperio se destruirá".

Creso atacó y después de sangrientas batallas sucedió lo que el oráculo decía. Cayó un gran imperio. El de Lidia. El de Creso.

El rey Ciro quiso celebrar la victoria quemando vivo a Creso. Se encendió una enorme pira, que iba a servir además como ofrenda a vaya a saber qué divinidades.

Cuando el fuego ya lo alcanzaba, Creso recordó a Solón, el sabio de Atenas que alguna vez le había aconsejado prudencia y gritó su nombre por tres veces. El gran Ciro sintió curiosidad y mandó a sacar al prisionero de las llamas sólo para que le explicara quién era Solón.

Creso habló. Después de contar la vida de Solón, dijo que también podía revelar al rey de los persas todo lo que sucedía al otro lado del Egeo, en Atenas, en Corinto, en Áulide, en Esparta, y logró que Ciro le perdonara la vida. El glorioso rey de Lidia terminó sus días como esclavo e informante de los persas.

Tú, venerable Xaiarxa, has venido a suceder a Ciro en sus victorias y conquistas. Yo también tengo deberes de sucesión. Soy Esquedio, hijo de Mirón, que era nieto de Creso, la octava generación de los mermnadas. Y si bien es tarde para que yo sea rey, no lo es para recuperar algo de la legendaria prosperidad de mi bisabuelo. Yo también conozco los secretos militares de los griegos y te los ofrezco a cambio de una ínfima parte del oro que los persas tomaron de mi patria, oh, victorioso Xaiarxa.

JERJES: Tus antepasados eran gente demasiado supersticiosa. Giges creía en las palabras huecas del oráculo de Delfos. Creso presumía de astuto y puso a prueba a los farsantes para ver por cuál se dejaría embaucar. Pero la mayor estupidez es sobornar a los clarividentes. Eso es creer que el futuro es hijo de la profecía y que el profeta construye el porvenir con sus palabras.

Ahora llegas tú, Esquedio, y te juro que podrás ser el continuador de tu bisabuelo. Yo seré un nuevo Ciro y tú serás un nuevo Creso.

Pero no te molestes en contarme los secretos de los griegos, porque ya me pertenecen. Además, los persas no damos a los traidores riquezas, sino la muerte.

Haremos una nueva pira y tú arderás en ella, como bisnieto, reemplazante y sucesor de Creso, último rey de Lidia.

Telón

235

BRISAS DEL PLATA

El verdadero Hormiga Negra, anciano ya, despreció el libro de Gutiérrez que lo había hecho inmortal con una frase en la que vindicaba su condición de homicida: "Una cosa es matar un hombre en el papel y otra es matarlo de endeveras".

El dictamen no es —como podría pensarse— un extravío entre el mundo real y la invención artística, sino más bien una contundente degradación de la segunda.

El teatrista Enrique Argenti discrepaba abiertamente con los conceptos estéticos de Hormiga Negra. Él creía que la realidad era notablemente inferior y que el arte era la rebelión del hombre ante la malvada estupidez de los sucesos cotidianos.

Para defenderse de quienes consideraban al teatro como una mera imitación subalterna, Argenti se divertía siguiendo unos procedimientos que confundían ambos mundos. Como muchos otros directores, buscó espacios alternativos en donde espectadores y actores se hallaban en estrecha y equívoca vecindad.

La más audaz de sus invenciones a ese respecto fue la compañía "Brisas del Plata". Los actores eran sometidos a un riguroso adiestramiento y, sin duda, debían estar dispuestos a abandonarlo todo por el arte.

"Brisas del Plata" era un grupo preparado para una sola e interminable función. La obra se llamaba *Vidas*.

La representación comenzó el 6 de octubre de 1964, frente a la boletería de la estación Villa del Parque. Los actores eran doce.

Los primeros diálogos eran un intercambio de recuerdos de juventud. Muy pronto, los personajes empezaron a involucrarse con el público, pero también con pasajeros del ferrocarril y caminantes desprevenidos. Uno invitó a una señorita a tomar un café en una confitería de la calle Cuenca. Otro, discutió largamente con el diariero acerca de la demencia de los poderosos del mundo. La actriz principal se subió al tren con un señor de bigotes que vivía en San Miguel.

Todos estaban actuando y componían personajes, aunque los seres reales con los que se conectaban no lo sabían.

El escaso público se retiró enseguida, pero la función continuó durante años, en distintos foros y arborizando su argumento hasta lo inconcebible.

César del Prato, el actor más importante, cometió homicidio y estuvo muchos años preso. Ni siquiera ante los jueces desmontó su actuación y pagó sin chistar las culpas de un personaje.

La bella Inés Sotelo se casó con un canalla con el que cada noche mantenía los más vigorosos diálogos. El galán maduro llegó a ministro. La talentosa Celia Codoro tuvo que ser reemplazada en 1970.

Periódicamente, todos se comunicaban con Argenti, le referían los progresos del personaje y las tramas que a su alrededor se urdían. Argenti trabajaba entonces con sus amigos dramaturgos y les hacía llegar nuevos parlamentos y sugerencias para seguir adelante con la representación.

Un día de 1972, Argenti los convocó a todos para el gran cuadro final, otra vez en Villa del Parque. Allí, los sobrevivientes del grupo "Brisas del Plata" contaron sus aventuras, presentaron a sus nuevos familiares y amigos y juraron que el mundo no estallaba de puro milagro.

El último parlamento: "Vieja, vamos a tener que agrandar la mesa", fue recitado por el ya veterano César del Prato.

Hubo pocos aplausos, ya que casi nadie sabía que se trataba de una obra teatral. Estaban presentes Enrique Argenti, unos pocos directores amigos y el crítico oriental Wilson D. Pessano, que también había asistido al estreno.

Al finalizar la función, algunos actores preguntaron dónde estaban los camarines, con la evidente intención de regresar a las personas que eran en su vida anterior. Pero a los pocos minutos comprendieron que el propósito artístico de Argenti se había cumplido inexorablemente: los compromisos tomados por los personajes debían ser honrados por el actor.

Después de algunas vacilaciones, todos optaron por permanecer en su mundo ficcional, junto a sus mujeres teatrales o en el ejercicio de sus nuevas profesiones.

La crítica de Wilson D. Pessano en *El País* de Montevideo lamentó el final de la obra *Vidas*: "La función debió prolongarse indefinidamente, sin telones de clausura".

Argenti se indignó ante aquella opinión: "Los artistas modificamos la realidad y triunfamos sobre ella. Si tomamos un palo y queremos que sea una espada, será una espada. Si le decimos al público que estamos muertos, la gente nos tendrá por finados, por muchos saltos que demos. Las obras terminan cuando nosotros queremos. La vida, en cambio, sigue más allá de lo bello y de lo bueno y termina en el momento menos conveniente, deshilachada, incompleta, prosaica".

Años después vino a saberse que Pessano formaba parte del grupo oriental "La Virazón", que con parecidas bases ideológicas se había fundado en Montevideo. Más aún, Pessano no era un crítico sino un actor que representaba ese papel en la obra *El interminable fluir del destino*, dirigida por el señor Nelson Covarrubias. Esa función todavía no ha terminado.

ALUCINACIONES

La alucinación o percepción de un objeto que no existe es un asunto que asegura la controversia perpetua. Elegir entre varias captaciones de la realidad no es tan sencillo como parece. Es clásica la terquedad del alucinado para desconocer su carácter de tal. Y clásica es la desconfianza del filósofo ante las herramientas del hombre para enfrentar el conocimiento. Después de todo, el solipsismo, más que una convicción verdadera, es el ejercicio de un derecho, reclamado por quienes advierten que muchas de nuestras creencias cotidianas se sostienen en la conjetura, en la comodidad, o en el engaño. Creer que el vecino de al lado es una creación de nuestra mente no es menos novelesco que considerarlo un ser real.

Tal vez, toda la gnoseología no sea sino una polémica entre víctimas de alucinaciones diferentes.

Manuel Mandeb relataba al borde del desmayo esta simple historia, que para él era la tragedia central del mundo: un hombre ve lo que todos ven, pero le asigna una importancia, una naturaleza y un sentido diferentes. El lenguaje impide comprender estas discrepancias, que son verbalizadas como coincidencias. Por otra parte, Mandeb vivía desconfiando de todos los episodios de su vida, sospechando que podían ser alucinaciones.

Para algunos, la irresponsabilidad del hombre de Flores ante sus compromisos económicos y sentimentales, encontraba sostén filosófico en la duda precitada.

En una carta que alcanzó alguna difusión como prosa poética y que era en realidad la negativa a solventar unas cuotas del crédito Devoreal, Mandeb escribió: "Nos vemos a nosotros mismos como seres reales, pero quizá somos nuestro propio y engañoso espejismo. Yo, que me veo ahora denso y palpable, soy, sin embargo, alucinación de mí mismo".

Ixión era un traidor tesalio que había asesinado a su suegro. Según se dice, fue precursor en esta clase de crímenes: nadie antes había matado a un familiar. Zeus se apiadó de él cuando todos en la Hélade se negaban a purificarlo. El príncipe de los dioses le permitió probar la ambrosía, que garantizaba la inmortalidad.

Pero Ixión fue ingrato. Se enamoró de Hera y una noche quiso atropellarla en un yuyal. Hubo una breve persecución y Zeus creó una nube que tenía la misma apariencia de la diosa. Ixión se unió a ese fantasma, mientras Hera, a las risas, se refugiaba en las casas.

Sin embargo, aquella cópula espectral tuvo frutos contantes y sonantes: la estirpe de los centauros nació de aquella nube. Por esta falta, Ixión fue condenado a girar eternamente atado a una rueda de fuego. La historia abre las puertas al siguiente argumento: cuando una ilusión, o un engaño, o un embeleco producen los mismos efectos que los objetos reales, entonces son reales. Para Ixión aquella nube fue Hera, tanto por su goce como por sus hijos y su castigo.

Una leyenda más rigurosa hubiera hecho ilusorias las consecuencias del acto. Pero ese rigor hubiera privado a esta historia de su más alto sentido poético.

El ingeniero Bruno Ferrantes se había vuelto loco en diciembre de 1963, cuando extravió un billete premiado.

En realidad, su conducta era vulgarmente razonable, salvo por Adela, su novia imaginaria. El ingeniero iba a las confiterías perfectamente solo, pedía dos copetines y charlaba con una silla vacía. Pagaba entradas superfluas en los teatros, compraba fiambre de más y sorprendía a los bailarines del salón La Argentina con solitarios pasos de tango.

Un día, Ferrantes empezó a pasear en silencio y con las manos en el bolsillo. Los vecinos conjeturaron que había egresado de la demencia. Sin embargo, Ferrantes le confesó a un mozo del Imperio de Chacarita que Adela lo había dejado.

Su vida continuó normalmente, pero con una enorme pena. Una pena real que lo acompañó hasta su muerte, ocurrida dos meses después.

Manuel Mandeb y sus amigos estuvieron tentados de encargar un ramo de flores con una cinta que dijera "Adela". Pero enseguida se avergonzaron de aquella extravagancia.

De todos modos, al velorio no fue nadie.

Elvira y Ema Carranza eran dos hermanas solteronas que vivían encerradas en una casita de la calle Bacacay. Les gustaba presumir de sus dolencias e incluso competían entre ellas para ver cuál de las dos estaba más enferma.

En algún momento, empezaron a creerse víctimas de alucinaciones. Se trataba en verdad de una falsa creencia, pues las hermanas percibían los objetos tal como eran. Sin embargo, desconfiaban del carácter real de todo cuanto las rodeaba. Así, empezaban a los gritos al encontrarse con un simple perchero, en la certeza de que se trataba de la creación de una mente al borde del colapso.

Frecuentemente se deshacían de muebles, libros y adornos que daban por imaginarios. Los vecinos solían inspeccionarles la basura para ver si hallaban algún objeto valioso.

Pero hay algo más extraño: cada una de ellas sostenía que la otra era una visión.

Las discusiones eran muy violentas y los argumentos se oían desde la esquina.

Una mañana, tuvieron la idea de consultar con Bernardo Salzman, el jugador de dados, que vivía enfrente. Le preguntaron sin más trámites cuál de las dos le parecía real. El ruso las miró un instante y luego declaró en tono molesto:

—Ninguna.

Las hermanas Carranza creyeron desde ese día que Salzman era una alucinación y dejaron de saludarlo.

El músico Fernando Marzán padecía alucinaciones sonoras. A veces, mientras escuchaba alguna pieza, percibía nítidamente voces, contrapuntos o armonías de violín que no figuraban en la obra.

Cuando dirigía el Coro del Hospital Pirovano siempre oía que alguien desafinaba. Pero aún tomando los recaudos policiales más minuciosos, no conseguía identificar al culpable.

Enterados de estos trastornos del maestro, algunos integrantes del coro se equivocaban a propósito e incluso cambiaban la letra, incorporando incisos de la más vulgar grosería.

Marzán tampoco podía templar la guitarra. Según su testimonio, cuando uno tensaba las cuerdas de aquel fatídico instrumento, iba de una afinación demasiado baja a una demasiado alta sin pasar jamás por el punto justo.

Una noche, un ángel se le presentó en sueños y le reveló una hermosa obra para piano. Marzán tuvo la suerte de despertar enseguida, lo que le permitió anotar aquella música del modo más prolijo. Más tarde, sus amigos no dudaron en considerarla el tango *Más allá* de Joaquín Mora.

Fernando Marzán era un pianista prodigioso, pero abandonó su carrera porque razonó que todos los malos músicos son víctimas de alucinaciones sonoras: oyen un do donde suena un mi; perciben lo horroroso como sublime; se conmueven ante lo vulgar; son indiferentes a cualquier genialidad.

CORO

La ley,
la rigurosa ley
que impide la destrucción del mundo
se escribe así:
Toda sensación es verdadera.
(Ahora sé que me amaron.)

ASTRÓLOGOS

Como todos sabemos, Manuel Mandeb, el polígrafo de Flores, había sido abandonado por la bellísima Beatriz Velarde. La pena le duró siempre pero el hombre resolvió abstenerse de todo suicidio. También se abstuvo de escribir poemas, de comentar el asunto con sus amigos y, ciertamente, de fastidiar a Beatriz Velarde con su presencia. Sin embargo, se atrevió a esperar en secreto, sin permitirse acción alguna pero sin resignarse a dar el asunto por terminado.

Una tarde le contaron que el astrólogo Apolonio Cordero adivinaba el futuro y, más aún, tenía el don de establecer la posibilidad o imposibilidad de un romance. Con una simple fotografía, Apolonio estaba en condiciones de dictaminar si la persona retratada se iba a entreverar o no con el consultante.

Lo malo era que Mandeb tenía una pobre opinión de los hechiceros, las brujas, los videntes y los tarotistas. Pensaba que todos ellos eran simples charlatanes y siempre se había negado a someterse a cualquier clase de atención mágica. Pero tantos años de tristeza muda lo impulsaron a acercarse al consultorio de la calle Bolivia, donde el astrólogo atendía del modo más aparatoso.

La consulta no fue muy impresionante. Apolonio lo limpió de malas influencias con unos pases de manos. Después, le tiró las cartas y juntos arribaron a la conclusión de que Beatriz Velarde era la sota de copas. El vidente le explicó a Mandeb que debía ponerse contento de que no hubiera aparecido tras cartón el tres de espadas y sí el caballo de oros, que indicaba la posibilidad de un triunfo. Como notó que Mandeb no daba muestras de mayor entusiasmo, Apolonio le dijo que casi no podía aspirarse a una baraja mejor. Sin embargo, al rato las cartas se tornaron adversas y el tallador informó confidencialmente a Mandeb que era muy probable que Beatriz Velarde anduviera con otro. El polígrafo, malhumorado, respondió que no era necesario ser adivino para formular aquella conjetura. Acto continuo, pagó la consulta y se fue.

En los días siguientes, anduvo coleccionando argumentos que demostraran la incompetencia de los blacamanes en general y de Apolonio en particular.

Dos meses después, en la peluquería, oyó hablar del ruso Dimitri, un señor que tenía poderes de toda índole y que recibía en sueños la visita anticipada del porvenir. Mandeb se sometió a esta segunda opinión un sábado por la tarde.

El ruso confirmó el diagnóstico de Apolonio después de enterarse de que Mandeb había nacido a las once de la mañana.

Antes de despedirlo, a modo de consuelo, Dimitri pronosticó viajes, distinciones y prosperidades. Manuel declaró que aquellos dones eran para él la mala suerte y salió dando un portazo.

A partir de entonces, comenzó una interminable peregrinación de hechicero en hechicero.

El que más le gustó fue el tuerto Barale, un hombre austero que se limitaba a profetizar poniéndose las manos sobre los ojos. El tuerto juró que Beatriz aún pensaba en Mandeb, pero unas fuerzas extrañas se oponían. Habló de la envidia de unos vecinos, de amigas que influían en las decisiones de ella y de planetas que se obstinaban en órbitas tales que venían a joder enteramente aquel romance. El enamorado escuchaba aburridísimo, hasta que algo le interesó. Barale prometió que todo cambiaría cuando un chingolo diera saltos sobre un retrato de Adolphe Menjou. Mandeb pidió inmediatamente al tuerto que le explicara qué clase de determinismo era el que vinculaba los saltos de un pajarito y las preferencias amorosas de Beatriz. Barale se excusó diciendo que él era adivino y no epistemólogo. No le resultó sencillo al polígrafo de Flores hacerse de una foto del actor francés Adolphe Menjou. El mismo astrólogo le consiguió una vieja tapa de *Radiolandia* que fue a parar a un balconcito, aprisionada entre dos latas de malvones.

Los meses siguientes sólo consistieron en la tediosa espera de un chingolo. Debe decirse en este mismo momento que estos pájaros baguales han sido espantados por el ferrocarril y el ruido de las ciudades, de modo que su número es muy escaso.

Unos meses más tarde, Mandeb volvió a consultar al tuerto Barale para preguntarle si la expresión "cuando aparezca un chingolo" era literal o metafórica. El hechicero contestó que toda revelación es metafórica, pero lo tranquilizó jurándole que, al menos, podía estar seguro de que no se trataba de una expresión como "cuando los sapos críen cola" u otras vulgaridades por el estilo.

Renovada su fe, Manuel Mandeb se sentaba cada tarde frente a su ventana. Se había hecho experto en el reconocimiento de toda clase de aves urbanas como el gorrión, el mixto, el jilguero, el cabecita negra, el tordo y otros bicharracos. Se hizo suscriptor de algunas revistas ornitológicas para que el instante de su dicha amorosa fuese establecido sin lugar a ninguna duda. Averiguó cuáles eran las semillas preferidas del chingolo para tentarlo adecuadamente. Cada vez salía menos. Cuando alguien llamaba a su puerta se fastidiaba y atendía a sus visitantes sin dejar de mirar la ventana.

Cada tanto, volvía al consultorio del tuerto para formular quejas impacientes. En una ocasión preguntó si no era posible cambiar de pájaro ante la escasez de chingolos. El brujo respondió irónicamente que también podía pensarse en sustituir a Beatriz Velarde por otra dama mejor dispuesta.

El polígrafo de Flores fue razonando que una espera demasiado larga era indigna. Enojado por la dilación a que era sometido, resolvió hacer una última visita de reclamo al tuerto Barale. Lo recibió la mujer. Con palabras groseras le informó que el adivino se había escapado con una prestidigitadora chilena. Le dijo además que su marido era un mentiroso y un farsante y que había que ser muy estúpido para creer en él.

El retrato de Adolphe Menjou se fue destiñendo a causa del sol y la llovizna. Mucho tiempo después, un chingolo saltó sobre él. Pero ya era tarde. Mandeb no alcanzó a verlo pues había dejado de prestar atención al movimiento de los pájaros en su ventana.

Una noche, el poeta Jorge Allen le recomendó un nuevo nigromante que se había instalado en la calle Morón. Mandeb corrió a visitarlo y se hizo tirar las cartas. No salieron ni la sota de copa ni el caballo de oros. Después, Mandeb le mostró la foto de la mujer que lo hacía penar.

Ya no era la foto de Beatriz Velarde.

EL BAR VIII

El Hombre Sabio se sentó en silencio. El loro dijo:

—El amor es una puerta y un beso es la llave. Eso explica el fervor amoroso de todos los parroquianos. Y el carácter efímero de todos los romances. Aquí nos amamos a paso de búsqueda. Sólo nos detenemos a mirar al otro el tiempo indispensable para saber que no es el que buscábamos. Sin embargo, cada elección incorrecta refuerza la esperanza del amante desengañado.

El secreto está en no comprender, en no advertir que no importa cómo se repartan las parejas. Ningún amor está por encima de los demás y todas las llaves están falseadas. Pero conviene no saberlo.

SOGAS

Una tarde, en la ciudad de Kapilavastu, donde transcurrió su infancia y su juventud, Siddhârtha Gáutama enfatizó uno de sus sermones con una demostración de sus poderes milagrosos: lanzó hacia lo alto una cuerda, que se sostuvo sola. Luego trepó por ella hasta desaparecer en las alturas. Fuera de la vista de sus discípulos dividió su cuerpo en pedazos, que dejó caer al suelo. Finalmente, los fragmentos se recompusieron y el Buda, enterito, sonrió a los pasmados espectadores.

En realidad, se trataba de un milagro muy usual en la magia tradicional de la India. Los faquires y sus discípulos lo realizaban en todas las ciudades, con ligeras variantes. Algunos utilizaban hilos delgadísimos, casi invisibles. Otros prendían fuego a la cuerda. La mayoría prefería dejar los riesgos de la elevación y el desmembramiento a los ayudantes, mientras ellos permanecían al pie de la soga tocando la flauta o conversando a la muchedumbre.

Durante los siglos VIII y IX, todos los que viajaban a la India daban testimonio de aquellas maniobras. Ibn Batuta advirtió que sólo era una ilusión que los faquires producían en los testigos. El comentarista judío Simeón ben Josef hizo notar que elevarse en el aire y caer despedazado no era más prodigioso que no hacerlo y lograr que otros juraran haberlo visto.

El místico Al Hallaj, un hombre que buscaba continuamente señales de Dios, viajó a la India para que alguien le enseñara a hacer el milagro de la cuerda. Cuando llegó, le contaron que había una mujer que podía revelarle el secreto. Al Hallaj se encontró con ella en la orilla del mar. La mujer lanzó al aire una cuerda con nudos y trepó hasta desaparecer. Después, tiró de la soga y dejó al místico en completa soledad. La mujer no bajó jamás. Desde entonces, Al Hallaj ya no esperó señales de Dios sino de aquella dama. Pasaba días enteros mirando al cielo, por si una cuerda se descolgaba. A veces, arrojaba él mismo sogas al aire que, sin engancharse en ningún sitio, caían pesadamente sobre su cabeza.

Según las creencias arcaicas de la India y el Tíbet, hace mucho tiempo el cielo y la tierra estaban comunicados. Los dioses bajaban con frecuencia y los reyes, después de haber cumplido sus misiones terrenales, ascendían por medio de sogas, árboles, escaleras o montañas. Pero hubo una catástrofe: la caída, que es común a tantas civilizaciones. Aquel cataclismo modificó la estructura del cosmos y la condición humana: la comunicación entre la tierra y el cielo se cortó y el hombre se hizo mortal. Su cuerpo se separó de su alma.

Después de aquel episodio, sólo algunos seres privilegiados —como los hechiceros y los religiosos— pudieron subir al cielo gracias al milagro de la cuerda.

Un sabio de la Antigüedad, llamado Jáimini, desplegaba su cuerda hacia las alturas y luego, en lugar de elevarse, recibía a una criatura celestial que descendía de entre las nubes. Los glosadores posteriores consideran este milagro muy superior al clásico ascenso del hechicero, toda vez que el recién llegado puede aportar noticias o descripciones de un mundo superior que no conocemos.

El faquir de Flores Devendranâth Baccaro realizaba en los teatros un número que consistía precisamente en trepar por una gruesa soga de cáñamo que previamente se elevaba a los sones de una ocarina.

Los asistentes no dejaban de advertir que la cuerda ascendía tirada desde las alturas por un hilo delgado y transparente que iban enrollando unos empleados desde la parrilla. Intuían también que la punta de la soga se colgaba de un gancho y que el faquir no llegaba al cielo, sino apenas a un andamio oculto tras los volados del telón. Sin embargo, todos aplaudían y ése era el verdadero prodigio.

Devendranâth explicaba que una soga, un hilo, un cordel, es metáfora de lo religioso, de lo que está ligado, de lo que no está solo. El acto de la cuerda es un intento de unirse con Dios y también con los otros hombres. Pero es evidente que para lograr unos pocos instantes de comunión, hace falta un milagro. Casi nadie puede subir por la soga, casi nadie puede ser entendido.

Los discípulos del faquir no le prestaban mucha atención y le aconsejaban que reemplazara aquel número por una cama de clavos o la ingestión de un sable.

En la India, las imágenes del hilo, de la ligadura y del tejido expresan al mismo tiempo el privilegio de estar unido a Dios y la tragedia de la predestinación.

Entre los hinduistas, el demonio Vritra y el antiguo dios Váruna eran dueños de los nudos y estaban encargados de mantener sujetos a los muertos. Tal como en los afanes griegos de las parcas, vivir equivalía a ser tejido por los dioses. Pero en la India esa trama no se detenía con la muerte del individuo, sino que prolongaba sus diseños saltando de vida en vida.

El maestro y calígrafo Váliabha Radhakrishnan jura que, cerca de las ruinas de Kusumapura, hay centenares de sogas enhiestas que apuntan hacia el cielo esperando que algún caminante quiera subir por ellas. Pero los hombres no las ven, o no entienden su significado, o han perdido la fe en los milagros.

SOLES CHINOS

En algunas regiones de la China se creía que una divinidad llamada Xi He había engendrado diez hijos, que eran diez soles. Conforme a las disposiciones del Soberano del Mundo, los hermanos se turnaban en la importante tarea de iluminar a los hombres, favorecer el crecimiento de las plantas y establecer la duración de las jornadas.

Los soles descansaban en la región de Tanggu, junto a un estanque que marcaba el punto más oriental del Universo. Los hermanos acostumbraban a bañarse en aquellas aguas que, por esa razón, se mantenían siempre calientes.

Junto al estanque, se alzaba el árbol llamado Fu Sang, que según se calcula tenía una altura de varios miles de metros y cuyo tronco sólo podía ser abarcado con los brazos unidos de mil personas.[1] Cada hermano había elegido una rama para su descanso.

Pero los soles se aburrieron de aquel régimen y de las largas esperas. Pensaron entonces en salir todos juntos cada mañana y corretear por los cielos, formando grupos e inventando juegos.

---

[1] Significa que el árbol tenía un diámetro de casi cinco cuadras. (Nota de Dimas Santángelo.)

Al día siguiente, los diez hermanos abandonaron el estanque de Tanggu y trastornaron las disposiciones del Soberano del Cielo. La Tierra se calcinó.[2] Ningún objeto pudo proyectar sombra. Los ríos se secaron, los campos se incendiaron y los hombres tuvieron que correr a refugiarse en el fondo de las cavernas.

El emperador Yao era un hombre virtuoso que vivía humildemente en una cabaña rústica. Yao ordenó a los soles supernumerarios que abandonaran el cielo, pero su orden fue desoída.

Entonces, el Soberano del Cielo decidió intervenir. Convocó de inmediato a Hou Yi, el héroe celestial y le dijo las siguientes palabras:

—Los hijos de Xi He han traicionado mi voluntad y hacen alarde de su poder en la altura. Toma este arco rojo y estas diez flechas blancas y castígalos.

Hou Yi descendió a la Tierra y allí pudo apreciar las calamidades producidas por los diez hermanos y el sufrimiento del pueblo. Lleno de furor, Hou Yi le lanzó una flecha a uno de los soles. Hubo una gigantesca explosión y luego se vio caer una bola encendida. Los demás soles trataron de huir, pero Hou Yi los fue derribando uno a uno.

Cuando preparaba su flecha para bajar al último, intervino el sabio emperador y le pidió que lo dejara, después de explicarle las ventajas de un sol único y previsible.[3]

El héroe guardó sus armas y se marchó a buscar otras aventuras.

En algunas regiones de la China se niega la gesta de Hou

[2] Lo mismo sucedió cuando Helio permitió que su hijo Faetonte condujera el carro del Sol. (Nota de Dimas Santángelo.)

[3] Llama la atención que el detalle no hubiera sido previsto por la divinidad. Bastaba con entregar nueve flechas. (Nota de Dimas Santángelo.)

Yi y se sostiene la cosmología original de diez soles distintos y sucesivos.

También puede pensarse que cada sol es diferente, que todos los días amanece un astro recién nacido. Nada se repite, nadie regresará.

SOMBRAS

Discutir la relación entre un cuerpo y la sombra que proyecta es un asunto menos relacionado con la física que con la magia y la poesía.

Los hechiceros más ortodoxos tienden a considerar a la sombra como una prolongación del ser, de suerte que cualquier daño que se viniera a causar en ella afectaría directamente a la corporeidad.

El filósofo y asceta Sankara abandonó el mundo a los ocho años y empezó a recorrer la India tratando de restaurar el hinduismo frente al avance de los budistas. Cuentan que habiendo discutido con el Gran Lama, tuvo la ocurrencia de enfatizar sus argumentos levantando vuelo. El Lama percibió la sombra de Sankara arrugándose en las desigualdades del terreno y clavó su cuchillo en ella. El maestro Sankara, achurado, cayó muerto al suelo.

En los funerales de la China, cuando llegaba el momento de cerrar el féretro, todos se alejaban unos cuantos pasos y, de ser posible, pasaban a otra habitación. Se pensaba que si una sombra quedaba atrapada por la tapa del ataúd, la salud de su titular declinaría dramáticamente.

En Arabia aseguraban que cuando una hiena pisaba una sombra humana, la persona quedaba petrificada.

La sombra de una cosa ya es la cosa. Pero también es su

fantasma, su versión imperfecta, su borrador, su estado decadente.

Los Brujos de Chiclana, después de años de paciente ejercicio de las sombras chinescas, llegaron a percibir algunos casos que señalaron como prodigiosos.

El ingeniero Domingo P. Bonfante tenía la sombra retrasada, de tal manera que sus acciones se proyectaban en el suelo y en las paredes unos diez minutos después de haber sucedido.

Se trata de un caso mucho más dramático que el de los caballos sin sombra de las cuchillas orientales, que presentan esta anomalía a causa de su enorme rapidez.

Mucho más interesante es el fenómeno inverso, la sombra que se adelanta a los acontecimientos. Las personas que realizan esta clase de proyección están, naturalmente, en condiciones de profetizar.

Debemos reconocer, sin embargo, que no se trata de asuntos muy corrientes. La enorme mayoría de los hombres apenas si puede percibir la sombra de lo que está haciendo en ese momento. Pero aun en los vulgares casos de simultaneidad puede encontrarse alguna heterodoxia: Manuel Mandeb aseguraba que su cuerpo seguía a su sombra. La distinción no es temporal sino lógica. Para Mandeb, su sombra decidía y su cuerpo obedecía servilmente. Más aún, el pensador de Flores creía que a todos les pasaba lo mismo, pero que casi nadie tenía la capacidad de establecer el lugar del que provenían sus decisiones.

La separación de cuerpos y sombras es un asunto literario de relativo éxito cuyo punto culminante es la figura de Peter Pan. Pero si es raro que un hombre busque su sombra, mucho más exótico es encontrar una sombra en busca de su cuerpo. Cerca de los baños del bar La Academia, hay una solitaria oscuridad sentada que anda rastreando a alguien. No tiene el menor dato sobre lo que busca ni sobre lo que es.

Los mozos suelen confundirse al señalarla y los poetas billaristas que cunden en ese lugar afirman que todos somos esa oscuridad.

El guerrero Tukaitawa tenía un poder directamente proporcional a la longitud de su sombra. Amanecía invencible y se debilitaba progresivamente hasta el mediodía, momento en que quedaba exánime. Después, a la tardecita, su fuerza volvía a crecer. Nadie explica lo que sucedía a la noche, tal vez para evitar un verdadero caos de fortalezas y flojedades entreveradas. Alguien descubrió el secreto del vigor de Tukaitawa y lo mató con el sol en lo más alto.

Los Brujos de Chiclana juran que la sombra del pájaro que se llama *saviá* restituye a los hombres provectos el entusiasmo venéreo. Sólo hay que correr bajo la sombra del pájaro en vuelo, sin que ninguna parte del cuerpo quede expuesta al sol. No es un asunto fácil, ya que el saviá es un ave pequeña y veloz. Además, hay que cuidarse mucho de no confundirlo con el benteveo, que según todos sabemos, produce un efecto exactamente opuesto.

El que pisa la sombra de la estatua de Florencio Sánchez atrae sobre sí una credulidad patológica que lo convierte en víctima de los gandules del barrio.

Se dice que un cierto duraznero de Sáenz Peña produce unos frutos cuya sombra puede comerse. Los Brujos previenen sobre la necesidad de asegurarse de no comer la sombra de duraznos verdes, que causan penurias que van desde el desengaño amoroso hasta el apurón digestivo.

Si alguien se acuesta desnudo a la sombra de la señora Herminda C. de Fitz, será casi inevitable que su cuerpo se coloque en disposición lujuriosa.

El músico Ives Castagnino ha insistido en que ciertas músicas proyectan sombra. Algunos han querido ver en esta afirmación una astuta alegoría de la armonía y el contrapunto. Sin embargo, Castagnino aseguraba a sus discípulos que, si uno cantaba con fe, era posible protegerse del solazo de enero bajo el fresquito benéfico del estilo *El tirador plateado*.

Se cree en algunos cafetines que las sombras de las novias fugitivas suelen regresar a sus antiguos amores. Algunos piensan que estos regresos parciales son anticipos de la reanudación total del tráfico afectivo. Otros conjeturan que en estos casos la sombra es símbolo de las cenizas, de los restos, del oscuro excipiente del fuego amoroso. Una noche de mayo, se presentó en la pieza de Manuel Mandeb la sombra de su novia Beatriz Velarde, que lo había abandonado, según se dice, en otra vida o en el mismo momento de nacer, ya que Mandeb no recordaba haber vivido un solo instante que no estuviera teñido de pesar por la ausencia de Beatriz.

La sombra se hizo repetir antiguas confesiones, lloró un rato y luego admitió que una Beatriz Velarde contante y sonante se hallaba en ese mismo momento en compañía de otro señor. Después, enfatizó el poder poético de los recuerdos, la dignidad de lo caduco, la perfección de lo que no está.

Mandeb, con un pretexto cualquiera, fue hasta el patio y después de saltar unos alambrados pudo escapar a toda velocidad por el terreno de un vecino. No volvió a su casa hasta varios días después. La sombra ya se había ido.

El gigante Gorrindo, como se sabe, arrebata la sombra de los peregrinos cortándolas con un facón luminoso. Otros ladrones de sombras son los Enanos Pelirrojos. Según la leyenda, estos diminutos seres roban fragmentos de sombras. Lo hacen del modo más impune, pues casi nadie tiene el escrúpulo de comprobar periódicamente que su sombra esté completa. Los enanos van guardando estos retazos en una enorme cueva subterránea cuyo emplazamiento se discute. En el final de los tiempos, que no está lejano, los enanos zurcirán los fragmentos robados y producirán una larga y extensa noche en la que ocurrirán toda clase de desgracias.

Los perversos Pelirrojos ven facilitada su tarea cuando una sombra presenta regiones peninsulares. Así, las personas que llevan objetos en la mano o sombreros puntiagudos o bufandas al viento, no hacen más que acercar el fin del mundo.

Pero la revelación más siniestra de los Brujos se escribe así: nuestro destino es convertirnos en nuestra propia sombra. El universo se va ensombreciendo a cada instante. Nuestros cuerpos de tres dimensiones serán cada vez más insignificantes y, en cambio, crecerán nuestras proyecciones oscuras. Al cabo, no habrá en Flores ni en ninguna otra parte, otra cosa que sombras.

Para algunos, ese día ya ha llegado. En ciertas cuadras de la calle Membrillar ya viven únicamente sombras, cada vez más tenues, cada vez menos perceptibles, arrastrándose hacia la ausencia absoluta.

LA CONVERSIÓN
DE LOS DESCREÍDOS

Entre tantos amoríos como tuvo, el poeta Jorge Allen solía encontrarse con Adriana, una muchacha silenciosa y apasionada, con amplia vocación de clandestinidad. Ella jamás proporcionaba ninguna clase de información mundana. Allen nunca supo su apellido, ni conoció a ninguna de sus amistades. Tales lejanías entusiasmaron al poeta, de modo que sus citas se hicieron cada vez más frecuentes. Pero no puso en ellas más que una pasión violenta. No sentía celos ni interés por lo que Adriana hiciera más allá de sus encuentros. Él creía saber que ella estaba de novia con un escribano o tal vez con un esgrimista.

Una noche cualquiera, la hermosa muchacha le dijo:

—A partir de ahora nos veremos menos. Tengo un novio.

Allen no se alarmó. Pero lo cierto fue que jamás volvieron a verse. Cuando comprendió el carácter definitivo de aquel abandono, el poeta reparó en unas tristezas nuevas, que no había experimentado nunca, ni siquiera ante la ausencia de sus novias más clásicas. Por un instante, sintió la tentación de escribirle o de llamarla por teléfono para revelarle un amor que nunca se había verbalizado. Pero no lo hizo. Largos años de sabiduría amorosa le decían que las personas que abandonan no desean oír declaraciones del abandonado. Se dispuso entonces a sufrir el silencio sin molestar a nadie con esperanzas.

Hubiera sido conveniente para esta historia que Adriana también descubriera un amor profundo que no había podido ser percibido entre los apurones del furor erótico. Tal cosa no sucedió. Nadie supo más de ella.

Jorge Allen era poco propenso a la confidencia. Sin embargo, un año después, aburrido por el retraso de unos trenes, le contó a Manuel Mandeb los pormenores de su desventura. Mandeb se subió a uno de los bancos de la estación y gritó:

—¡Milagro, milagro!

Después abrazó a Allen y le dijo:

—Hasta hoy no poseía la fe, pero al oír esta historia, he comprendido que es inevitable que el cielo exista o que volvamos a nacer de algún modo. Hace falta otra vida, amigo Allen, sólo para que esta mujer sepa que ha sido amada de un modo irrenunciable por el hombre menos constante. No hay nada superfluo en el universo. Y una pasión como la suya no puede incendiarse sola, sin producir consecuencias, sin que se caigan algunos imperios. Esta noche, cuando llegue a su casa, vaya escribiendo un poema. No cometa la torpeza de buscarla para entregárselo. Guárdelo para el día en que todos nos encontremos otra vez. Eso sí, recuerde que ella tampoco lo amará en esa nueva existencia. Seguramente, encontrará un paraíso junto al escribano o al esgrimista. Usted sufrirá, en ésta y en todas las vidas. Pero piense que, gracias a ese sufrimiento, hemos venido a saber que el mundo tiene un sentido.

En ese momento llegó el tren y los amigos ya no volvieron a hablar del asunto. Jorge Allen sólo escribió una línea del poema:

Por dentro y por fuera, tu cabeza ardía...

Manuel Mandeb mantuvo su fe hasta unos meses más tarde, cuando otros amores y otros desengaños lo hicieron regresar a su viejo escepticismo.

OJOS

El pensamiento de los siglos XV y XVI giraba alrededor de la semejanza. Allí donde las cosas se parecían, era posible descifrar alguna ley de la naturaleza. En la filosofía, en la cosmología, en la física y en todas las ciencias, existía una complicada red de similitudes que todo pensador debía tener en cuenta. En aquel entonces, casi no podía mencionarse una cosa sin que otra resonara por simpatía. El universo era un enorme jeroglífico.

Los oculistas de hoy profesan convicciones prácticas, aunque banales, acerca de lo que es un ojo. Los cabalistas, en cambio, aseguraban que el globo ocular se componía de diez partes que correspondían a las diez numeraciones o *sephiroth*. Los alquimistas hablaban de un Ojo del Mundo, que en cierto modo lo creaba y que acaso era el mundo mismo. La pupila de aquel ojo cósmico simbolizaba el caos macroscópico de los cuatro elementos y el nervio óptico representaba nada menos que el tetráktys pitagórico. Robert Fludd aseguraba que el ojo humano estaba hecho a imagen del universo y que los colores estaban en él y no fuera.

La formidable potencia simbólica y mágica del ojo encuentra eco en centenares de historias referidas a ojos o miradas prodigiosas que tuvieron origen en la Antigüedad clásica o en la Edad Media. Mirar a la Gorgona Medusa era volverse piedra, que es el peor destino posible. Menos cruel, el Basilisco apenas si mata. Y la muerte es preferible a la petrificación, que presupone la conciencia. El petrificado piensa, odia, ama y desea, pero sus pasiones no tienen efecto ni siquiera sobre su cuerpo.

Medusa era la menor de tres hermanas.

Las dos mayores, Esteno y Euríale, eran inmortales. Ella no.

Vivían en el extremo occidente, muy cerca del Reino de los Muertos.

El aspecto de Medusa era convenientemente horrible. Su cabellera era un nido de serpientes, tenía colmillos de jabalí, manos de bronce y alas de oro que le garantizaban el más rápido de los vuelos.

El héroe Perseo se comprometió a decapitarla, según dicen algunos, para compadrear ante el rey Polidectes que, harto de jactanciosos, lo obligó a cumplir su promesa y le exigió además que le trajera como obsequio la cabeza de Medusa.

Perseo debió marchar a enfrentarse con un enemigo al que ni siquiera podría mirar. Hermes y Atenea acudieron en su ayuda. Le señalaron el camino que lo llevaría a conseguir unas sandalias aladas —que eran el símbolo del pensamiento poético—; el casco de Hades, precursor del yelmo de Mambrinus que utilizó Don Quijote, y una bolsa llamada *kibisis*, para guardar la cabeza del monstruo durante el largo viaje de regreso. Además, Atenea preparó un escudo de bronce pulido a modo de espejo.

La combinación de estas armas mágicas resultó fatal para la Gorgona. Perseo la decapitó, aunque muchos prefieren pensar que Medusa murió al verse en el espejo. Sus ojos fueron fatales también para ella misma.

En el barrio de Flores, todos sabían que los ojos del licenciado Atilio Berdiales impedían las generalas y, a decir verdad, cualquier jugada venturosa. Conocedor de su propia condición maléfica, Berdiales se hacía pagar algún dinero para retirarse de las timbas.

El perceptivo Argos tenía centenares de ojos, distribuidos por todo el cuerpo. Cuando dormía, la mitad de ellos permanecían abiertos, rasgo que inclinó su vocación hacia profesiones vigilantes.

Menos afortunadas, las Grayas, tres hermanas que habían nacido viejas, tenían un solo ojo en cuyo uso se turnaban, con las dificultades que cualquiera puede imaginar. Perseo aprovechó el instante ciego del intercambio para apoderarse del ojo y exigirles información como rescate.

Cuentan los hombres sabios que el noble Abdel Al Hasim, valiente oficial que acompañó a Simbad en algunos de sus viajes, perdió un ojo durante un frustrado abordaje a un barco pirata en el Mar Rojo.

Lo curioso es que el ojo, mezclado entre las inconstantes pertenencias de los piratas, seguía viendo. Abdel recibía las imágenes captadas con la mayor nitidez. Concibió entonces la idea de ir en busca de aquel órgano tan perseverante, aprovechando los indicios que éste le proporcionaba. Pero, en verdad, los registros visuales ayudaban bien poco, pues es muy difícil que un ojo a merced de la casualidad tenga la suerte de captar los pocos detalles típicos que diferencian a un pueblo de otro.

De todos modos, Abdel Al Hasim empezó a recorrer la interminable ruta de los piratas. A partir de cierto día, la visión del ojo se detuvo en una pared amarilla, frente a la cual pasaba cada tanto algún caminante.

Aunque la quietud del ojo lo tranquilizó un poco, el noble Abdel vivía atormentado por la posibilidad de que fuera destruido. Por lo demás, su visión era peor que la de un tuerto, ya que coexistían en él las imágenes de lo que veía en la vida diaria y aquella imperturbable pared amarilla.

Pasaron los años, Abdel Al Hasim navegó junto a los traficantes de seda, recorrió las costas de Malabar, visitó el cuerno del África y llegó a Calcuta en el año 104 del Profeta.

La pared amarilla se había ido descascarando y el hombre también. Ya casi a las puertas de su ancianidad, dobló una esquina en el barrio de los tintoreros y después de recorrer un corto trecho vio su propia cara entre los caminantes de aquel callejón. Se dio vuelta y vio esta vez con los dos ojos la pared amarilla.

Lo demás fue sencillo: unos movimientos de aproximación y finalmente su propia mano callosa acercándose hasta oscurecer la mitad de su vista.

Algunas miradas mágicas provenían del uso de ciertos anteojos. Se dice que el califa Harum Al Raschid usaba unos lentes que le permitían ver únicamente a los hombres justos. Sin embargo, aquel juicio óptico era tan estricto que el califa jamás pudo ver a nadie, de suerte que resolvió deshacerse de los anteojos, pues prefería la traición a la soledad.

En el Tíbet se cree que los hombres sabios tienen un tercer ojo, que es el de la clarividencia, o la sabiduría, o la superstición refinada. El maestro zen Tan-yuan Ying-chen, que fue servidor del maestro nacional Chung, señaló (o se olvidó de señalar) la conveniencia de desconfiar del ojo.

Sus discípulos juraban que la vista era el instrumento principal del engaño cósmico. El mundo no es como lo vemos. El ojo cambia los colores, las formas y los movimientos. La joven bella que nos seduce es acaso un demonio horripilante. La anciana que lava ropa en el río bien podría ser un dragón. El río es tal vez un arco iris y el arco iris, un pájaro negro y opaco.

Jamás sabremos cómo es el universo. El resto de nuestros sentidos y el idioma contribuyen a completar este sueño de falsas apariencias que es nuestra percepción. Cuanto menos sabemos, menos nos hundimos en el error. Cuanto menos vemos, más cerca estamos de la verdad inconcebible.

Los adeptos de una rama herética de esta doctrina tenían por costumbre arrancarse los ojos para no engañarse. Hombres astutos del Japón han señalado que tal vez lo que ellos creían que eran sus ojos eran otra cosa imposible de sospechar.

Mientras los maestros relatan estas historias con fines didácticos, los alumnos perciben significados diferentes y tal vez no ven maestros sino árboles, cerdos o miliarios de piedra erigidos por un antiguo emperador.

ÓRDENES

Alí Ben Moussar, príncipe subalterno de la región del Turquestán, se negó a aceptar el tributo impuesto a sus dominios por el emir Abdel Al Rasán. Enterado de la negativa, el emir envió un batallón para que hiciera prisionero al príncipe y lo encarcelara. Las distancias eran enormes y las dificultades del camino casi invencibles, pero las órdenes de un emir son más poderosas que las leyes de la naturaleza. El batallón padeció enormes penurias y se demoró meses, o quizás años, extraviado en los implacables desiertos cercanos al Mar Caspio.

Mientras tanto, el príncipe Alí Ben Moussar, aliado con otros caudillos regionales, alcanzó a establecer un liderazgo político sobre la región y se instaló como regente en Basora. Para proteger su flamante poder, mandó a encarcelar a sus principales enemigos, entre los que estaba Abdel Al Rasán. No fue sencillo reducir al emir. Apoyado por un grupo de fieles guerreros, resistió tenazmente en las inmediaciones de Palmira. Pero las órdenes de un regente son inapelables. Con un alto costo de sangre, Abdel Al Rasán fue detenido y confinado en la remota prisión de Tammur, cuyos carceleros jamás preguntan quiénes son los prisioneros.

Algún tiempo después, los hombres del califa Omar desalojaron al príncipe Alí Ben Moussar y lo obligaron a regresar a sus tierras del Turquestán. En el camino, fue interceptado por el rezagado batallón del emir, que no había olvidado sus instrucciones. Los soldados de Abdel Al Rasán hicieron prisionero al príncipe y lo encerraron en la remota prisión de Tammur, cuyos carceleros jamás preguntan.

Pasaron meses o años. Según la tradición, quiso el destino que el príncipe Alí Ben Moussar y el emir Abdel Al Rasán vinieran a dar un día a la misma celda. Estuvieron juntos mucho tiempo. Los dos se habían vuelto taciturnos. Al cabo de cuatro años, cada uno supo que estaba en prisión por orden del otro. Por un momento, pensaron en olvidar sus diferencias y convenir una revocación que los pusiera a ambos en libertad.

Pero las órdenes de los emires y de los príncipes son más fuertes que los emires y los príncipes. El carcelero les dijo:

—Cada gesto de nuestra voluntad nos esclaviza. Cada deseo cumplido es una cadena. Cada orden que damos hace caer su peso sobre nosotros mismos.

Los hombres jamás salieron de la prisión de Tammur. Con el tiempo, fueron olvidando los pormenores de su enemistad. Muchas veces fueron cambiados de celda y de compañero, de modo que, al final de sus vidas, acusaban de su cautiverio a personas equivocadas.

OLVIDO

La isla de Léucade, en el mar Jónico, tiene una punta altísima y escarpada que penetra en el mar y se interrumpe abruptamente formando un abismo que produce vértigo.

En la antigüedad, los enamorados no correspondidos acudían a ese sitio para buscar remedio a su pena. Según la leyenda, era necesario arrojarse al mar desde aquel promontorio. El salto era tan peligroso que muchos morían. Pero el que tenía la suerte de sobrevivir olvidaba todos sus pesares. Algunos pescadores del lugar se ganaban la vida rescatando de las aguas a quienes no morían. Por esa tarea cobraban una suma modesta.

En tiempos posteriores, se construyó un templo de Apolo. Antes de saltar, los enamorados sacrificaban un animal para que el dios hiciera suave su caída.

Los mitógrafos explican que las virtudes de la roca fueron descubiertas por el mismo Zeus. El príncipe del Olimpo, desolado por el rechazo de una ninfa, pasó largas horas sentado en aquella cumbre hasta que advirtió que un saludable desinterés se apoderaba de su corazón. Olvidada la pena y también su causa, Zeus regresó a su palacio y recomendó a los otros dioses pasar por Léucade cuando anduvieran necesitados de olvido.

Apolo escuchó con atención aquel consejo. Tiempo después, cuando fue consultado por Afrodita, que estaba desesperada por la muerte de su amado Adonis, no vaciló en conducirla al abismo de Léucade. Siguiendo una inspiración, Apolo aseguró a Afrodita que si se arrojaba a las aguas, el olvido sería inmediato. La diosa obedeció y ya no volvió a sufrir por Adonis.

Muchos personajes fueron a buscar olvido en aquel precipicio. Deucalión, hombre inaugural y marido de Pirra; el poeta Nicóstrato, rechazado por Tetigidea; Carino, que se había enamorado de un eunuco de la corte de Antíoco Eupator, rey de Siria.

Dos mujeres célebres saltaron hacia el olvido. La primera, Safo de Lesbos. La segunda, la malvada Artemisa, reina de Caria. Esta mujer había sido rechazada por un mancebo llamado Dardano. Para vengarse, Artemisa hizo que le arrancaran los ojos. Más tarde se arrepintió. Un oráculo le sugirió que se arrojara desde la roca de Léucade para olvidar su culpa. Ella lo hizo y murió.

El más exitoso de los saltarines fue Macés, un hombre que, por haber sido exonerado repetidamente, tuvo que arrojarse al abismo siete veces.

En 1907, el médico argentino Alberto Gutiérrez Lima oyó hablar de las propiedades de la roca de Léucade. Desde hacía años arrastraba una pena de amor. La señorita Catalina Sureda lo había abandonado del modo más terminante.

Gutiérrez Lima viajó hasta las islas Jónicas, se las ingenió para llegar al promontorio y pegó el salto con triste dignidad. Ante la ausencia de pescadores que lo rescataran, tuvo que ganar la costa a nado. Después, regresó trabajosamente a donde había dejado sus cosas. Y allí mismo, todavía mojado y en calzoncillos, se pegó un tiro.

MULTA

S su-ma Ch'ien es el autor del Shih Chi, es decir *Notas de los historiadores*, la primera historia global de la China. Trabajaba como astrólogo imperial y como tal se encargaba de coordinar los actos de su soberano con los fenómenos de la naturaleza para evitar terremotos, inundaciones y desastres de toda índole.

Conforme con una clásica intimidad entre el hombre y el medio ambiente, se aceptaba en la Administración que los sucesos del cosmos estaban relacionados con las conductas humanas y también con el capricho de los dioses. El departamento de astronomía procuraba anotar los fenómenos naturales e interpretar su significado del modo más favorable a las políticas imperiales. También se encargaba de la regulación del calendario, cuya aceptación era símbolo de sumisión por parte de los súbditos.

Todas estas actividades eran secretos de estado y la difusión de sus pormenores estaba absolutamente prohibida.

Ssu-ma Ch'ien heredó el cargo de su padre, Ssu-ma T'an.

El Shih Chi fue escrito en forma privada, más allá de las obligaciones oficiales, y contiene opiniones heterodoxas que están fuera del riguroso protocolo imperial.

En el año 99 AC, el emperador Han Wu-ti leyó un memorial de Ssu-ma Ch'ien acerca de las guerras nómadas y le parecíó un poco crítico. Consultó a sus secretarios y algunos de ellos —enemigos del historiador— convencieron al Hijo del Cielo de la mala fe de Ssu-ma Ch'ien. Se le hizo un breve juicio y debió elegir entre pagar una fuerte multa a la tesorería o ser castrado.

Ssu-ma Ch'ien resolvió evitar el empobrecimiento de su familia y eligió la mutilación.

CORO

Para el Estado
que necesita recursos ilimitados
siempre son más útiles
las monedas agujereadas
que provienen de las multas
que el triste rédito de una castración.

MUÑECOS

El príncipe Ianos era muy aficionado a los autómatas, a los muñecos y a los juguetes mecánicos. En su palacio había instalado unos talleres donde el fiel artesano Cirilo fabricaba para él aparatos maravillosos que se movían, hablaban y tocaban música. Cirilo construía con la mayor delicadeza mecanismos con resortes, máquinas de cuerda, molinos y series de engranajes capaces de convertir el fluir de un río en el galope de un caballo de plata.

El príncipe mostraba aquellos tesoros a los embajadores y visitantes extranjeros que llegaban a la corte.

Ianos sentía especial predilección por unos leones enchapados en oro que rugían estruendosamente al tirar de una cuerda. Algunas mujeres se desmayaban al oírlos.

También lo complacían doce guerreros de tamaño natural, que empuñaban unas filosas cimitarras. Eran capaces de marchar y agitar ferozmente sus armas cuando se hacía sonar una especie de corno. En los desfiles, estos muñecos solían acompañar a la verdadera guardia, ante el estupor de la muchedumbre. En las mañanas, Cirilo les daba cuerda para que presentaran su saludo ante el lecho del príncipe.

En los aposentos reales nunca faltaban unos músicos de bronce y papel que soplaban la flauta y tañían la guzla. Al amanecer, un gallo de metal despertaba a todos los sirvien-

274

tes. En su cofre más íntimo, Ianos guardaba un caleidoscopio cuyos astutos cristales se combinaban al girarlo para dejar ver las figuras de dos amantes en invariable fornicación.

Fuera de aquel mundo de frívolos asombros, los tiempos eran agitados. Una trama laberíntica de facciones políticas y generales ambiciosos habían vuelto demasiado inestable al trono de aquel principado. El asesinato formaba parte de los procedimientos para la sucesión en el poder. Cada usurpación generaba rencores que sólo se aplacaban con nuevos crímenes.

El ministro Mousulis ambicionaba el trono. Ianos solía humillarlo burlándose de su escasa estatura. El odio se sumó a la codicia. Pero había algo más: Mousulis sentía una pasión violenta por Irene, la bella favorita del príncipe. A veces, durante los banquetes, ella bailaba brevemente. El ministro siempre creía ver un gesto de invitación en su danza y en su mirada.

Mousulis carecía de recursos para solventar un ejército. Tuvo que conformarse con una traición de costos modestos y escaso número de participantes. Eran apenas trece personas: sus doce hermanos y el artesano Cirilo. El pobre hombre, harto de los caprichos y los malos tratos, aceptó algún dinero de Mousulis y se dispuso a colaborar.

El plan era audaz. Se trataba de reemplazar a los soldados mecánicos por los hermanos de Mousulis. Con los disfraces adecuados circularían por el palacio sin suscitar sospechas, para llegar hasta los mismos aposentos del príncipe. Allí, con sus cimitarras, matarían a Ianos sin despertarlo.

El príncipe fue asesinado. Al recibir la noticia, Mousulis impartió unas órdenes sanguinarias que le permitieron hacer pie en el mando de las tropas.

Después, buscó a sus hermanos, según dijo, para ofrecerles importantes cargos. Los encontró en la posada donde se alojaban. Los doce habían muerto envenenados y yacían inmóviles en sus catres.

Mousulis declaró entonces que los soldados mecánicos habían matado al emperador siguiendo órdenes de Cirilo.

Era tal la fe que los cortesanos tenían en las construcciones del ingeniero oficial que aceptaron aquel dictamen sin objeción. Cirilo fue decapitado y los muñecos fueron desarmados y encerradas sus partes en sólidos cofres de hierro.

Libre de compromisos y de testigos, Mousulis se dispuso a gobernar a su antojo.

Ya instalado en las habitaciones de Ianos, se apresuró a convocar a la bella Irene. Dos servidores silenciosos la trajeron inmediatamente. El nuevo emperador le ordenó que bailara. Ella no parecía afectada y Mousulis pudo advertir el mismo gesto provocativo que había encendido su lujuria. De pronto, la abrazó estrechamente. Pudo sentir la seda de sus cabellos, su delicado perfume, un zumbido en sus entrañas, la dureza del metal bajo su piel y la frialdad de una de sus manos antes de caer al suelo.

Mousulis prohibió los muñecos en todos sus dominios y reinó con crueldad hasta que, un año más tarde, lo asesinaron unos soldados de carne y hueso.

LEVITACIONES

Los Refutadores de leyendas no se han ocupado suficientemente de la levitación, un fenómeno registrado centenares de veces a lo largo de la historia.

Otros milagros permiten negar su condición de tales mediante una explicación racional de los hechos: una noche repentina es en realidad un eclipse; los poseídos son histéricos; las curas milagrosas son sugestiones; la estrella de Belén es una nova. La levitación, en cambio, no puede ser explicada sino por percepción errónea, por fraude, o falso testimonio. Es decir, una levitación no se explica sino que se niega.

Pero algunos casos son tan notorios, tan clásicos, tan documentados, que para desmentirlos es necesario suponer unas largas cadenas de engaño y falsificación.

Es de lamentar un rasgo común en todos los que han levitado: la demasiada discreción. Puede entenderse que las infrecuentes fuerzas espirituales que alzan a las personas del suelo se manifiesten más bien entre quienes ejercen virtudes de humildad. Pero es innegable que tales recatos impiden las pruebas de falsación y las diligencias escribaniles que consolidan la fe de los burgueses suspicaces.

Desde la Antigüedad, la levitación es mencionada y considerada signo de posesión divina. Teodoreto y Gregorio Nacianceno relatan que durante su iniciación en los misterios de Diana, en Éfeso, el emperador Juliano se elevó repentinamente, junto con su maestro, el asceta Máximo. Filóstrato da cuenta de unos brahamanes que revoloteaban durante la oración.

Pero el paganismo, con su muchedumbre de dioses y sus devociones burocráticas, no producía el fervor místico que —según parece— es indispensable para elevarse en el aire. La llegada del cristianismo multiplicó los vuelos.

Santa Teresa de Ávila rezongaba contra sus levitaciones. Incluso, trataba de evitarlas aferrándose a columnas, armarios, o compañeras del convento. En una ocasión, levantó con ella a una priora que intentó sujetarla.

Un detalle cinético: las fuerzas de elevación no tiraban de ella desde arriba, sino que la empujaban desde abajo.

La más notoria de las levitaciones de Teresa de Ávila es la que experimentó al mismo tiempo que Juan de la Cruz. El santo estaba muy sentado, hablándole de la Trinidad, cuando se elevó en el aire con silla y todo. Entonces, Teresa levitó y los dos continuaron la conversación a un metro del suelo. En ese momento entró Sor Beatriz de Jesús y casi muere del susto. Durante las indagaciones realizadas para santificar a Teresa, unas cuantas carmelitas declararon haber presenciado aquella escena.

El erudito jesuita Francisco Suárez rezaba en el aire. Su contemporáneo, Bernardino Realino dormía la siesta en estado de involuntaria levitación.

Sin aspiración de catálogo, citaremos a otros santos volátiles. Claude Dhiere, director del seminario de Grenoble, levantó vuelo en 1810.

André Hubert Fournet hizo lo propio en 1793, pero fue perseguido por la policía. La época del Terror no toleraba santidades tan elocuentes.

Mikael Garikoitz, que murió en 1863, se elevaba cada vez que decía la misa.

La señora Gemma Galgani de Luca había desarrollado sus poderes de un modo tan consistente que el padre Constanzo Salvi le pidió que aprovechara sus arrebatos místicos para pasarle un trapo a los vitrales de su congregación. Gemma, muy ofendida, abandonó el lugar para siempre y ya no volvió a levitar.

Pero el más notable de los místicos aéreos fue Giusseppe da Copertino, el monje volador.

Su biógrafo, Pastrovichi, nos relata una infancia de ayunos y silencios. Cuando, en 1620, entró en la escuela de los capuchinos, estaba tan débil que muy pronto lo echaron por inservible.

Tiempo más tarde, consiguió entrar en la Orden Terciaria del convento de Grotella. Allí, fue rechazado por compañeros y superiores a causa de sus milagros inoportunos. Es que Giuseppe volaba y estos desplazamientos nunca fueron bien vistos por la Inquisición.

Un día, durante una misa en la misma capilla del Santo Oficio, Giuseppe lanzó un grito y se deslizó por el aire hasta el lugar donde estaban las flores del altar. Después voló hasta el fondo de la Iglesia y se dejó caer suavemente, arrodillado. Lo metieron preso y lo mandaron a Roma para que el Papa Urbano VIII lo examinara. El encuentro se hizo célebre: Giuseppe besó el pie del Pontífice e inmediatamente ascendió hasta el cielo raso. Urbano, que era muy escéptico, le ordenó que bajara al suelo, como todo el mundo.

En abril de 1639 lo enviaron a Asís. Allí sufrió todo tipo de vejaciones. En esos tiempos no hubo prodigios. El monje aceptó los castigos con respeto y humildad. El superior del convento envió una carta a Roma asegurando que Da Copertino era un impostor. Fue entonces cuando Giuseppe entró en la basílica, se elevó por encima de la multitud y navegó por los aires los 18 metros que lo separaban de una Virgen pintada en lo alto. La besó piadosamente y bajó lo más tranquilo.

A partir de entonces, Giuseppe voló mil veces.

Un día, para molestar a las monjas de Santa Clara, Giuseppe se apareció mientras estaban cantando la antífona *Veni Sponsa Christi*. Después de cobrar altura, se lanzó en picada sobre una de ellas, la tomó de la mano y la hizo girar por los aires.

Pronto comenzaron a llegar curiosos. El embajador de España en Roma, Juan Alfonso Henríquez de Cabrera, duque de Medina y de Castilla, viajó hasta Asís junto a su esposa para ver al monje. Lo encontraron en su celda y quedaron impresionados por su austeridad. Giuseppe voló y el duque, la duquesa y varias personas del séquito se desmayaron.

También fue visitado por el duque de Sajonia, Juan Federico de Brunswick —que era luterano— y el filósofo y matemático Gottfried Leibniz. Habían llegado hasta Asís intrigados por los rumores de los milagros del fraile y se las ingeniaron para ver a Giuseppe sin que éste lo supiera. Por una escalera privada llegaron hasta la puerta de la capilla donde el monje estaba orando. En un momento dado, lo vieron elevarse en el aire, volar hacia atrás y quedarse en éxtasis, de cara al altar, a dos metros de altura.

Juan Federico de Brunswick quedó tan impresionado que decidió convertirse al catolicismo.

Cien años más tarde, el Papa Benedicto XIV canonizó al monje volador y recordó que testigos de indiscutible honestidad habían garantizado los ascensos del Siervo da Copertino. Por orden del mismo Papa, se publicó la biografía de Pastrovichi, el *Compendio de la vita, virtú e miracoli del beato Giuseppe da Copertino*.

Estos relatos pueden servir para fortalecer la fe católica o para debilitar la fe en Leibniz, en el duque de Sajonia, en el Papa Urbano o en Beatriz de Jesús.

En la ciudad de Kozhikode, había un médico llamado Mohandas que no creía en nada. Se burlaba de los faquires, de los encantadores de serpientes, de los sadhú brahamánicos y de los monjes budistas. Cuando sus amigos le contaban que habían visto algo prodigioso, él juraba que toda maravilla era alucinatoria.

Una noche, mientras caminaba por las calles cercanas al puerto, unas figuras vestidas de blanco lo obligaron a entrar a una casa. Allí permaneció largas horas encerrado en un cuarto oscuro. En cierto momento, se encendieron unas antorchas y unos hombres desnudos y silenciosos se plantaron ante él. Uno de ellos se levantó en el aire y quedó suspendido a un metro de altura. Después, el propio Mohandas sintió que una fuerza extraña lo alzaba del piso y se vio a sí mismo levitar rotundamente. Al cabo de un rato, el médico descendió, las antorchas se apagaron y unos brazos invisibles lo empujaron hasta la calle.

Ante tales sucesos, Mohandas modificó su pensamiento. Muy pronto declaró a sus amigos que había experimentado una *anuvyavasaya*, es decir, una percepción directa, no filtrada por preconceptos. Tal experiencia le había hecho creer firmemente en la levitación y otros prodigios por el estilo. Se hizo vishnuita y sus devociones fueron el centro de su vida. Renunció a la medicina y a los halagos mundanos. Vestía pobremente y vivía de limosnas.

Muchos años después, volvieron a asaltarlo unas figuras vestidas de blanco. Lo arrastraron hasta una casa y lo obligaron a entrar. Una vez más, permaneció algunas horas en la oscuridad, hasta que la luz de unas antorchas se encendió para alumbrar a unos hombres desnudos. Uno de ellos le dijo:

—La primera vez, te trajimos aquí porque no creías en nada. Te hicimos sentir que te elevabas en el aire y entonces creíste. Ahora, te decimos que aquello fue una ilusión. Pero antes de que vuelvas a tus negaciones, te diré que yo también soy ilusorio y que esta casa es una alucinación, como lo son también la ciudad entera de Kozhikode, tu fe, tu incredulidad, tú mismo —oh, Mohandas— y estas enseñanzas que te estoy impartiendo.

Mohandas fue arrojado a la calle y desde entonces les dice a sus amigos que no importa mucho saber si la levitación es real o ilusoria.

PERROS

*Informe del secretario Li al Primer Ministro
en la capital del Imperio.*

Ilustre depositario de la confianza del Hijo del Cielo:
Como secretario de la Administración imperial y sin pasar por alto ni una sola de las humillaciones que convienen al protocolo, pido, sin embargo, permiso para despacharlas a la carrera, en virtud de los graves hechos que me dispongo a denunciar.

En cumplimiento de misiones de rutina, he llegado a las cercanías de la antigua ciudad de K'uan-lo. Cuando nos estábamos aproximando, el jefe de la caravana me advirtió que me perfumara con unas esencias de fuerte aroma y me aconsejó que no perdiera la calma, ni demostrara temor ante cualquier suceso sobreviniente. Enseguida, formulé unas preguntas e impresionado aquel hombre por mi humilde investidura de funcionario imperial, me contó una historia, cuyos datos principales paso a consignar.

Hace muchos años, la ciudad de K'uan-lo fue un lugar agradable y de enorme importancia comercial. Las caravanas hoy tratan de no pasar demasiado cerca de sus murallas. Pero en tiempos de los Tang, era estación obligada en el camino hacia las ciudades marítimas del este. Sus habitantes, ensoberbecidos por una prosperidad que acaso no merecían, se aficionaban fácilmente a cualquier amaneramiento o costumbre exótica con el propósito de parecer refinados. Esta afectación no solamente se daba entre los mercaderes enriquecidos, sino también entre los nobles, los funcionarios y hasta en los ancianos supuestamente respetables.

Así, hace ya varios siglos, el príncipe Yu Kang sintió nacer en él una repentina devoción por los perros y encargó a sus secretarios viajeros que le trajeran ejemplares de todos los rincones del imperio.

Muy pronto, Yu Kang tenía en sus perreras animales de la más exótica procedencia: enormes cuidadores de ovejas de Manchuria, feroces perros lobo de Siberia, cazadores implacables del Afganistán, falderos venales de Pekín. Ordenó que se tratara a aquellos animales conforme a las prerrogativas de un viceministro. Asimismo, permitió que los perros ingresaran a sus aposentos más privados, los dejó retozar en sus finas sábanas, comer de sus platos y molestar a sus concubinas.

Los burgueses obsecuentes de K'uan-lo imitaron la conducta de su señor y trataron de alojar en sus viviendas la mayor cantidad posible de perros.

Pronto empezó a considerarse que la prosperidad de una familia estaba directamente relacionada con el número de animales que poseía. Y, como el señor ministro ya habrá adivinado, la ostentación enfermiza llevó a muchos a vivir pobremente sólo para poder alimentar a una vasta jauría.

Durante los paseos por los jardines públicos, los señores se hacían acompañar por toda la perrada. Las muchachas casaderas trataban de impresionar a sus pretendientes rodeándose de veinte o treinta perros, a los que llamaban continuamente por sus nombres para establecer que no se trataba de una proximidad casual.

Mi informante me reveló que los mercaderes de las ciudades vecinas empezaron a capturar perros para venderlos luego en K'uan-lo. En pocos años, casi toda la población canina de diez provincias estaba en una sola ciudad. Funcionarios del censo llegaron a calcular —de un modo extraoficial— que en el interior de las murallas había más de quince perros por cada persona.

Como su siempre festejada inteligencia ya le habrá permitido comprender, aquella situación no podía prolongarse sin generar alguna clase de tragedia. Muchas familias tuvieron que deshacerse de sus animales por no poder alimentarlos. Las calles se llenaron de perros sin dueño desesperados de hambre. Las autoridades aconsejaban no caminar llevando carne para no tentar a aquellos monstruos famélicos. Las cosas llegaron a tal extremo que nadie salía de su casa sin ser custodiado por un pequeño contingente de amigos armados.

Un comerciante que vivía cerca del río fue atacado por los perros que él mismo había expulsado unas semanas antes. Los animales se colaron por una ventana, comieron vorazmente todo lo que encontraron y —en el entrevero— mataron a mordiscones a un anciano sirviente.

Algunos vecinos pidieron ayuda al príncipe Yu Kang y le rogaron que enviara a sus tropas contra aquella amenaza. El príncipe no se apeó de sus obtusas inclinaciones y declaró que matar a un perro era tan grave como dar muerte a un ciudadano.

En algunos barrios, el peligro era mayor. En el distrito alto, que llaman T'ai-shang, prevalecían los feroces carniceros de Ceilán, cuyos dientes producen una mordida oblicua y desgarradora. En los callejones aledaños al mercado, los perros acostumbraban a encerrar a los caminantes solitarios entre dos grupos de ataque que aparecían simultáneamente por una y otra esquina.

El día del cuadragésimo cumpleaños del príncipe Yu Kang se organizaron festejos en el palacio y en las calles. Se hicieron estallar petardos de bambú y se lanzaron al aire fuegos de homenaje. Los estampidos enloquecieron a los perros. Perdidos ya los últimos rastros de domesticidad, las bestias irrumpieron en la plaza de K'uan-lo y atacaron a quienes se hallaban festejando. Los niños, los ancianos y las personas débiles fueron la presa predilecta de aquellos demonios. Los caballos de los guardias eran derribados con certeras dentelladas en los híjares. Luego, en el suelo, los implacables chacales de Gobi buscaban la sangre generosa del cuello.

El poeta Tang Wu, que se hallaba presente en aquel lugar, compuso unos versos que, según la tradición, anotó en la pared con su sangre, antes de morir.

> *La agonía perturba mi estilo:*
> *me insinúa versos temblorosos*
> *e inevitablemente breves.*
> *Mi sangre es poca,*
> *el tiempo es interminable.*

Un batallón que regresaba de unas campañas olvidadas se rebeló contra Yu Kang. Su propósito era deponer al príncipe y luego ordenar la matanza o expulsión de los perros asesinos.

Yu Kang recibió un ultimátum pero no se rindió. Calculaba que los perros de la ciudad lo reconocerían como su aliado y lo defenderían. Nada de eso ocurrió. Los animales no tomaron parte de los combates, aunque sí recorrieron posteriormente el escenario de las batallas para mordisquear a muertos y heridos.

Los soldados leales al príncipe consiguieron derrotar a los sublevados pero el costo fue altísimo: muchos murieron y las familias que estaban en condiciones de hacerlo abandonaron la ciudad. Algunos meses después, el voluble Yu Kang cambió súbitamente su política. Unos maestros taoístas le habían enseñado ciertas técnicas para retener el aliento y conseguir la inmortalidad. El príncipe pasaba el día tratando de concentrarse en aquellos ejercicios.

Pero el perro, señor ministro, es un animal ruidoso. Por razones que desconozco, su naturaleza lo impulsa a ladrar por lo menos una vez cada diez segundos. Tales bullicios acabaron por exasperar al flamante adepto que, olvidando sus anteriores deferencias, ordenó matar a todos los perros de K'uan-lo.

Ya era demasiado tarde. Los fatigados guerreros de palacio poco pudieron hacer. Los perros eran muy diestros en pequeñas retiradas individuales. Les bastaba correr unos metros para ponerse a salvo, fuera del alcance del pesado hierro de la guardia. Además, ausentes los mercaderes y los proveedores, la tropa se quedó sin suministros. Muy pronto comenzaron las deserciones.

A fines del verano, el príncipe Yu Kang abandonó la ciudad. Su caravana llevaba inicialmente cuarenta mulas y veinte carromatos cargados de riquezas y objetos de arte. Los perros —tal como lo hacen siempre— persiguieron al cortejo ladrando y metiéndose entre las patas de los caballos. Pero antes de una legua se pusieron tan hostiles y numerosos que fue necesario abandonar casi toda la carga y marchar a paso de huida en dirección al sur.

El resto ya lo estará anticipando la clarividencia ministerial. Los pocos habitantes que aún quedaban en K'uan-lo se fueron yendo de a poco. Dos años después de la huida del príncipe, sólo había perros en la ciudad. Ausentes los hombres, en cuya contigüidad encontraban sustento, los animales retornaron a sus ancestrales instintos de caza. Se alimentaron de las pequeñas alimañas del campo, de vacas u ovejas extraviadas y —cada tanto— de viajeros solitarios que pasaban por allí.

Las gentes de los pueblos vecinos empezaron a tomar precauciones: se mantenían a distancias cautelosas y se encerraban en sus viviendas durante la noche, temerosos de las excursiones que con frecuencia realizaban los perros más audaces de K'uan-lo.

Hasta aquí el relato que me hizo el guía. Los palacios y lujosas mansiones de la ciudad todavía están en pie. Nadie sabe lo que ocurre dentro de ellos. Tal vez los antiguos salones pavimentados de ónix y enfundados en seda, estén hoy revestidos de suciedad y profanados por la inmundicia de centenares de miles de perros.

Ahora estamos por pasar frente a las murallas. Nos hemos perfumado para atenuar el olor de nuestro cansancio que —según se cree— atrae a los perros cazadores. Acabo de saber que muchas caravanas son asaltadas y destrozadas por estas bestias. Con carácter oficial, le digo, señor ministro, que ya se han comido a muchos mercaderes. Desde mi honrosa investidura de secretario, me atrevo a saltear los rituales administrativos que garantizan el orden del Mundo para solicitar, perentoriamente, el envío de batallones imperiales. Es indispensable aniquilar a esta plaga.

Paso por alto los procedimientos de clausura porque el tiempo apremia, señor ministro. Puedo ver, en este mismo instante, la polvareda voraz que se aproxima. Percibo los ladridos, insigne funcionario que has oído la voz inconcebible. Confío en poder completar este informe...

> La agonía perturba mi estilo:
> me insinúa versos temblorosos
> e inevitablemente breves.
> Mi sangre es poca,
> el tiempo es interminable.

EL BAR IX

*D*urante algunas noches no vimos al Narrador. Unas rubias que vinieron de mostradores lejanos se lo llevaron diciéndole que tenían el plano de una salida. Un Hombre Sabio que casi nunca hablaba anunció que se acercaba el momento de destruir el bar.

—¡Muerte a nuestros carceleros! —gritó.

—No hay carceleros —repitió el loro.

Después, el anciano leyó en voz alta historias sacadas de una copia del Libro Gris. Todos los relatos tenían el mismo título.

SUSTITUCIONES I
EL ZIGURAT

En Babilonia, en la séptima terraza del Zigurat, un hombre y una doncella enmascarados se unen sexualmente cada noche cumpliendo un viejo ritual. Los sacerdotes de Marduk se ocupan de mantener una completa oscuridad y de darles a beber un vino espeso y estimulante.

Los amantes tienen prohibido quitarse el antifaz, bajo pena de muerte. Los abrazos duran hasta el amanecer. En ese momento, el sonido de una trompa señala el fin del encuentro.

Cada noche la doncella es sustituida. Pero ése es un secreto que sólo conocen las mujeres bellas de Babilonia. En verdad todas ellas, por turno, serán durante una noche de su vida la amante ardiente del Zigurat, la encarnación misma de Ashtarté.

El hombre que las posee no debe sospechar la sustitución. Debe creer que es siempre la misma mujer, inmutable en su pasión, en su juventud, en su entrega.

Pero hay que decir que el hombre también es sustituido cada noche, aunque éste es un secreto que sólo conocen los varones apuestos de Babilonia.

Cada noche, en la séptima terraza del Zigurat, dos amantes efímeros se dicen palabras de permanencia y perpetuidad. Cada uno juzga al otro perdurable y trata de ocultar su propia condición fugaz. Las bocas que sólo se besarán por esa noche juran, y no mienten, un amor eterno.

SUSTITUCIONES II
EL LICENCIADO RUBÉN CARRASCO

El licenciado Rubén Carrasco alquilaba un departamento barato en la calle Rivadavia. Para llegar a su puerta había que peregrinar por pasillos traicioneros y acertar con fórmulas precisas de letras y números. Las instalaciones eran lamentables y los inquilinos no eran dueños de guardar el mínimo secreto sonoro.

Una noche, mientras trataba de dormirse, Carrasco oyó un canto de mujer en el departamento vecino.

"Llueve, la calle está desierta..."

El licenciado se durmió pensando que tal vez tenía una vecina hermosa. Desde entonces, anduvo siempre atento, espiándole los ruidos a la mujer de al lado y eligiendo para sus modestos actos cotidianos, sonidos dignos y prudentes.

En pocos días, ya casi no había uno solo de sus ruidos que no estuviera destinado a la seducción. Había adquirido la costumbre de comentar en voz alta todas sus acciones y construía con mucho trabajo unas frases penetrantes que luego repetía a los gritos como si fueran una ocurrencia del momento.

Cuando los silencios se prolongaban demasiado, Carrasco se inquietaba. Temía que su vecina se ausentara para siempre. Muchas veces, acercaba una copa a la pared y permanecía largo rato esperando un rumor que lo tranquilizara.

Cierta madrugada, un sollozo despertó a Rubén Carrasco. En calzoncillos, corrió hasta la pared y con los labios besando el revoque sentenció:

—Ninguna palabra explica el llanto.

Y una voz le contestó:

—Por eso lloro.

Hubo un silencio demasiado largo. Los sollozos cesaron. Carrasco sintió la alarma del payador y comprendió que era necesario decir algo en ese mismo instante o callar definitivamente. Casi con desesperación manoteó el primer enunciado que pasó por su mente.

—Llueve, la calle está desierta.

Ella le preguntó si le gustaban los valses y entonces fueron construyendo a través del muro una interminable conversación de fingidos asombros ante coincidencias que son inevitables entre las personas vulgares. Ella le prometió que se llamaba Mara y que amaba la pintura.

Al otro día, reanudaron el diálogo y se entusiasmaron tanto en las mutuas descripciones que resolvieron demorar el encuentro personal y seguir con un juego de suposiciones al que llamaban la fantasía. Y así, algo tan simple como salir al pasillo y saludarse pasó a ser para ellos un sueño adolescente, un anhelo ennoblecido por la improbabilidad.

—Algún día estaremos juntos —se juraban a través de los ladrillos de canto.

Pasaron los meses. Mara y el licenciado Carrasco no dejaban de conversar ni un solo día. Establecieron un código de golpes en el tabique que reemplazaban ventajosamente a las palabras. Ella solía describirle minuciosamente los cuadros que decía pintar. Y él, en camiseta, le recitaba unos poemas de Almafuerte que había encontrado en una revista. Los amigos dejaron de visitar al licenciado, porque les prohibía cualquier palabrota y los instalaba en charlas insoportables cuyo único propósito era impresionar a Mara.

Por fin, casi a finales del invierno, empezaron a preparar un encuentro. Estuvieron de acuerdo en elegir la esquina de Cabildo y Juramento, para evitar las habladurías del edificio. Después de varias postergaciones, Rubén Carrasco y su vecina Mara quedaron en verse a las cinco de la tarde de un miércoles de noviembre.

Pero a último momento, el licenciado tuvo miedo. Después de todo, el tabique era también la máscara y la protección contra la mirada petrificadora de Medusa. Con toda prudencia, Carrasco pidió a su amigo Julio Páez que lo reemplazara. Páez fue de mala gana. Su testimonio posterior no le fue muy útil a Carrasco. Al parecer, tomaron el té ceremoniosamente y ella era rubia.

Pasaron dos semanas de silencio. Un día, Mara dijo:

—Te hacía distinto.

—No siempre soy igual.

En los meses que siguieron, casi no hablaron sobre la tarde de su encuentro. Recién en mayo se dieron otra cita. A Carrasco le costó convencer a Páez. Tuvo que elegir una esquina más cómoda para su amigo y también un horario nocturno.

Según Páez, esa noche se besaron. Carrasco se puso celoso y exigió a su amigo que precisara bajo juramento el alcance de sus aproximaciones. Más tarde, a través de la pared, adoptó un tono melosamente policial.

—Vamos, Mara, dígame… ¿qué fue lo que más le gustó la otra noche?

Volvieron a encontrarse dos veces más. Después, Páez se negó enfáticamente a proseguir con aquellas citas donde tenía que responder por cosas que jamás había prometido.

Las conversaciones se hicieron menos frecuentes. Un día, él creyó oír una voz masculina. Pero no estaba seguro. Hasta que un 9 de julio, cinco años después del primer diálogo, el licenciado Rubén Carrasco decidió confesarlo todo.

—Mara, usted no conoce al verdadero Rubén.

—Claro que no. Nadie conoce a nadie, nuestras percepciones son engañosas, etcétera…

—No es eso. Simplemente quiero confesarle que nunca nos hemos visto. He mandado a otra persona en cada una de nuestras citas.

—Rubén… es extraño lo que me dice. Pero tal vez usted, o su reemplazante, tampoco han visto a la verdadera Mara.

—Sospecho que usted no desea hablar sobre la ambigüedad del conocimiento.

—Sospecha bien. Mara jamás fue a las citas. En su lugar mandó a una compañera de trabajo… Úrsula. Ella recibió sus besos, Rubén, o mejor dicho, los de su amigo.

—Salgamos al pasillo y veámonos frente a frente, tal cual somos. Mara, mi amor…

—Yo no soy Mara. Ella se mudó hace dos años y le dejó el departamento y el encargo de seguir con estas charlas a su mejor amiga… Inés.

—No importa, necesito abrazarla, Inés…

—La verdad es que Inés también se mudó. Yo soy Cristina. Vivo aquí hace apenas tres meses.

Las conversaciones se hicieron cada vez menos frecuentes. Un año más tarde, el licenciado Rubén Carrasco se mudó sin comunicárselo a su vecina.

Ahora, el departamento es ocupado por otro señor.

SUSTITUCIONES III
OCÉANO

En días como éste, el océano es implacable. Los bañistas no se atreven a internarse ni diez pasos. Las corrientes entreveradas lo arrastran a uno lejos de la costa. Si sigo avanzando, no podré regresar. Unos vientos perversos confunden mis pensamientos. Ya estoy más allá de la primera rompiente.

Temblando de frío miro hacia la orilla. Allí está Lorenza, tiernamente abrazada a Michel De Vries. Pronto sabrán de qué clase de gesto soy capaz. En estos casos, no hay más remedio que provocar situaciones extremas. Los episodios de todos los días me condenan a la insignificancia. Una familia modesta, una inteligencia mediocre, un aspecto vulgar. El pobre Andrés Damonte. ¿Cómo no iba a rechazarme Lorenza? Lorenza, maldita, inalcanzable, ajena. Ahora que voy a morir, me tomarás en serio.

Una ola me pasa por encima. ¿Llorarán por mí? Debí dejar una carta, estos imbéciles pensarán que me ahogué por accidente.

En la lejanía alcanzo a adivinar el pelo rubio de Michel De Vries, mi amigo, mi benefactor, el hombre que más odio en el mundo. ¿Cómo no odiar su humillante generosidad? ¿Cómo no detestar sus invitaciones, sus perdones desdeñosos, su desprecio frívolo por mujeres que yo hubiera puesto en un altar? Lorenza lo ama. Pero mi muerte se alzará ante ellos y perturbará su amor.

Ya casi no hago pie. Ahora no podría volver ni aunque quisiera. Es raro que Michel no intente rescatarme, con ese estilo de afectado heroísmo que todos admiran. ¡Tantas veces he querido ser él! ¡Cuánto rogué a los injustos dioses dejar de ser Andrés!

La costa ya es invisible. Trago agua. El gusto es obsceno. Me ahogo. Aquí están por fin los recuerdos veloces que se atribuyen a los moribundos. Mi vida, mi pobre vida. Veranos de la infancia, otoños escolares. La maestra que no recordaba mi nombre. Ahora se acerca y me besa tiernamente. A mi lado, un compañero oscuro me mira con envidia.

Ya casi no puedo respirar. Se presentan, urgentes, nuevas evocaciones. Aparece Lorenza, desnuda como anoche, besándome los hombros.

Miro la orilla por última vez. Lorenza ya advirtió la tragedia. A su lado, está ese imbécil de Andrés. Cobarde y mezquino, no se atreve a meterse en el agua. Las olas me cubren, Lorenza, amor mío de una sola noche. La corriente me arrastra hacia el fondo, la espuma hierve sobre mi pelo rubio.

SUSTITUCIONES IV
FABIOLA

La aparición de un hermano mellizo es siempre una pésima noticia literaria. Los autores de novelas policiales suelen presentarlo al final, como explicación de misteriosas bilocaciones.

La historia de los trillizos Rinardelli parece invertir el método. Podría decirse que el primer episodio ocurrió en un baile del Club Defensores de Chacarita. Luis Rinardelli bailó toda la noche con Fabiola Pizzi y al amanecer ya eran novios. Ella estaba harta de sus pretendientes de Villa Ortúzar, unos muchachones efímeros que pasaban sin dejar huella e ingresaban luego en un territorio de olvido y desprecio, donde no tenían nombre o —algunas veces— tomaban el nombre de otro.

Luis y Fabiola se hacían la ilusión de estar buscando experiencias inusuales. Muchas parejas construyen esa convicción y se instalan en la víspera perpetua de heterodoxias que nunca ocurren.

Una noche, mientras Luis estaba de viaje, un hombre se presentó en la casa de Fabiola. Ella lo confundió con Luis y hasta empezó a abrazarlo. El hombre declinó amablemente aquellas intimidades y se apresuró a decir que no era Luis sino Carlos, su hermano. Venía a cumplir con el encargo de traer una carta. Fabiola lo hizo pasar y le dio conversación

298

durante un rato. El hombre le contó que los Rinardelli eran trillizos: Luis, Carlos y Emilio. Dijo también que se veían muy poco y que tenían ocupaciones e intereses muy diferentes.

En un instante cualquiera, él la tomó entre sus brazos. Ella lo besó desvergonzadamente y se hicieron amantes.

Aunque Fabiola no lo advirtió, Carlos no era otro que Luis. Se había sustituido a sí mismo y siguió haciéndolo, aprovechando sus propias ausencias, con clandestino fervor. Mientras tanto, Fabiola Pizzi vivía por fin la deliciosa certeza de tener una vida interesante.

No tardó en aparecer Emilio Rinardelli. Aquel hombre —a todas luces un miserable— no siguió el camino convencional de los pretextos. Del modo más vulgar comunicó a Fabiola que conocía sus entreveros con Carlos y que, a cambio de su discreción, se le antojaba justo reclamar una recompensa venérea. Fabiola no puso ninguna objeción y lo metió en su cama sin más trámites.

Aquellos días fueron para ella intensos y dichosos. Sus tres hombres se sucedían en turnos de peligrosa contigüidad. A veces, Emilio llegaba apenas unos instantes después de haberse marchado Luis. A decir verdad, era milagroso que no se produjeran encuentros fatales. Estos riesgos eran para Fabiola tan placenteros como el amor.

Pasado el furor de los primeros encuentros, Luis Rinardelli hizo que Emilio y Carlos se pusieran celosos. Los dos reclamaban continuamente una atención más sostenida y acusaban a Fabiola de preferir a los otros.

Una tarde, Carlos anunció pomposamente una decisión tomada de común acuerdo con su hermano Emilio: para evitar el favoritismo y las humillaciones de él derivadas, se presentarían en adelante sin aclarar su identidad. Fabiola no sabría si estaba en presencia de su novio oficial o de alguno de sus amantes clandestinos.

Ella aceptó con fingida perturbación. No quiso decirles

que no le resultaba necesario preguntar los nombres para saber con quién estaba. Había aprendido a reconocerlos.

Una noche, después de una pelea, uno de los tres se marchó sin decir quién era y juró no volver más. Al poco tiempo, regresó, del mismo discreto modo. Pero ella estaba segura de que era Emilio, ese ser violento, inconstante y perverso.

Tal vez se alegró de aquella reconciliación. Sin embargo, ya se le había hecho patente que su corazón pertenecía solamente a Carlos. Muchas veces, sentía la tentación de confesarlo todo y casarse con él. Pero jamás se atrevió.

Pasó el tiempo.

Los fuegos de Fabiola se fueron apagando. Los Rinardelli empezaron a espaciar sus visitas y desaparecieron de su vida en episodios que hoy resultan imprecisos. Ella se casó con un médico de Colegiales y envejeció próspera.

Una tarde vio a uno de los tres en la plaza de las Barrancas, pero no pudo saber de cuál se trataba. Años después saludó a Carlos en la puerta de la pizzería Imperio.

Fabiola Pizzi no extrañó a sus amantes ni sintió dolor por sus ausencias. No conservó fotos, ni cartas, ni obsequios.

No es importante para este relato averiguar si ella supo que Luis Rinardelli no tenía hermanos. Porque, de todos modos, los tres habían ingresado en un territorio de olvido y desprecio, donde no tenían nombre o —algunas veces— tomaban el nombre de otro.

SUSTITUCIONES V
EL FUNCIONARIO LI

Una tarde, el funcionario Li tuvo la ocurrencia de visitar la Escuela Imperial de Hang Cheu en la que había estudiado la carrera de los honores.

Dos de sus amantes lo acompañaron y se quedaron en la puerta, aguardando su regreso.

Unos maestros lo recibieron sonrientes y le hicieron recorrer los venerables salones. No eran, sin embargo, los maestros de Li, sino otros más jóvenes, que no lo conocían.

Las aulas estaban llenas de alumnos bulliciosos que, aunque lo saludaron con reverencia, lo miraban con aire burlón. El que había sido su asiento estaba ocupado por un estudiante de baja estatura que hacía muecas cuando los maestros no miraban.

Li preguntó por algunos de sus antiguos preceptores, pero nadie había oído hablar de ellos. Finalmente, quiso saludar al ilustre director P'ing Fu. Los maestros, un poco consternados, le hicieron saber que P'ing Fu había incurrido en el enojo del emperador y que había sido desterrado. Pudo, sin embargo, presentar su respeto a Huang Yi, un anciano silencioso que dirigía la escuela desde hacía cinco años.

Al llegar al jardín, pidió permiso para comer un durazno primaveral, con los que se premiaban, según la tradición, los aciertos académicos. Sus acompañantes le convidaron unas golosinas. Los durazneros habían desaparecido. En su lugar, se alzaba un pabellón destinado al archivo de documentos.

El funcionario Li agradeció a sus anfitriones con toda clase de reverencias. Uno de ellos propuso cantar el himno de la escuela. Al comenzar el primer verso, Li advirtió que se trataba de otro himno, absolutamente desconocido para él. Disimuló su ignorancia moviendo la boca y enfatizando las repeticiones.

Lleno de consternación, salió a la calle. Buscó a sus amantes, pero éstas —aburridas de esperar— se habían marchado con el ayudante de un ministro que había pasado casualmente por allí.

Li tuvo una revelación: nuestro lugar está siempre vacío u ocupado por otras personas. La serie de sustituciones es tan vertiginosa que no tenemos tiempo de ser nadie.

El funcionario se desprendió de sus bienes y fue a las montañas, a vivir en soledad. Pero cuando llegó sólo encontró llanuras y muchedumbres.

SUSTITUCIONES VI
UN SUCESO EXTRAÑO

En el siglo III DC, Kan Pao completó una antología de sucesos extraños como resultado de sus investigaciones. No tenía intenciones literarias sino escribaniles. Se proponía únicamente establecer un registro.

El siguiente es sólo uno de los miles de casos que este incansable notario se encargó de legalizar.

Yu Ting era un alto funcionario del pueblo de Yu-yao. Además de su prestigio en la administración, el hombre era reconocido por su porte gentil y por la hermosura de sus rasgos.

En el mismo pueblo vivía el señor Su con su familia. La hija menor era, sin lugar a ninguna duda, la mujer más hermosa del pueblo. Una tarde, los Su recibieron la inesperada visita de Yu Ting. El dueño de casa lo trató con enorme cortesía y lo colmó de honores y agasajos. Cuando caía la noche, el señor Su rogó al funcionario que no se arriesgara a regresar tan tarde a su casa y que lo honrara quedándose a dormir bajo su techo. Yu Ting aceptó y fue servida entonces una tardía cena.

Agotadas las últimas cortesías, antes de acostarse, Yu Ting le confesó al señor Su que se sentía muy atraído por la belleza de su hija. Con una franqueza cercana al descaro preguntó si no podía yacer con ella hasta el día siguiente. El padre pasó por alto la inmoralidad de la propuesta en atención al poder y al prestigio de Yu Ting. La hija menor aceptó con gusto las breves instrucciones de su padre y durmió con el funcionario.

A partir de aquella noche, Yu Ting tomó por costumbre visitar a los Su al menos una vez por semana. Como agradecimiento a los dones que recibía, prometió al señor Su que lo ayudaría en caso de tener alguna dificultad con la administración imperial.

Pasaron los meses. Un día, el señor Su fue demandado por el gobierno a causa de una deuda. Inmediatamente se presentó en el despacho de Yu Ting para pedirle su intervención. El funcionario se mostró sorprendido e indignado.

—No lo conozco —dijo—. Nunca lo he visto. Nunca le formulé promesa alguna.

El señor Su recordó entonces detalles de las visitas semanales de Yu Ting, incluidos los encuentros con su hija. Enfurecido, Yu Ting le gritó:

—Si vuelvo a aparecer por su casa, máteme.

Pocos días después, el señor Su recibió en su casa al funcionario que, asustado por las amenazas, dejó bien pronto de ser Yu Ting para ser sucesivamente un tigre, un zorro, otro señor Su, un perro, un grito y después disolverse en el aire.

El verdadero funcionario Yu Ting nunca se interesó por la hija del señor Su que, como se había enamorado, sufrió mucho.

CORO

El enamorado se transforma
para alcanzar el objeto de su deseo.
Pero siempre será una transformación creciente:
el sapo deviene dragón, el mendigo se hace príncipe,
la gallina se vuelve emperatriz.

304

¿Por qué tú, Ser cuyos poderes te permiten asumir
cualquier forma,
has condescendido al mero funcionario,
a la efímera belleza de un provinciano?
La respuesta es que algunos amores
obligan a los príncipes a ser reptiles
y a las emperatrices a poner huevos.

BIOGRAFÍA

Cuando llegó a la mayoría de edad, el príncipe Li Wong pudo apreciar que muchos hombres de enorme mérito eran cruelmente olvidados después de su muerte. Para que tal cosa no le ocurriera, resolvió que todos los hechos de su vida fueran consignados en una biografía. Convocó a un grupo de poetas e historiadores de intachable reputación y les dijo que era necesario empezar inmediatamente para evitar los estragos de la desmemoria y para permitir que él mismo ejerciera un control diario de lo que se iba escribiendo.

Todos los letrados vivían en palacio y mantenían una estrecha vecindad con Li Wong. Al principio, los eunucos se encargaban de informar, al fin de cada jornada, cuáles habían sido los movimientos del príncipe. Más tarde, fastidiado por la pereza de aquellos emisarios que —según él creía— reducían la extensión de su gloria, Li Wong permitió a los historiadores una intimidad inconcebible. Casi siempre se sentaban a su mesa y con frecuencia eran invitados a presenciar los desbordes orgiásticos de aquel hombre poderoso.

Los poetas habían recibido instrucciones de referir los hechos del modo más literal. Cuando el príncipe condenaba a muerte a un espía enemigo, escribían:

El príncipe ordenó que el traidor y espía llamado T'óu K'üán fuera decapitado al amanecer.

Cada mes se despachaban miles de páginas. Al principio, Li Wong las leía cuidadosamente. Luego advirtió que la descripción de aquellas lecturas ocupaba una gran parte de los textos y los desmerecía.

Entonces empezó a realizar grandes esfuerzos por hacer cosas literarias. Caminaba bajo la lluvia, pronunciaba frases sentenciosas, dictaba leyes paradójicas, tomaba decisiones de estado que lo mostraban más ingenioso que prudente.

Cuando descubría que algún hecho había sido pasado por alto, se encolerizaba con los historiadores.

—Anoche, al retirarme a mis aposentos, subí las escaleras pisando uno de cada tres escalones. ¡Ninguno de vosotros tuvo la prolijidad de anotarlo!

En cierto momento, acaso abrumado por el crecimiento de aquel libro monstruoso, empezó a recortarlo. Los puntuales literatos le explicaron que cualquier omisión transformaba un texto en fantástico. Le dijeron también que, si quería aligerar el peso de la narración, no tendría más remedio que vivir de un modo menos activo.

Li Wong hizo en verdad otra cosa. Llamó a un grupo de estilistas más refinados, que estaban en la capital del imperio, y les pidió que reemplazaran a los anteriores poetas. Estos hombres conocían el arte de la elipsis, pero también sabían adornar los textos con comparaciones, efectos de vecindad y ocultaciones parciales. Por otra parte, estaban acostumbrados a la adulación que es hija de la etiqueta palaciega. Cuando el príncipe condenaba a muerte a un espía enemigo, escribían:

El señor de nuestros destinos quiso que el sol de la mañana se encontrara al asomarse a nuestros campos con la solitaria cabeza del traidor y espía llamado T'óu K'üán.

La biografía ganó en belleza formal pero empezó a atrasarse. Cuando Li Wong cumplió treinta y cinco años, los letrados todavía no habían contado el viaje a Hang Cheu que hizo a los treinta y uno.

Hay que decir que el príncipe, cuidadoso de su renombre futuro, hizo tachar algunos episodios deshonrosos: el saqueo de la ciudad por los tibetanos jamás fue mencionado; la bella Lu Wang, que había sido su amante durante más de quince años, fue borrada trabajosamente de miles y miles de hojas y se hizo necesario reconstruir centenares de banquetes, ceremonias, cópulas, paseos y baños en los que ella había estado presente.

Los literatos de la capital tomaron por costumbre inventar sucesos que no habían ocurrido jamás, para contentar a un hombre que, en la madurez, se había vuelto más vanidoso. Sin objeción fueron aceptadas una conquista de Tartaria, un viaje en busca de las fuentes del Yang Tsé y la doma de cuatro caballos procedentes del Pamir.

Cuando Li Wong cumplió cincuenta años, su inteligencia se había desarrollado notablemente. El estudio y la vecindad con el arte habían despertado en él el hábito de la poesía y cada tanto escribía unos delicados madrigales sobre asuntos tales como el atardecer, el aroma de los campos o el aliento de los dragones brillando en el cielo nocturno. Y pudo comprender que aquellas obras eran también su alma, aunque no hablaran de ella.

Convocó entonces a un nuevo grupo de poetas para que continuaran la historia de su vida. Estos hombres provenían de una escuela de eruditos y recibieron orden de que los textos no hicieran servil referencia a los hechos, sino que más bien los simbolizaran. Estas instrucciones fueron cumplidas. Cuando el príncipe condenaba a muerte a un espía enemigo, escribían:

El pavo real luce colores maravillosos, pero ignora el sentido de su vida. La horrible sanguijuela ¿lo conoce, acaso?

La contigüidad entre los escritores y Li Wong ya no fue necesaria. Una vez por año le acercaban unas pocas páginas y el noble las examinaba. Las correcciones eran cada vez más escasas.

—Habéis escrito que el viento transforma las nubes sobre mi palacio. ¿Qué pensarán de mí los hombres del futuro cuando conozcan la inconstancia de mis pasiones?

En los años de su vejez, el príncipe se hizo más sabio pero también un poco desdeñoso. Ningún asunto alcanzaba a interesarle del todo, no por falta de aptitud para registrar agrados y placeres, sino por defecto de los hechos, que jamás cumplían con las altas aspiraciones de su cuerpo y su espíritu.

Una tarde, ordenó a los literatos que dejaran de escribir.

—No quiero aburrir a los estudiantes con una vida demasiado larga —explicó.

Unos días después, quemó la biografía en una hoguera semejante al incendio de un pequeño palacio. Mientras los papeles ardían, puso una mano en el hombro del más joven de los poetas y le dijo unas palabras que se han perdido, o mejor dicho, que se han conservado sólo en la versión del muchacho:

Todo lo que se escribe en el incesante mundo
es la más personal de mis confesiones.
¿Quién cantará mañana en el arroyo de mi niñez?

Li Wong murió esa misma noche, cuando todavía no se habían extinguido los últimos rescoldos de la historia de su vida.

MILAGROS

San Agustín decía, sin temor a la paradoja, que los milagros no estaban fuera de las leyes de la naturaleza. En todo caso, Dios consentía algunos sucesos inhabituales para impresionar cada tanto a los hombres insensibles a las maravillas de la creación.

En los siglos siguientes fue creciendo la sensación de que la divinidad había abandonado tales procedimientos, ya sea por descuido o por considerar que Su Presencia no necesitaba ser enfatizada. Martín Lutero alegaba que los prodigios servían para convencer pero que resultaban innecesarios una vez que la fe había quedado establecida.

Voltaire afirmó categóricamente que el tiempo de los milagros había terminado. Que ya no cabía esperar resurrecciones, ni retrocesos del sol, ni panificaciones exponenciales. El barón de Montaigne había dicho que los milagros eran el producto de nuestra ignorancia acerca de la intimidad de la naturaleza. La ciencia, al avanzar sobre el territorio de la crasitud, contribuyó sin duda a ubicar en sus escalafones infinidad de fenómenos con veleidades de prodigio. De este modo, los únicos milagros que siguieron produciéndose en los tiempos modernos fueron milagros clandestinos, nunca verificados, siempre sospechados de fraude y peligrosamente vecinos a la astrología, la hechicería o la visita de seres de otros mundos.

Algunos espíritus trabajosamente ingenuos insisten en resaltar el carácter milagroso de los fenómenos más espectaculares de la naturaleza. El amanecer, la lluvia, el vuelo de los pájaros, una tela de araña, son para estos pensadores un motivo de perpetuo asombro.

Me atrevo a objetar que el punto central de un milagro es su carácter inusual. Es decir, lo milagroso sería que no amaneciera. Sin embargo, el Islam perfecciona y ennoblece esa idea: la existencia de Dios se evidencia a través del orden y la belleza del mundo. El milagro es más bien algo pernicioso que viene a desordenar las cosas.

Un hombre llamado Al-Hosain-Ibn-Mansur, apodado Al-Hallaj, había conseguido alimentar a sus amigos en pleno desierto con unos pasteles de miel que hizo aparecer de la nada.

Por esa razón, en el año 922, fue sometido a un proceso y condenado a muerte por hacer milagros y no mantener en secreto los prodigios que Alá le había permitido realizar.

Algunos cristianos también han adoptado una cierta cautela ante los acontecimientos maravillosos.

Cuenta Voltaire que un joven fraile hacía tantos milagros que el prior de la orden se lo prohibió. El fraile obedeció, pero un día vio que un obrero caía a la calle desde lo alto de un techo. Por un instante, el muchacho vaciló. Deseaba salvar la vida de aquel desdichado pero también quería cumplir las órdenes del prior.

Para resolver el dilema el fraile realizó el milagro a medias: ordenó que el hombre que caía quedara suspendido en el aire hasta nuevo aviso y, corriendo, fue a contar al prior lo que sucedía.

El prior lo absolvió del pecado que había cometido al comenzar a hacer un milagro sin su permiso y le permitió que lo terminara, con la condición de que no volviera a hacer ningún otro.

En la China, en una feria cercana a Hang Cheu, un hombre había instalado un alto palo resbaloso en cuya cúspide había colgado un valioso jarrón de jade como premio a quien pudiera alcanzarlo. Los mozos más ágiles del pueblo fracasaron. Un monje budista levantó vuelo y se llevó el jarrón. El jefe de su congregación lo expulsó por gastar pólvora en chimangos.

Igualmente livianos eran los milagros del famoso asceta Macario el Viejo. En una oportunidad resucitó a un muerto sólo para refutar a un sabio que descreía de las resurrecciones. Después, ordenó al resucitado que volviera a morirse y no se preocupó más por él.

En otra ocasión, durante un juicio por asesinato, Macario interrogó al muerto. El testigo, desde el fondo del sepulcro, declaró la inocencia del hombre al que habían acusado. Cumplido el trámite judicial, Macario —una vez más— impidió a la persona convocada continuar con vida.

Policarpo, obispo de Esmirna, fue sentenciado a morir en la hoguera. Cuando las llamas ya estaban alcanzando su cuerpo, se oyó una voz que desde el Cielo gritaba: "Valor, Policarpo". Poco después, el fuego se extinguió milagrosamente.

Los guardias sacaron a Policarpo de la hoguera y le cortaron la cabeza.

El notario Pedro Ramírez Vilches creía en milagros. Daba por buenas todas las historias que le contaban las viejas del barrio y estaba suscripto a varias publicaciones de divulgación esotérica. Una noche soñó con unos duendes petisones que trataban de decirle algo. El hombre se despertó asustado y entonces vio que los duendes habían saltado fuera del sueño y se habían instalado al pie de su cama. Uno de ellos, con un trozo de carbón, escribió en la pared las siguientes palabras: "Los milagros no existen".

Desde entonces, el notario Ramírez Vilches ya no cree.

MILAGROS ILEGALES

Simón el Mago nació en Gitta, Samaria, aproximadamente en la misma época que Cristo. Para predisponernos en su contra, los oscuros redactores de los Hechos de los Apóstoles hacen notar la idea desmesurada que Simón tenía de sí mismo: se consideraba la emanación directa y verdadera de Dios en la tierra. Le disputaba a Jesús la condición de auténtico Mesías y decía tener poderes aún más notables que los del Cristo.

Lo curioso es que ningún inciso niega tales poderes. La sola objeción que se le hace es la de atribuir sus milagros a la magia y la hechicería.

A nuestros ojos criollos, Simón aparece como un compadre, propenso a la jactancia y a la elegancia exagerada.

Según parece, predicaba su propia grandeza en compañía de una prostituta llamada Helena. La hermosura de esta mujer, también demasiado ostensible, enfatizaba los discursos de Simón. La había comprado en un prostíbulo de Alejandría y sin embargo sus discípulos juraban que esta mujer era la encarnación del pensamiento divino.

Clemente de Alejandría nos ha dejado una lista de los prodigios de Simón el Mago:

1. Hacía caminar a las estatuas.
2. Se acostaba sobre el fuego sin quemarse.
3. Volaba.
4. Convertía las piedras en pan.
5. Se convertía en cabra, en serpiente o en cualquier otro animal.
6. Aparecía como Jano, con dos rostros, uno anterior y otro posterior.
7. Convocaba fantasmas de toda clase.
8. Lograba que los muebles domésticos cumplieran sus órdenes.

Berenice, la novia del emperador Tito, lo vio en las calles de Tiro rodeado de una multitud de sombras que, según él decía, eran almas de los muertos.

Se cuenta que unos escépticos trataban de descubrir fraudes o imposturas en sus procedimientos. Simón logró convencerlos de su poder y hacerlos sus discípulos. Pero luego los castigó con espantosas enfermedades y finalmente los entregó a unos demonios que tenía a su servicio.

Sin embargo, el suceso más célebre de la vida de Simón es más filológico que milagroso. Se trata de su intento de soborno al apóstol Pedro, para que le concediera el poder de imponer las manos. Desde entonces, esta clase de iniquidades llevan el nombre de simonía.

Después de aquel episodio, Pedro lo tuvo entre ojos. A decir verdad, lo rastreaba por todos los boliches para enfrentarse con él. Un día, lo fue a buscar a la casa. En la puerta se encontró con un monstruoso perro guardián. Con la mayor tranquilidad, Pedro ordenó al animal que fuera a buscar a su amo y le informara, en perfecto arameo, que un señor quería hablar con él. El perro dio cumplimiento inmediato a aquella comisión. Simón retrucó indicando al perro que hiciera pasar al visitante.

Mientras paseaban por el fondo, Simón levantó vuelo y Pedro lo hizo caer. El mago se fracturó las piernas.

Después se encontraron en el cortejo fúnebre de un niño. Allí compitieron a ver quién lo resucitaba mejor. Pedro consiguió que el niño caminara, hablara y comiera. Pero a decir verdad, el que lo sacó de muerto fue Simón. De todos modos, la muchedumbre se pronunció en su contra y tuvo que huir al galope.

Simón murió, como buen mago, al fallarle una prueba. Como demostración de sus poderes, se hizo enterrar vivo y aseguró que saldría del sepulcro al cabo de tres días. Nadie volvió a verlo jamás.

Oh, tiempos negligentes y perezosos. Oh, cronistas sin rigor ni curiosidad. Oh, papeles extraviados. Oh, bibliotecas incendiadas y relatos tergiversados. ¿Dónde están los detalles de aquellos sucesos? ¿Cómo se llamaba el chico resucitado? ¿En qué calle vivía Simón? ¿Qué escribanos dieron fe de sus vuelos? ¿Por qué los que deseamos creer somos espantados por la estupidez y la torpeza?

CORO

Yo creía en ti, mago milagroso,
hasta que vi tu poder,
tus palomas saliendo de la nada,
tus sillas inútilmente flotantes,
tus pañuelos multiplicados,
en la ciudad que llora sus penas.

FALSAS RELIQUIAS

Según una leyenda musulmana, cuando Adán y Eva perdieron el cielo por comer trigo, cayeron a la Tierra junto con Satán, el pavo real y la serpiente. Al caer, se desparramaron un poco, de modo que Eva cayó sobre el Monte Ararat, Satán se revolcó en Bilbays, la serpiente fue a dar a Ispahan, el pavo real a Kabul y Adán a la cumbre del monte Sri Prada, que queda en Ceilán y es conocido como "El pico de Adán".

En 1284, el Gran Khan Kubilai envió a Marco Polo a Ceilán para comprarle al rey de aquella isla un rubí que, según se decía, era el más grande del mundo. El trato no pudo hacerse pero Marco Polo aprovechó para buscar reliquias de Adán. En el *Libro del millón*, el viajero jura que consiguió dos dientes molares, unos pocos cabellos y el recipiente en el que Adán comía, que era verde y tenía el poder de multiplicar por cinco el alimento que allí se ponía. Los escépticos dudan de Polo alegando que Adán tenía un tamaño gigantesco. Dicen también que inmediatamente después de su caída se puso a buscar a Eva, atravesando la India a grandes zancadas. Donde pisaba surgía una ciudad. Al llegar al monte Ararat, encontró a su mujer y cerca de allí, en la mezquita de Al Jayf, está su sepulcro. La cabeza está en un extremo del templo y los pies en el otro. Conforme a esta versión, los modestos despojos que Marco Polo consiguió en Ceilán eran falsos. De cualquier modo, nadie sabe dónde están.

Ceilán, Sri Lanka, "la isla resplandeciente", tiende a la veneración dental. Las muchedumbres reverencian allí al *dalada*, o diente sagrado de Buda.

En la ciudad de Kandy se realiza todos los años una solemne procesión. Además del diente sagrado, participan del desfile cuatro deidades: Natha, la divinidad tutelar de Kandy; Vishnú, miembro ilustre del panteón brahamánico; Skanda, el dios enemigo de los ignorantes que anda siempre montado en un pavo real, y Pattini, que protege la salud y auspicia la castidad.

En 476 AC murió el Buda. Sus discípulos lo incineraron a orillas del Ganges. Uno de ellos, llamado Khema, después de escarbar un rato, alcanzó a salvar de las llamas un diente que, sin dilaciones, fue considerado el canino superior izquierdo. El discípulo galopó hasta la ciudad de Dantapura, capital del reino de Kalinga, y entregó la reliquia al rey Brahmadata.

El diente permaneció ochocientos años en aquel lugar. Pero un día, el rey Guhesimba fue derrocado por fieles hinduistas hartos de la persecución religiosa. Guhesimba encargó a una de sus hijas que huyera a Ceilán y llevara consigo el diente sagrado. Allí se guardó con gran cuidado y se erigió un templo en su honor.

En el año 1560 llegaron los portugueses. Después de saquear el templo, entregaron el diente a Constantino de Braganza, virrey en Goa. Los portugueses trataban de imponer la fe católica y destruían todos los templos de Buda.

Los budistas de Ceilán hicieron un último esfuerzo para rescatar el diente y ofrecieron por él una enorme suma de dinero. Constantino iba a aceptar, pero el arzobispo de Goa, Leao Pereiro, se opuso a devolverlo. Adujo que aquel objeto idolátrico conduciría a aquellas pobres gentes a una inexorable condenación. Pereiro y varios inquisidores pusieron el diente en un mortero, lo machacaron y arrojaron el polvo al río.

Pero un funcionario inescrupuloso tuvo la idea de tomar un diente cualquiera y vendérselo al rey de Ceilán. Los budistas dieron la reliquia por buena y la llevaron a Kandy.

En 1815 llegaron los ingleses, secuestraron el diente falso y le pusieron guardia armada.

En mayo de 1828 fue sacado por primera vez en procesión y, desde entonces, cada año se repite la marcha.

Un elefante, entre los muchos que desfilan, lleva sobre su lomo la Karanduwa, que es un recipiente dentro del cual va el diente sagrado. Como se ha dicho, éste no es el diente verdadero pero los fieles lo ignoran y para evitar que algo le suceda al falso diente, lo sustituyen por otro, cuya falsedad es ampliamente reconocida.

El rey San Luis era fanático de las reliquias. Había gastado una fortuna para comprar a los venecianos la corona de espinas de Jesús. Tenía también un pedazo de la cruz, gotas de sangre del Cristo y el hierro de la lanza con que lo habían herido. Muchos de aquellos objetos provenían del saqueo de Constantinopla, donde —según parece— se falsificaban las mejores reliquias. En una misma feria podían encontrarse diez o más fémures del Salvador. Algunos catálogos hablan de las mantas que se usaron como pañales del Niño Jesús, un pedazo de pan de la Última Cena, fragmentos del catre de la Virgen, el velo de Verónica, la vara de Moisés y la mano del apóstol Santiago.

Luis tenía, aún en vida, reputación de santo. La gente se disputaba los objetos que habían estado en su proximidad, calculando que tendrían propiedades milagrosas. Si se sentaba en el suelo, los cortesanos guardaban cuidadosamente la tierrita sobre la que se había posado. Los barberos vendían sus rulos y su barba.

Algunas reliquias de la colección de San Luis estaban en el castillo de Vincennes. En 1791, los oficiales de la Revolución Francesa encontraron un diente de leche del Niño Jesús. Inmediatamente consideraron falso aquel objeto y lo destruyeron en una solemne demostración de celo republicano.

Pasada la época del Terror y restituida la confianza en las reliquias, el diente fue exhibido en la capilla de Vincennes. Algunos escépticos hicieron notar la incongruencia de esta exhibición, dada la previa aniquilación del diente del Enviado. Mirabeau respondió a esa objeción con una monografía en la que se defendía el carácter alegórico de las reliquias. No era tan importante la presencia de un verdadero diente como la fe que suscitaba.

Después vino a saberse que aquel informe no había sido escrito por Mirabeau y que se trataba de una falsificación posterior a su muerte.

En el año 624, después de ser derrotados por Mahoma cerca del pozo de Badr, los mequineses alistaron tres mil hombres y atacaron nuevamente al profeta. Él los esperó al pie del monte Ohod con mil guerreros.

En medio del entrevero, un mequinés llamado Otba le acertó un piedrazo y le rompió un diente, que el juicio histórico ha descripto como un central superior. El diente se perdió en el desierto. Sin embargo, en el museo Topkapi de Estambul, puede vérselo en el interior de una cápsula convenientemente ornamentada. En el museo explican que un sultán ordenó a sus hombres cernir toda la arena de la región, hasta dar con el diente. Les juró que si no lo hallaban, los degollaría a todos. A los pocos días los hombres regresaron con el diente y lograron salvar sus vidas.

CORO

Después de años de ausencia
Alí, el mercader de Tiro
regresa a su casa.
Lleva dientes postizos
y un ojo de vidrio
y una peluca roja.
Su madre, al verlo, le dice:
"Éste no es tu ojo,
ni éstos, tus dientes,
ni éste es tu pelo, Alí".
El mercader contesta:
"Tampoco soy Alí, madre".
Y la anciana responde:
"Tampoco soy tu madre".

ZORROS CHINOS

Se ha hablado mucho acerca de las destrezas de los zorros chinos. Se dice que son capaces de producir viento con las orejas, de encender fuego con la cola, o de retardar el paso del tiempo con sus garras.

Muchos suponen que estos animales son en realidad almas transmigradas de hombres que han muerto violentamente. Suelen vivir cerca de los sepulcros y se los considera de mal agüero. Su longevidad es prodigiosa: vivir ochocientos años para ellos no es nada.

Pero lo que más asombra es su capacidad para las transformaciones. Con la mayor facilidad asumen el aspecto de guerreros, funcionarios, dragones, pájaros y —con toda frecuencia— mujeres hermosas. Bajo esa apariencia tienen por costumbre seducir a los hombres. Viven con ellos largos años y luego, de ser posible en el momento en que ellos están más enamorados, toman su forma original o, lo que es peor, forma de mujer desdeñosa.

Para completar estos engaños actúan con enorme paciencia. A veces, se transforman en niñas y van creciendo, conforme a los plazos usuales, hasta llegar a la edad más conveniente para la seducción.

Los sabios aconsejan el siguiente procedimiento para saber si una mujer es en realidad un zorro: tirarle tres veces de la oreja derecha y luego besarla. Ante estas acciones, el zorro deberá egresar de sus fingimientos y revelar su verdadera condición.

Los zorros chinos menos pacientes suelen aprovechar los viajes de las mujeres para raptarlas, encerrarlas y sustituirlas en fingidos regresos. Los esposos y novios casi nunca advierten estas usurpaciones.

Un funcionario de la ciudad de Ch'ang-an permitió a su esposa que viajara al norte a visitar a sus padres. Los zorros la capturaron y uno de ellos tomó su lugar para regresar junto al marido. El hombre no sospechó nada y continuó su vida junto al zorro, siguiendo sus hábitos de siempre.

Tiempo después, el zorro chino, aburrido de su papel de esposa del funcionario, solicitó permiso para visitar nuevamente a sus padres e hizo liberar a la verdadera mujer para que regresara a Ch'ang-an.

Pero esta vez el funcionario entró en sospechas. La dama estaba cambiada: su piel estaba gris y sus ojos rojos. Además, hablaba todo el tiempo de zorros y cautiverios. El funcionario consultó a sus amigos de la administración y éstos le aconsejaron que echara a su mujer, ya que con toda probabilidad era un zorro.

Los empleados del censo han calculado que un quinto de la población del mundo ha sido sustituida por zorros. A veces ocupan cargos de gran importancia. Y es posible que algunos hasta gobiernen provincias. Casi nadie efectúa denuncias porque los zorros que se han transformado en jueces se burlan de ellas y persiguen a los acusadores.

El sabio Wei Heï escribió, durante la dinastía T'ang, un libro erudito y revelador. En él se establece la falsedad de todas las creencias populares. Si bien no niega la existencia cierta de zorros, Wei Heï sostiene que la vida de estos animales es perfectamente anodina y que no se diferencia mucho de seres tan poco milagrosos como el perro o el dragón. Para desalentar la superstición, Wei Heï incluyó en el libro unas historias edificantes que cuentan las desgracias que padecieron los que se atrevieron a creer en la magia del zorro chino.

El alfarero Tz'ï acostumbraba a contar todas las noches historias de zorros chinos a sus amigos de la posada. Una noche, al regresar a su casa, encontró en la puerta a un monje armado con una espada de fuego. La figura, con voz muy grave, le preguntó: "¿Tú eres Tz'ï, el alfarero que cuenta historias sobre zorros chinos?". "Sí", contestó el hombre aterrorizado. El monje le dijo: "Marcaré para siempre tu carne con esta espada de fuego, para que veas el destino que los demonios tienen preparado para los supersticiosos, los hechiceros y los mistificadores".

El alfarero descreyó de los zorros y dedicó largos años al estudio de las matemáticas, la hidráulica y la predicción del futuro. Una noche, volvió a encontrarse con el monje que, suspendido en el aire, le dijo estas palabras: "Has seguido el camino de la sensatez y la razón. La marca que te hice desaparecerá".

A la mañana siguiente, el cuerpo de Tz'ï ya no presentaba cicatrices. El alfarero vivió muchísimo tiempo y enseñó a sus hijos a no hacerse eco de las leyendas que referían los ignorantes.

El libro de Wei Heï afirma que todas las historias de aparecidos forman en verdad un cuerpo de amenaza e intimidación, cuyo fin es abusar de las personas menos dotadas.

Sus enemigos hicieron ver a las autoridades un sentido de rebeldía en esas ideas. Fue hostilizado y perseguido durante mucho tiempo, hasta que finalmente lo acusaron de promover la heterodoxia y la desobediencia. Su libro fue quemado en un acto público, mientras unos ancianos repetían este refrán: "Ser un zorro es deshonroso, pero más deshonroso es ser un necio que no cree en los zorros".

Después, el verdugo se dispuso a azotar al sabio. Pero cuando el látigo estaba en el aire, Wei Heï se convirtió en zorro y desapareció velozmente.

GEOGRAFÍA FANTÁSTICA

En las afueras del pueblo de I Shï, justo al pie de una montaña, se alzan unas estatuas misteriosas.

Los nativos cuentan que, en tiempos remotos, un soldado enamorado debió marchar a una guerra lejana. La novia fue a despedirlo al pie de aquella montaña. Con lágrimas en los ojos vio cómo el guerrero se alejaba hasta perderse en el atardecer. Sin embargo, ella permaneció en ese lugar durante largas horas, largos días y largos meses, hasta que finalmente se convirtió en piedra.

En los años siguientes, en ese mismo lugar, otras personas resultaron petrificadas por despedirse demasiado. Hubo también quienes pudieron huir a tiempo, pero con el corazón endurecido para siempre.

Hoy, las gentes de I Shï, dicen que no debe despedirse a nadie al pie de la montaña. El que lo hace no vuelve a ver jamás al que se va. Nosotros sabemos más que eso y decimos que todos los pueblos son I Shï, que nadie vuelve a ver al que se va, que todo regreso es falso, que toda despedida es definitiva.

Luciano de Samosata ha dado testimonio de la existencia de la Isla de los Dichosos. Está situada en el océano Atlántico y tiene más de 700 kilómetros de largo. No hay montañas: toda la extensión de la isla es una amable llanura. Sus habitantes no son, a decir verdad, personas de carne y hueso, sino almas recubiertas por una tenue apariencia corpórea. Las ropas están confeccionadas con telas de araña, que luego son teñidas con la más fina púrpura.

La capital, es decir la Ciudad de los Dichosos, es de oro, excepción hecha del muro que la circunda, que ha sido edificado con ladrillos de esmeralda.

El gobierno es ejercido por el cretense Radamantis que, como sabemos, es también uno de los tres jueces del infierno. Esta superposición de funciones asegura una saludable desidia en las acciones del estado.

Hay templos de todos los dioses paganos. La ciudad tiene siete puertas y está rodeada por un río de mirra. La curiosa hidrografía de la isla registra, además, siete ríos de leche, ocho de vino y algunos manantiales de miel. El aseo de los sutiles ciudadanos se cumple con rocío caliente.

No hay en esta región noches oscuras ni soles de mediodía. Perpetuamente la ilumina una luz suave como la del amanecer o el ocaso. En la Isla de los Dichosos siempre es primavera y solamente sopla un viento: el céfiro.

Es de suponer que la dicha que se consigue en estas latitudes es tan homogénea y accesible como la geografía y el clima. En el siglo V unos nobles romanos que huían de las invasiones bárbaras arribaron a sus costas, después de un viaje horrible. Vivieron un año de molicie y serenidad hasta que —cercanos a la locura— se embarcaron de regreso a Roma para hacerse matar por los visigodos.

Sin duda, la más ostentosa de las ciudades fue Iram Zat Al-Amad. Tal como puede leerse en *Las mil y una noches*, se alzaba en medio del desierto del Yemen. Tenía sólo dos puertas enormes, incrustadas con toda clase de piedras preciosas, cuyo brillo era inmediatamente empalidecido por centenares de castillos construidos con oro, plata y rubíes.

La ciudad fue fundada por Saddad, un rey aficionado a la lectura. Una descripción literaria del Paraíso lo entusiasmó de tal manera que decidió construir un lugar idéntico en la Tierra.

El rey Saddad sojuzgaba a cien mil reyes. Cada uno de estos reyes era obedecido por cien mil jefes valientes. Y cada jefe valiente comandaba a cien mil soldados. Es propio del pensamiento árabe el encontrar solaz en el vértigo de los números: el tablero de ajedrez que duplica granos muestra la asombrosa facilidad con que puede llegarse a una cantidad inconcebible. Del mismo modo, los soldados de Saddad son 100.000^3, es decir, mucho más numerosos que la población de cien mil mundos actuales.

El caso es que el rey los convocó a todos y les ordenó que buscaran el mejor lugar de la Tierra para levantar la ciudad dorada. Una vez establecida la ubicación más apropiada, comenzó la construcción, que duró veinte años. Después, Saddad dispuso que se alzaran unas murallas inexpugnables. Esa obra se prolongó durante veinte años más. Entonces, el rey pidió a mil visires y a sus esposas, esclavas y eunucos que lo acompañaran a su paraíso.

Cuando les faltaba muy poco para llegar a Iram Zat Al-Amad, un grito terrible descendió del cielo y su sonido fue tan poderoso que todos murieron. La ciudad está hoy deshabitada y si un viajero la encuentra, puede llevarse todos los tesoros que hay en ella.

El emperador Han Wu Ti es recordado por sus conquistas, por los caballos que trajo del oeste, por la política llamada i-i-fa-i, que consistía en utilizar a los bárbaros para combatir a los bárbaros y por la emisión de unos billetes que valían cuatrocientas mil monedas de cobre y que estaban hechos con piel de venado blanco.

Allá por el año 90 AC, Han Wu Ti llegó a Hsuan, en el reino meridional. Los ancianos lugareños se apresuraron a informarle que en ciertos campos de aquella región había hierbas de jade y plantas de oro. También le contaron que algunos señores de Hsuan poseían un incienso notable, bajo cuyo influjo nadie moría.

Así, en algunas casas, había una permanente bruma que mantenía vivas a las personas. El emperador recibió cuatro onzas de aquella mágica sustancia. Pero por olvido o escepticismo jamás la usó.

En cambio, un funcionario de Hsuan, que se daba aires de inmortal, vivía envuelto en la niebla que manaba de su incensario. Jamás salía de su residencia y un ejército de servidores se encargaba de mantener encendidos los tizones. Pero una vez, por un descuido, entró una brisa por la ventana y arrastró la bruma de la vida perpetua.

El funcionario, que tenía más de trescientos años, respiró el aire fresco y murió instantáneamente.

La ciudad de Kai, en la región central de la China, está perpetuamente cubierta por una densa niebla. En los días despejados, la visibilidad alcanza a los cinco metros, pero en la mayoría de las jornadas ningún hombre puede ver las palmas de sus manos.

Es difícil llegar a Kai. Los jefes de las caravanas que atraviesan el Asia juran que en esa región todo cartel es invisible. Es cierto que los conductores de caravanas son analfabetos y también es verdad que desde hace muchos años no existe en la región cartel alguno. Así, muchos viajeros han atravesado la ciudad de Kai sin verla. Estudiantes de meteorología han oído decir que la niebla de Kai es tan espesa que hay que hacer fuerza para atravesarla. Los niños se dejan caer hacia adelante y llegan al suelo suavemente, sin dañarse.

El periodista francés Jules Garnier escribió que la niebla existe inclusive en el interior de las viviendas. En una de sus crónicas para *Le Figaro*, Garnier divierte a sus lectores contando las dificultades que tuvo en una modesta pieza de pensión para hallar su taza de noche. Este dato es seriamente cuestionado por el antropólogo inglés Herbert Chorley, quien garantiza que el episodio no ocurrió en Kai sino en el hotel "Las cuatro plumas" de Calcuta, donde por temor a los robos no colocan escupideras en las habitaciones.

A principios del siglo XX, la población de Kai aprovechaba los días feriados para concurrir a la playa llamada Sha Kang, junto al río Wu. Llevaban botes de goma, trajes de baño y disponían su ánimo para hacer toda clase de abluciones. En 1961, unos geólogos holandeses descubrieron que por allí no pasaba ningún río.

La decepción de los bañistas fue total. Hoy en día, casi nadie va a la playa de Sha Kang.

Los habitantes de Kai tienen relaciones interpersonales muy pobres y confusas a causa de la enorme dificultad que existe para reconocer a los individuos.

Los sabios del lugar consideran que es preferible no diferenciar a una persona de otra y que las relaciones de parentesco y amistad son —después de todo— una colección de prejuicios y privilegios sin sentido.

Ni siquiera es necesario diferenciar el "yo": en la región de Kai, se habla sin pronombres y la tendencia general es no poner nombres a los niños y dejar que la educación, la alimentación y el afecto sean obras del azar y de la niebla.

La propiedad privada fue abolida en 1730. Cualquiera puede volver a cualquier casa y dormir en cualquier cama.

En 1994, el gobierno de Pekín envió una comisión de funcionarios para hacer un censo y poder cobrar impuestos. Los funcionarios se perdieron y nadie supo jamás de ellos.

Cuando los habitantes de Kai van a otras ciudades y observan caras y cuerpos y se observan a sí mismos, enloquecen por completo.

Los pocos viajeros que salen al exterior suelen llevar consigo un vaporizador que produce una densa niebla individual, en medio de la cual se hallan más a gusto.

EL BAR X

*U*na noche, el más viejo de los Hombres Sabios entró tambaleándose a uno de los salones. Con clásica voz de borracho declaró:

—Después que Orestes mató a su madre Clitemnestra, las Erinias lo volvieron loco. El pobre muchacho mugía como un toro y ladraba como un perro. Había, si bien se mira, cenizas de racionalidad en su demencia. Un loco más completo hubiera mugido como un perro y ladrado como un toro.

Los parroquianos le dieron monedas pero los ladrones se las arrebataron y huyeron al galope. Entonces el viejo volvió a recitar.

—El bar es endeble. Sus muros parecen de piedra pero son de cartón. Para salir basta con no aceptar los caminos señalados por el arquitecto. Hay que desoír el régimen de las puertas y los pasillos y recurrir al agujero liso y llano. Derribar paredes es la estricta solución.

El loro repitió exactamente aquellas palabras.

—Violar las reglas es la forma digna de resolver enigmas capciosos.

PREMIOS

En las oscuras épocas anteriores al ilustre emperador T'ang T'ai-tsung, los premios, las recompensas y condecoraciones eran consideradas gestos magnánimos y casuales de la autoridad y aún no se había establecido una etiqueta, una pompa y una forma consagrada para su entrega y aceptación.

Pero a partir de la reorganización de la administración pública, el auge de los honores y las distinciones, particularmente en ámbitos artísticos o académicos, fue generando regularidades, protocolos y códigos que poco a poco vinieron a desembocar en un nuevo género artístico: el agradecimiento de premios.

Al recibir cualquier clase de honra, era costumbre que el beneficiario preparara una declaración de gratitud. Con el tiempo, estas piezas oratorias fueron creciendo en complejidad y exigencia. Al principio, casi todos los discursos consistían en protestas de humildad. Luego se comprendió que declararse indigno de un don de la Administración era, en cierto modo, dudar de su justicia. Se hizo necesario, en consecuencia, mantener un delicado equilibrio. Algunos poetas pensaron que las palabras de agradecimiento debían mostrar inequívocamente el talento que se había distinguido. Escribieron entonces mejores versos para agradecer que para merecer. El público culto prestaba atención aun a los más ínfimos certámenes porque sabía que de allí iban a surgir palabras agradables.

Hasta tal punto llegó la fama de estas composiciones que muchos sabios consideraron que el trabajo previo a la distinción, es decir, los libros escritos, los años consagrados a la enseñanza, la función pública, las obras hidráulicas, la invención de adivinanzas o la construcción de jardines no eran sino un paso anterior, una mera preparación —indispensable, eso sí— de su verdadera destreza artística, que no era otra que la de agradecer premios. Muchos vieron frustrada esa vocación por la terquedad de autoridades, jurados y funcionarios que se negaban a reconocerlos, postergando el nacimiento de piezas excelentes, a veces de un modo perpetuo.

En vista de estas dificultades, algunos poetas resolvieron prescindir de esta primera y enojosa etapa, que a veces insumía la vida entera, para encarar directa y valientemente el agradecimiento de medallas que nadie había pensado siquiera en otorgarles. Esto provocó la alarma de muchos funcionarios de todo el Imperio, que se apresuraron a repartir galardones a fin de que nadie viera frustrada su inclinación artística por un mero requisito burocrático.

En algunas provincias se llegaron a entregar, como estímulo a la juventud, condecoraciones a cuenta de realizaciones futuras. En el año 800, al obtener una alta calificación en sus exámenes, el poeta T'ou Lo-t'o escribió:

La masculinidad se apronta antes de la orgía,
el ascenso administrativo es presagio del verso memorable.

En los años anteriores a la revuelta de An Lu-shan, los artistas chinos vivían pendientes de los premios. Los consideraban como manifestación inequívoca del destino y creían en ellos sin ninguna clase de duda. En el año 845, el emperador Hui-ch'ang estipuló un premio al mejor agradecimiento de premios. Pero la multiplicación de distinciones, que es propia de las administraciones decadentes, fue degradando el prestigio de esta clase de honores que, en los últimos años de la dinastía T'ang, estaban al alcance de cualquiera.

Las personas demasiado ingenuas suelen creer que la relación entre los méritos profesionales y el laurel debe ser exacta. La verdad es que ambos senderos siguen un recorrido independiente y si alguna vez se cruzan es por pura casualidad.

Siendo adolescente, Manuel Mandeb copió un texto de Germán Berdiales y ganó el premio a la mejor composición sobre el hornero. Abrumado por la culpa, rechazó la distinción con palabras que aún hoy se recuerdan: "Dedicamos todo nuestro esfuerzo, señor rector, a construir una sombra que a veces es engañosa. Como los magos, movemos tres dedos y producimos la ilusión de un caballo. Y en algún punto la sombra es más importante que nosotros mismos. Vivimos en tercera persona. Componemos unas conductas que aspiramos a que se proyecten como admirables para los demás. Y nosotros mismos nos convertimos en espectadores de nuestra propia vida: nos miramos el domingo a las siete de la tarde, señores padres, y nos gusta lo bien que quedamos tristes. Pero no estamos tristes. No es lo mismo estar triste que mirarnos y complacernos con la tristeza de esa sombra que somos nosotros. Ahora, ¿cómo advertir la diferencia entre lo que uno verdaderamente siente y piensa y lo que uno ha construido para esa sombra, para ese *él* en que ha venido a convertirse el yo? Tal vez esto mismo que estoy diciendo no es lo que verdaderamente pienso sino lo que me parece elegante pensar. No, señor rector, no admitiré que mi sombra reciba un premio".

Diez años después, el mismo texto sobre el hornero alcanzó un premio en los Juegos Florales del Club Claridad de

Ciudadela y el poeta Jorge Allen lo aceptó con estas palabras: "La vida no es como el teatro. En el teatro todos los actos sirven a una simetría, a un acorde, a una señal previa. En el teatro los oráculos se cumplen, las últimas palabras son dichas, la tragedia se dibuja nítida. La vida es desprolija y termina en cualquier parte, mucho antes del último acto. No siempre hay recompensa para nuestros aciertos ni castigo para nuestras iniquidades. Ante esta realidad, las autoridades aquí presentes y aún las que están ausentes deben ejercer una dramaturgia edificante. Deben poetizar premiando".

En el siglo IX, en P'ing-ch'uan, el jardinero Fou, que era un artista excelente, construyó el célebre jardín del estadista Li Te-yu. Tenía montañas agrestes, árboles, flores de maravilla, riachuelos, estanques y canales que reflejaban el cielo y pabellones construidos para entrar en contacto con los inmortales. Li Te-yu quiso recompensar a Fou y su recompensa fue un permiso para visitar el jardín una vez por año. Al principio lo recibían con la mayor ceremonia pero con el tiempo el trato fue cada vez más distante, hasta que en el año 850, ya muerto Li Te-yu, le prohibieron la entrada y le explicaron que los jardines son obra de la naturaleza.

CORO

Nuestros méritos son secretos,
aun para nosotros mismos.
Nunca sabremos lo que hemos merecido
porque no hay un jardín
para los buenos versos
ni un fuego eterno para los malos.

PUERTAS

I

En el barrio de Floresta, bordeando las vías del ferrocarril, hay un corredor oscuro al que dan los fondos de algunas casas. Si uno se cuela por un cierto agujero del alambre tejido, aparece en el interior de un barrio oculto al que es imposible llegar transitando las calles convencionales. El visitante se encuentra enseguida con unas magníficas mansiones rodeadas de árboles, con unas fuentes artísticas y con unos senderos de grava de curiosos diseños. Los hombres se cruzan, al poco rato, con unas deliciosas muchachas. Después de breves sonrisas, aparecen padres adinerados que ofrecen al peregrino a alguna de sus hijas en matrimonio. Los hombres aceptan y viven felices durante largos años en aquel barrio.

A cada visitante le nacen cuatro hijos: todos ellos llegan a ser cantores de tango o secretarios de algún ministerio. Ante tanta dicha, ningún visitante desea regresar a su mundo anterior. Pero un día cualquiera, unos funcionarios lo expulsan violentamente y lo devuelven al anodino corredor de Floresta. Los hombres exonerados viven el resto de su vida llorando su desgracia y a veces son trasladados a otro barrio, también oculto pero triste, que les está especialmente destinado.

II

El mago Yehudi Ben Ramban vivía en un palacio con cinco mil ciento treinta habitaciones. Muchas de ellas eran, en realidad, aposentos en los que se alojaba el pasado.

Todas las tardes el mago recorría las Edades a su antojo. Le bastaba abrir una puerta para dialogar con los antiguos profetas, para admirar la belleza de la reina de Saba o para escuchar el canto de Orfeo.

Cuando se hallaba melancólico, visitaba las habitaciones de su infancia, se veía a sí mismo como un niño y nunca dejaba de regalarse golosinas. Las habitaciones de los pisos superiores eran el futuro, pero el mago casi nunca las visitaba. No siempre se encontraba lo mismo en su interior. Casi todas las luces estaban apagadas y las personas que las habitaban cambiaban constantemente de aspecto y de forma.

El mago tenía una llave maestra que abría y cerraba con la mayor seguridad cada una de aquellas piezas. Un día tuvo la desgracia de olvidar esta llave en un rincón de la antigua Roma. Unos centuriones borrachos abrieron todas las puertas del palacio. Los sucesos del pasado y del futuro se mezclaron en los pasillos y se presentaron en la alcoba de Yehudi Ben Ramban que estaba ubicada en el presente. El hechicero vio comparecer ante sí a todas las Horas en asamblea simultánea. Al observar aquel prodigio no tuvo más remedio que morir. Al poco rato, las figuras del pasado y el porvenir se fueron afantasmando y, al caer la noche, el palacio estaba desierto.

III

En su casa, vecina al lago Mareotis, el mago Apolonio guardaba en el interior de un armario toda la ciudad de Alejandría. Cuando recibía a algún visitante ilustre entreabría las puertas del mueble para que pudieran observarse —siempre brevemente— los palacios, el museo, el barrio de Rhakotis y el faro. También podía el visitante observar una finca junto al lago y, en una de sus salas, un armario en cuyo interior estaba toda la ciudad de Alejandría.

En el año 705 *ab urbe condita*, Apolonio se hallaba conversando con el sabio Socígenes cuando un humo oscuro empezó a salir del armario. El mago corrió hasta el mueble, echó un vistazo y luego regresó tranquilamente junto a su amigo.

—No es nada —dijo—. Se ha quemado la biblioteca.

IV

En el desierto central de la China hay un inmenso corredor cuya extensión no puede calcularse. Cada cincuenta metros hay una puerta de doble hoja, siempre abierta de par en par. La galería parece extenderse infinitamente en línea recta pero los sabios dicen que hay una pequeña curva de un minuto por cada sesenta kilómetros y que el corredor es incesante, no por infinito sino por circular. Muchos sostienen que su extensión es en verdad la de un círculo máximo, es decir, la circunferencia de la Tierra.

V

En su juventud, el perito Föng-hu-tzï estuvo enamorado de dos mujeres. Una, llamada Han, pertenecía a la familia de un alto funcionario de la administración. La otra, cuyo nombre era Wei, era una danzarina de encantos irresistibles. Föng-hu-tzï se decidió por la primera, se casó con ella y fue muy favorecido por su suegro.

Un día, recorriendo la amplia mansión donde vivía, abrió una puerta por error y se encontró con el mundo de lo que pudo ser, con la vida que hubiera vivido junto a la bella Wei. Pudo acceder a unos aposentos en los que ardían pebeteros con esencias de exquisito aroma. Wei bailó para él y después le enseñó a encontrar unos placeres acerca de los cuales el perito Fŏng-hu-tzï no estaba anoticiado.

Al amanecer, Fŏng-hu-tzï regresó a su vida próspera junto a su mujer Han. Pero tomó la costumbre de atravesar cada tanto la puerta misteriosa. Con el tiempo, llegó a necesitar tanto de los estímulos de la danzarina que pasaba en aquel mundo días enteros, mientras su respetable familia lo buscaba por todas partes.

Un día, al abrir la puerta de los placeres, se encontró en medio de una áspera orgía. Su amada Wei lo recibió con entusiasmo y lo hizo participar de todos los excesos de la fiesta. Cuando todos estaban borrachos o trastornados estalló una pelea y Fŏng-hu-tzï fue herido. Despertó en un callejón desconocido, recorrió las calles tratando de encontrar su casa pero nadie lo conocía, ni a él ni a su poderosa familia. La ciudad misma era otra y los funcionarios administrativos respondían a un emperador cuyo nombre nunca había oído.

Fŏng-hu-tzï sintió hambre y frío y tuvo que mendigar. Solo y sin amigos, llamaba a las puertas de las casas para pedir un poco de mijo o una moneda.

Pasó el tiempo. Fŏng-hu-tzï envejeció y se debilitó. Una tarde de invierno, unos mercaderes lo dejaron pasar la noche en su casa. En plena oscuridad, abrió una puerta por error y vino a dar a uno de los pasillos de su vieja mansión, aquella que compartía con la hija del funcionario imperial. Fue reconocido con enorme dificultad. Han, su esposa, estaba vieja y un poco demente. Sus hijos habían tomado el control de la casa y casi no lo recordaban. Por lo demás, nunca creyeron del todo la historia de lo que le había sucedido en esos años.

Föng-hu-tzï fue confinado a unas habitaciones lejanas y murió poco después. Uno de sus hijos buscó en vano la puerta que su padre citaba: todas las que abrió daban a su mundo, a su presente, a su destino.

Una versión distinta de esta historia aparece en el Registro de Sucesos Prodigiosos. Allí se cuenta que Föng-hu-tzï debió decidir en su juventud entre una carrera en la administración y un futuro de cantor, poeta y limosnero.

A pesar de su espíritu libre, Föng-hu-tzï cedió a las presiones familiares y emprendió el camino de los honores burocráticos.

Anciano ya y desengañado del mundo de la política, se encontró con el mago Ts'üán, quien le ofreció ver en el fondo de una fuente el mundo de lo que pudo ser.

—Te mostraré dónde estarías ahora si hubieras sido cantor y poeta.

Föng-hu-tzï miró en el fondo de las aguas y se vio a sí mismo, anciano ya, desengañado de las falsas libertades del canto y la poesía y consultando al hechicero Ts'üán, para que le permitiera ver qué hubiera sucedido de haber elegido el camino de la administración imperial.

RESPUESTA

El conde Soderini, en las puertas de la vejez, mantenía un aspecto lozano y digno. Había sido un guerrero temible, un jugador valiente y un viajero aplicado.

En la China, le habían enseñado unas destrezas eróticas que —según se dice— le permitían honrar a docenas de damas sin perder la disposición viril.

Los sacerdotes de Heliópolis lo habían adiestrado en la preparación de elixires y en el manejo de la cítara.

Los años no habían aplacado los fuegos de su alma. Sin embargo, en la tarde de la vida, había ido reemplazando los duelos por la docencia. Algunas veces acudían a él jóvenes estudiantes o aventureros bisoños a pedirle alguna clase de consejo. El conde acostumbraba a recibirlos en la intimidad de su estudio. Allí tenía un espejo azul, en cuya luna podía ver el pasado y el porvenir.

Una noche, el príncipe Giuliano de Médicis le dijo con amargura:

—Los hombres más sabios que conozco describen el mundo como si no tuviera sentido. Ninguna conducta parece suficientemente ventajosa, todo es pasajero y banal. Lo que más nos entusiasma es prolegómeno de la desilusión. Se me ha enseñado que los reyes caen, que la ciencia nunca contesta la última pregunta y que las riquezas oprimen a quien las posee. ¿Por qué la inteligencia nos aleja de la esperanza? ¿Es que no hay en la vida algo que valga la pena? ¿Es que no hay una gloria cuyo precio no parezca finalmente abusivo? Quiero apostar, conde Soderini. Tengo dinero, poder, fuerza y juventud. Dígame por favor en qué debo gastar esta fortuna. Dígame cuál entre las cosas de este mundo es la más valiosa.

—El amor —dijo el conde—. Sólo existe el amor. Las otras cosas nobles apenas sirven para dignificarlo. El amor es el que impulsa al artista a buscar los lenguajes que expresan la belleza. El amor impulsa al héroe a retemplarse en el riesgo. Y el amor es la respuesta al indagador de secretos, porque es la explicación de todos los misterios. Es allí, Giuliano, donde debemos gastar nuestros escudos y nuestros años. Algunos hombres jamás lo encuentran. Para otros es apenas una estrella fugaz que ilumina un año, un mes, una semana o un día de sus vidas. Pero ese destello efímero da significado a la existencia toda. Bienaventurado el que puede sentir en su carne y en su espíritu el fuego de esa chispa.

—¿Usted lo ha sentido? —preguntó Giuliano.

El conde miró el fondo del espejo y vio los ojos de Lucía, la inconstante Lucía. Vio también su abandono una tarde de primavera, a orillas del Arno. Después, entre reflejos azulados, se dibujó la indiferencia de la hermosa ante las magias, los poemas y la música. Finalmente, Soderini alcanzó a percibir, perturbado por el prisma de sus lágrimas, el desprecio irremediable, la humillación, el insulto y los pasos de ella acompañando a su marido, un mercader de Volterra. Entonces, con voz firme contestó:

—Sí, lo he sentido. Por fortuna.

EL BAR XI

Los Hombres Sabios llegaron al anochecer. Estaban todos los que conocíamos y también algunos a los que no habíamos visto nunca.

—¡Silencio! —gritó un loro.

—¡Silencio! —repitieron los Hombres Sabios.

El más anciano se subió a una silla y leyó un papel arrugado.

—Dentro de unos instantes, unos estallidos simultáneos abrirán agujeros en estas infinitas instalaciones. Durante años hemos rastreado las paredes que lindan con el exterior. Sabemos cuáles son los muros tras de los cuales está la libertad. Todo será fácil.

—¡Basta de repeticiones! —dijo un sabio.

—¡Basta de repeticiones! —dijeron todos.

El anciano pidió silencio y luego, con aire solemne, preguntó:

—¿Quiénes quieren acompañarnos en nuestro viaje hacia la libertad?

Algunos levantaron la mano. Otros ni siquiera prestaron atención. El Narrador, el coro y las prostitutas más hermosas estaban entre los más entusiasmados.

Al rato se oyó un modestísimo estampido.

—¡Ha sido la explosión!

—¡Aquí! ¡Aquí! —Ada, la bruja, descubrió una abertura en el fondo del salón.

—Vámonos, salgamos —dijo el sabio más anciano.

—¡Abajo el determinismo! —repitieron los loros.

Uno a uno fueron pasando por el hueco. La pared ciertamente era muy endeble. Con unas cuantas patadas, el agujero se hizo tan grande como una puerta. Mientras los fugitivos lanzaban gritos de victoria y despedida, el resto de los parroquianos volvía a sus holganzas habituales.

El grupo caminó un rato en la más profunda oscuridad. Después siguieron por un largo sendero bordeado de árboles. Anduvieron junto a un arroyo y justo al amanecer llegaron a una cascada. Un poco más tarde se detuvieron a descansar en un bosque. Reanudaron la marcha al anochecer. Cerca de la medianoche encontraron una playa y se sentaron en la arena, bajo el brillo de las estrellas.

—Es inútil —se lamentó el más viejo de los Hombres Sabios.

—Nunca saldremos de aquí —repitió el loro.

El Narrador, a la luz de un fósforo, empezó a leer con voz temblorosa.

ÍNDICE